乱世をゆけ

織田の徒花《あだばな》、滝川一益《かずます》

佐々木《ささき》功《こう》

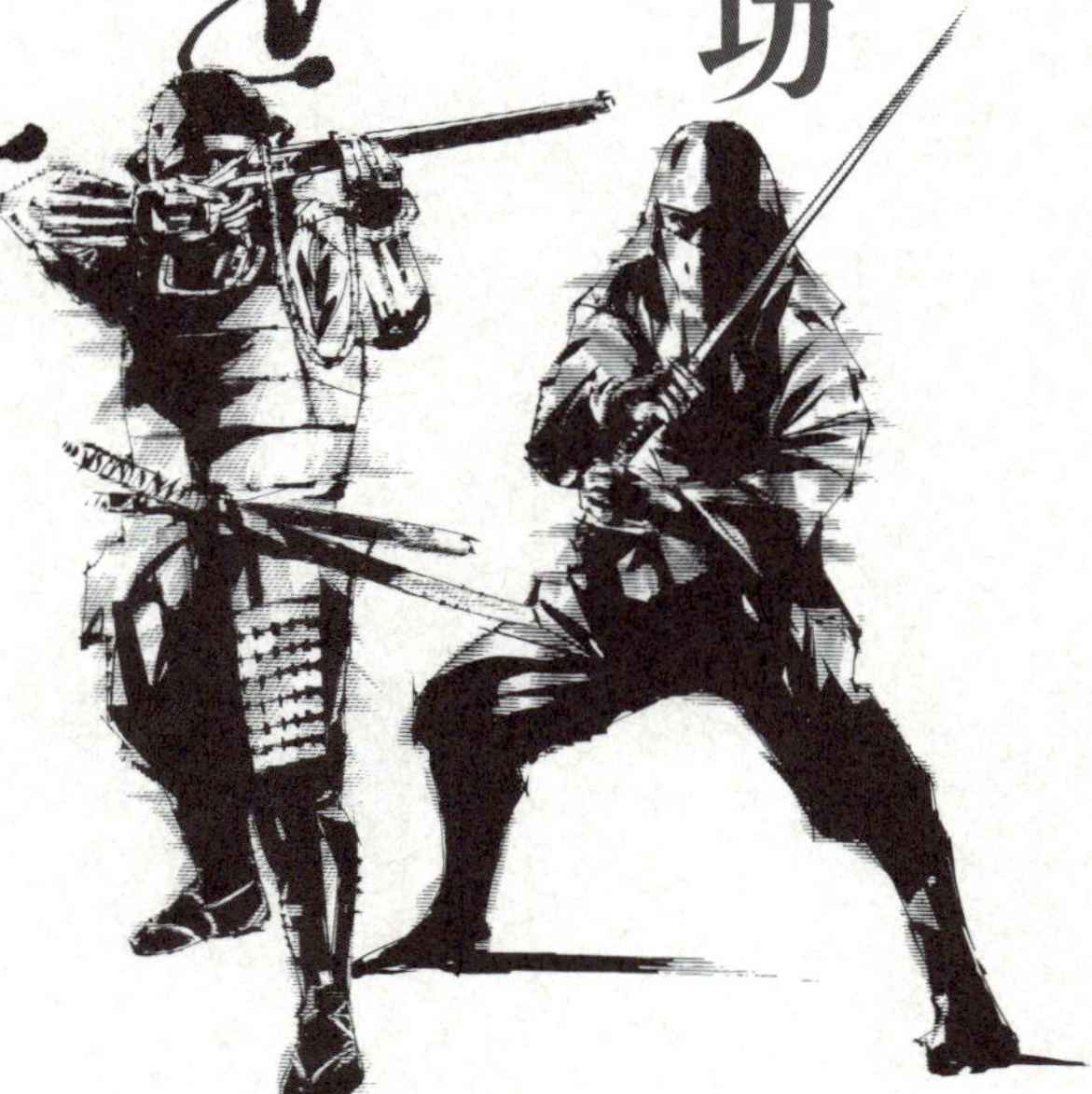

角川春樹事務所

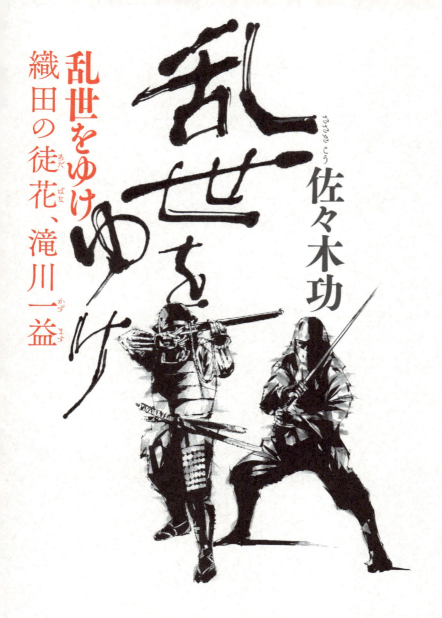

◆目次

装画／管野研一
題字／田中孝道
装幀／芦澤泰偉

乱世をゆけ　織田の徒花、滝川一益

本書は第九回角川春樹小説賞受賞作品です。

序章　大坂城

天正《てんしょう》十三年（一五八五年）、羽柴秀吉《はしばひでよし》は先《さき》の関白近衛前久《かんぱくこのえさきひさ》の猶子《ゆうし》となり、関白宣下《せんげ》を受けた。翌年さらに姓を豊臣《とよとみ》と称し、太政大臣《だじょうだいじん》に任官《にんかん》、ここに「関白太政大臣豊臣秀吉」が誕生した。

極貧《ごくひん》の農家に生まれ、「サル」と呼ばれた小男はついに位人臣《くらいじんしん》を極めた。位だけではない。都を含む畿内《きない》をほぼ勢力圏に収め、朝廷《ちょうてい》の支持を得て、天下統一に乗り出す。戦国時代の終焉《しゅうえん》、豊臣時代の幕開けであった。

「天上からの眺《なが》めとはこういうものよ」

秀吉は大坂城《おおさかじょう》の天守《てんしゅ》最上階から城下《じょうか》を見渡した。

異国《いこく》の宣教師《せんきょうし》からも東洋一の巨城と称賛されたこの城は、昨年落成したばかり。広大な河内平野《かわちへいや》の高台上町台地《うえまちだいち》の最高部にそびえる五層の大天守。この城を中心に急速に城下町が拡《ひろ》がり続けている。今も城下で槌《つち》打つ響きが、そこここから聞こえてくる。

右手の海、摂津灘《せっつなだ》の潮《うしお》は陽光に照らされ、静かに凪《な》ぎ、遠く淡路《あわじ》の島が霞《かす》んで浮かび上がる。左手には生駒《いこま》の峻険《しゅんけん》が厳しくも雄々《おお》しい峰《みね》を連ねている。まるで河内平野を囲う鉄の城壁である。この目に入る景色、それだけではない。やがて、日《ひ》の本《もと》の国全《すべ》てが自分のものになる。そう思いながらこの景色を見ていると、いついつまでも飽きるものではない。秀吉は、つい時を忘れてしまっている。

「関白殿下《でんか》」

背後から呼ぶ声に、秀吉の夢想は破られる。

「佐吉《さきち》か」

「総見院《そうけんいん》様の伝記のことでお伺《うかが》いが」

気づけば、奉行《ぶぎょう》の石田《いしだ》佐吉三成《みつなり》との打ち合わせの刻限であった。

(そうか、もうそんな)

秀吉は名残《なごり》惜しそうに絶景を後にした。

非業《ひごう》の死を遂げた織田信長《おだのぶなが》の伝記を書かせる。それは、いまや秀吉ができる亡《な》き主君《しゅくん》への最大の供養《くよう》であり、天下を継承した者だけが成せる栄光の事業だった。秀吉の頭に走馬灯《そうまとう》のように苦難の日々が甦《よみがえ》る。それもすべては、今ここに立つための修行だったのである。

「太田殿《おおたどの》の手記をこれに」

広間《ひろま》に山と積まれた紙片に秀吉は少し気圧《けお》された。太田牛一《ぎゅういち》は信長の側近《そっきん》であり、今は秀吉の家臣《かしん》である。年少のころより筆まめな男であり、大小の記録を日々綴《つづ》っていた。この男の記録をもとに編《へん》ってこさせた。

纂《さん》させれば、後世《こうせい》に誇れる伝記ができるであろう。書かせるにあたり、その資料となるものを全て持
（だが、これほどの量があるとは）

そんな秀吉の驚きもすぐに喜びとなる。それほどに英気《えいき》溌剌《はつらつ》とした今の秀吉である。

「さすがは太田よ。これだけあればさぞ克明な史記ができよう」

秀吉は満足そうにその山に近づき、黄ばんだ手記の一片を何気なく手にした。

「史記はできうる限りに正確、詳細を期《き》すように、との指示でよろしゅうございますか」

石田三成は透き通るような声で尋ねた。小姓《こしょう》あがりの側近の中でも抜きんでて頭の切れる男である。

特に引き立てられ、今や奉行の筆頭格となっている。

「さよう……」

手記に目を落とす秀吉の顔が少しずつ曇りだした。徐々に眉間《みけん》に皺《しわ》がよっていく。

「殿下、なにか」

三成の声が少しうわずる。秀吉は滅多《めった》なことで怒らない。正確には、怒りを面《おもて》に出さない。このよ
うに人にわかるとなれば、余程《よほど》のことであった。

秀吉は見ていた手記を荒々しく投げ出すと、手荒く他の何冊かをめくり続けた。

「太田はいかにも律儀な書き物をしておる。奴《やつ》らしい」

三成が動揺するほど、秀吉の声が低くなっていた。

（前にも一度、このようなことがあった）

三成は抜群の記憶力で、そのいつかを手繰《たぐ》り寄せていた。

「史伝である。しかもあの信長様のな。もちろん正確に書かねばならぬ」

先ほどまでの悠々《ゆうゆう》とした顔色ではない。鋭い眼光。すっかり戦国武士《ぶし》の顔であった。

「ただ、いらぬことまで書く必要はない。余計な者のことはいらぬ。すてしまえ」

「余計な者とは」

三成は恐る恐る聞いた。

秀吉は、さらに声をおとすとつぶやいた。

「滝川一益《たきがわかずます》――」

第一章　甲賀の里

情事

荒い息遣いが、聞こえる。

男の目の前で細い二の腕が揺れていた。

長い黒髪が、生き物のようにさわさわと揺らいでいる。女は男にまたがって腰を動かし、快楽に身をゆだねている。ほのかな焚火《たきび》の明りに照らされた女の肌は桃色にそまり、男の上で反り返った。

男は小振《こぶ》りながら形の良い乳房をわしづかみにした。女の動きが大きくなった。

「ああ」

抑えきれぬうめき声を漏らし、女体《にょたい》が大きくのけぞると、男は腰を強く突き上げ、極みに達した。

炉の焚火が細り、徐々に小屋の中は闇《やみ》の中に落ちていく。

女は、ぐったりと、男のうえに頽《くずお》れた。

女の名は小夜《さよ》という。

小夜は十三の時、女となった。

女忍《おんなしの》びは体が大人となると、年長の忍びにより処女を奪われる。それだけではない。忍びの性技をみっちりと仕込まれる。男だけではなく熟練の女忍びも立会い、手取り足取りで房中術《ぼうちゅうじゅつ》及び交接中の仕掛けを学ぶ。女忍びならではの大切な技である。

操《みさお》の観念のない時代である。体を交わすのに恋情はいらない。小夜はその後も何度か里の忍びと交わり、男の思考を寸断するほどの性技を仕込まれた。

それは修行である。生きるための、懸命の鍛錬であった。

(何を考えている)

男の胸に頬《ほお》を寄せ、息を整えながら、小夜は思った。

知り合ってからは長い。物心《ものごころ》ついてからずっと一緒にいる幼馴染《おさななじみ》であった。

いつしか男と女の仲となっていた。それは呼吸をするように当たり前のことだった。

最初は小夜のほうが上手《うわて》であった。男は小夜に導かれるままにすぐに果てた。初めての女体、小夜の性技からすれば、当然のことであろう。

二度目からは違った。男はまるで好奇心の塊であるかのように、くまなく小夜の体を攻めた。その若いしなやかな体が小夜の上で躍動するたび、小夜の体は麻痺《まひ》し乱れていった。

小夜は性におぼれたことはない。忍びなのである。交わりながらも、どこかでそれを制していた。

だが、男の丹念な攻めを受けて、時に叫び、嗚咽《おえつ》し、男の背中につめを立てた。体だけでなく、心が震えていた。初めて得る感覚だった。

今も、もはや自分で抑えきれぬほど乱れた。男にすがりつき、声を上げ、時に涙さえ流し、何度も達した。

またがった股間《こかん》から、ゆるりと、男が外れるのを感じた。恥ずかしいほどに、秘所が濡《ぬ》れて、溢《あふ》れている。小夜は唇を噛《か》み、眉根《まゆね》を寄せ、男の横顔を軽く睨《にら》んだ。

それは、もはや童《わらべ》のものではない。精悍《せいかん》な男の鼻の稜線《りょうせん》を見て美しいと思った。

(ずっとこうしていたい)

幼馴染という域から踏み出してしまっている。

恋しい、と、いうのであろう。

だが、小夜は知っている。これは成らない恋だということを。

この男は違う。いくら幼馴染でも、忍び仲間でも、同じ身分ではない。

小夜にとって、主《あるじ》と呼ぶべき人間であった。だから、想《おも》いを口にしてはならない。

男は小夜の肩を抱き、ゆっくり横におろすと、体を起こした。

板敷きに藁《わら》を敷き詰めただけの、質素な樵小屋《きこりごや》である。

裸のまま立ち上がると、明り採りの小窓をあけた。

月が明るい。

天文《てんぶん》九年（一五四〇年）秋、満月が西の夜空に浮かんでいる。

甲賀《こうか》の里の月は大きい。そして、冷たく青白く、澄んでいる。

月明りの下に、甲賀の低い山並みが沈んでいた。麓《ふもと》に点々と家の明りが灯《とも》る。

（嫌なところだ）

この里が嫌いだった。狭い土地にへばりつくように暮らす異端の者たち、里のしきたりと馴《な》れ合《あ》いの暮らし。戦国という時代から隔離されたような、閉鎖された山里。

「どうした」

小夜が起きてきて、男の背中に身を寄せて言った。まだ放心したように、やや舌足らずであった。

「なにも」

男はつぶやくように言った。

「うそ」

小夜は少し唇をすぼめ、体を合わせた者同士の親しみをこめて、睨んだ。

「また、よくないことを」

男は困ったように眉《まゆ》をあげた。

「そんなことは、ねえ」

胸がチクリと痛んでいた。

「うそ」

二の腕を摑《つか》んだ女の瞳《ひとみ》が潤んでいた。見おろすと、月光に女が浮かび上がった。さきほど桃色に染まっていた女体が、今は、青白く浮き上がって見えた。

凄惨《せいさん》なまでの美しさだった。ぞわっと、男の中で何かが群がり起こった。

「久助《ひさすけ》は――」

「小夜」

久助と呼ばれた男は、問い掛けを遮るように小夜の肩を摑むと、荒々しく組み敷いた。

父、一勝

「また夜、出歩いていたらしいな」

滝川一勝《たきがわかずかつ》は枯れ木のようにやせ衰えた体を、床《とこ》から起こした。

(やせたな)

そんな父を見るたび、哀れみとも憤りともつかぬ思いがこみあげる。

滝川久助は枕元《まくらもと》に座り、弱々しく続く父の叱責《しっせき》を受けていた。

「もう少しましなものを着ろ」

久助の身なりは、よれた小袖《こそで》に半袴《はんばかま》。村の悪童のような異様な風体《ふうてい》である。

「お前も、もう十六。そろそろ嫁ももらわねばならんというに」

「里の嫁などもらう気はない」

久助は、即座に応じた。

「たわけたことをいうな。この滝川の家はどうする」

落《お》ち窪《くぼ》んだ一勝の目は、暗く淀《よど》んでいた。久助は軽く鼻から息を抜いた。

(父は変わった)

病んで父、滝川一勝は別人となった。かつての一勝は、ず抜けた体力と気力、甲賀一といわれる忍《にん》術《じゅつ》を持ちあわせた一級の忍びであった。そんな父は久助の誇りでもあった。だが、病の床につき、忍《しの》び働《ばたら》きどころか、わが身さえままならぬようになると、父は因循姑息《いんじゅんこそく》な人間と成り果てた。

久助の父滝川一勝は、甲賀の里、滝川城《たきがわじょう》の城主《じょうしゅ》である。

近江《おうみ》の国（滋賀県）甲賀の里は南近江を支配する戦国大名《せんごくだいみょう》六角《ろっかく》氏に属しているが、郡中惣《ぐんちゅうそう》という独自の地域連合政治組織をなしていた。まず、在地の有力国人《こくじん》、地侍《じざむらい》の寄合《よりあい》議によって意思決定を行う組織を同名中惣《どうみょうちゅうそう》といい、同姓の庶子《しょし》家《け》や所従《しょじゅう》で主家《しゅか》の名をゆるされた者、異姓ではあるが婚姻関係にある者などが同姓を名乗ることで縁戚組織を形づくっている。この同名中惣を占めたのが、世に「甲賀五十三家《こうかごじゅうさんけ》」といわれた甲賀侍《こうかざむらい》である。

五十三家の同名中惣より選出された奉行《ぶぎょう》が、十家寄りあってできる上部組織こそ、甲賀郡中惣であった。事実上の甲賀の支配者である。

甲賀の里は山に囲まれている。人々は、山の合間の狭隘《きょうあい》な平地を田畑として耕し、散在する丘陵にへばりつくように家を造って生きている。そこに五十三家の土豪《どごう》、その他の地侍、領民《りょうみん》の家々が散在《さんざい》している。

農業をするほどの地味《ちみ》はなく、商いをするほどの地の利や人の往還もない。甲賀ならでは、そして日《ひ》の本《もと》の国で最高の技量を誇る生業《なりわい》、それが、忍術であった。

この里では、その技量の差こそあれ、ほぼすべての人間が、忍術を身につけた忍びの者であった。

五十三家をはじめとする土豪たちは、表向きは地侍だが、各家で優れた忍びを育て、養っていた。そして、各地からの依頼を受け、忍びを派遣し褒美《ほうび》を得ていた。

日の本一の忍びの里、里の者皆が優れた忍び、と自任する甲賀では、隣国《りんごく》の伊賀《いが》のように忍びを、上忍《じょうにん》、中忍《ちゅうにん》、下忍《げにん》、と区分けすることもなかった。だが、

(いや、位分けしている)

久助は病身の父が家を案じるたび、その想いにたどりつく。

位どころか、厳然とした家格差もある。

そんなことも久助を鬱屈《うっくつ》させている。その差別を表に出さないだけに、より姑息に見えた。

滝川家は久助の祖父、貞勝《さだかつ》の代までは一介の流れ者にすぎなかった。河内《かわち》方面から流れてきた忍び

で高安《たかやす》貞勝と名乗っていた。下働きの甲賀忍びの中でもズバ抜けた手練《てだれ》であった貞勝は、その技で他を圧倒した。そして、多くの忍びたちの支持と五十三家からの信頼をうる存在となると独立した。甲賀の古刹《こさつ》、櫟野寺《らくやじ》のそばに城館をたて一宇野城《いちうのじょう》と呼ばせ、その主に納まった。

　父である一勝は家を継ぐと、さらに勢力の拡大を図った。家を立て、配下の忍びを養うようになったのである。一勝は甲賀にて勢力を持つ者が大概そうするように、自分は古代豪族《ごうぞく》の紀氏《きうじ》の末流、と称した。そして、櫟野川《いちのがわ》を挟んだ対岸にさらに大きな滝《たき》の城《じょう》を建て移り住み、滝川姓を名乗った。甲賀忍び滝川家はこうしてできあがった。

（要は忍びのなりあがりだ）

　久助は滝の城、今では滝川の城と呼ばれる城で生まれた。

　甲賀では、五十三家以外の郷士《ごうし》は下請《したう》けである。守護大名《しゅごだいみょう》六角氏や各地の戦国大名に認められたとはいえない。忍びの仕事の依頼は先《ま》ずは五十三家にいき、そこから各家に振り分けられる。

　そもそも、甲賀五十三家とは。遡《さかのぼ》ること、およそ五十年前の長享《ちょうきょう》元年（一四八七年）、足利《あしかが》九代将《しょう》軍義尚《ぐんよしひさ》は守護大名六角氏を征伐《せいばつ》するため近江へ出陣《しゅつじん》した。世に「鈎《まがり》の陣《じん》」と呼ばれる合戦である。将軍の親征《しんせい》と各地から馳《は》せ参《さん》じた軍勢の包囲。この絶体絶命の危機に当主《とうしゅ》六角高頼《たかより》は迫る大軍を避け、甲賀へ逃げ込んだ。甲賀忍びと結び、近江の山河《さんが》を舞台に変幻自在の奇襲《きしゅう》戦を繰り広げたのである。
そして、見事に幕府《ばくふ》軍を撃退した。その時の功により認められた甲賀忍び五十三家が力を持ち、六角氏もその家長《かちょう》たちのもとで里の自治を許したのである。

新興の滝川家はむろん甲賀五十三家の組下《くみした》である。五十三家のどこかから、久助の嫁をもらい、滝川の家名を同名中惣に連ねたい。病んだ一勝はそのことばかり考えている。

（まだ、老け込む歳《とし》でもないのに）

一勝は四十路《よそじ》にはいったばかりの壮年である。が、今、目の前にいるのは、背の曲がった八十の翁《おきな》ともいえる老人である。

「父上、ご自愛あれ」

久助は父の問い掛けには答えず、おもむろに立ち上がった。

そして、まだ何か言いたそうな父に背を向けた。

次の間にでると、二人の男が控えていた。

（聞いていたな）

片方の能面《のうめん》のように澄んだ顔をした中年男が、頭をそろりと下げた。

「また、お出かけですか」

顔をあげた男は、口先だけ動かして言った。細面《ほそおもて》の顔に切れ長の目がつりあがっていた。狐《きつね》のようだ、と久助は思っている。

高安甚助《じんすけ》という叔父《おじ》である。父がある日、この男を連れてきたのだが、本当に血族《けつぞく》かあやしいものだった。父は、己《おのれ》の体がままならぬようになると、どこからとなく人を引っ張ってきては家に引き入れていた。

(嫌な顔だ)

久助はこの男になじめない。高安の面貌《めんぼう》から真《まこと》の心というものを感じないのである。笑うときも含むように笑う男だった。そして、これまでこの男が父に異を唱えるのを見たことがない。そんな高安を父は信じこんでいる。

無理もない。城館を構え、家を立てると、家人《けにん》の宰領《さいりよう》や他家とのやり取りなどをこなし、一家を切り盛りせねばならない。今や病衰した父に代わり、家内のことを一手に担《にな》っているのがこの男であった。そんな煩わしいことをそつなくこなす能力を甚助は持っていた。

「ああ」

久助は視線も合わせず言った。

「久助、あまり父上に心労をかけるな」

隣に座っていた白面《はくめん》の若者がつぶやくように言った。

二歳上の兄、範勝《のりかつ》である。兄だが庶子のため、今はこの高安甚助の養子となり、滝川家のもう一つの持ち城、一宇野城に住んでいる。

弟の久助が世継ぎとされていることを、どう思っているのか。

(面白くはないであろう)

ただ、そんな鬱屈を面《おもて》に出すほど、高安範勝に覇気はない。もとより繊弱な男であった。父も早くに見切りをつけたのか、忍びの修行もそこそこに養子にだしてしまった。

久助はそんな兄に好悪《こうお》の情すら抱いたこともない。

「お気をつけて」

高安甚助が頭を下げた。極めて慇懃《いんぎん》な素振《そぶ》りなのだが、馬が合わぬとはこういうことだろう。そんな態度も気に食わなかった。

久助は蹴立《けた》てるようにその場を去った。


城門をでると、久助はまるでそこにいるのが苦痛であるかのように駆け出した。

馬ほど足が速い。しかも音もたてず駆ける。忍《しの》び走《ばし》りである。瞬く間に、五町（約五百メートル）ほども行くと居城を振り返った。小山の裾《すそ》を切り開き、土塀を盛り上げ築き上げた城館。久助は忌々しげに睨みつけた。この「滝川城」という砦《とりで》に毛が生えたような館に住むようになって、高安甚助のように得体のしれぬ人間が、身近に纏《まと》わりつくようになった。

家を保つために、家《いえ》の子《こ》、郎党《ろうどう》が必要。父は人をかき集め、それが滝川家の繁栄と思い込んでいる。そんなことを繰り返し、館に出入りする人間が増えていく。

周囲を見渡す。視界にはいるだけでも、同じような城砦《じょうさい》が十以上もあろうか。甲賀の里には、百五十とも二百四十ともいわれる城館が乱立していた。

（家なんざ、立てようとするからだ）

久助は心中つぶやき、地べたにつばを吐いた。

孫兵衛

「待った」

駆けだそうとした背中に声をうけ、久助は立ち止まった。

「ここのところ、忍びの技の修行をおろそかにしておるな」

ギクリ、とした。父の声——いや、よく似ているだけだ。

「と、殿《との》がわしにうるさい」

(うるさいのはお前だ)

振り向いたその先に、中背の男が唇の端を片方だけゆがめている。声色を変えるときのこの男の顔だ。

「孫兵衛《まごべえ》、お前は最近の父上のことをどう思っている」

「は?」

現れた男は、きょとんとした顔を向けた。

「あの姿を見て、お前はなにか感じないか、ということだ」

「人のいうことには答えず、相変わらず不遜《ふそん》ですな。殿の病のことですか?」

そういうこの男こそ随分ふてぶてしい。というより、人の心の内面を想う感覚が欠落しているのか。

「あれだけ心気《しんき》がおとろえては、ご自分のことより残るお家《いえ》のことを考えるのでしょう。当家は五十三家ではありませぬから」

フンと、久助はつまらなそうに顔を横に向けた。

「今日の修練はいかがされますか」

「いらぬ」

「いけませんな」

ぞんざいな物言いだった。里の中でも久助にこのような口のきき方をするのは、この男ぐらいである。孫兵衛という、父が拾ってきて鍛え上げた忍びだった。父はその才を認め、特に久助の守り役《もやく》というべき任を与えている。年は久助の五つも上ではないが、幼少のころから厳しい鍛錬を積んでいる。今や、甲賀の里でも有数の手練《てだれ》であった。

「我儘《わがまま》は技でわしに勝ってからにしてくだされ」

この男にだけはかなわない。が、近頃《ちかごろ》は、久助の技も練達しつつあり、時に孫兵衛を唸《うな》らすこともある。

「高安様にもよく聞かれます。若は大丈夫なのか？　とね」

久助は内心舌打ちをした。また、高安甚助か。

「叔父御《おじご》は関係ない」

「ないことはないでしょう。若はお好きでないようだが、あの方なりにお家のことを案じている」

「おまえもか」

「わしですか？　まさか。ただ殿と若のことが気になるだけですよ」

孫兵衛は家の繁栄になど全く興味がない。無頓着《むとんちゃく》である。人付き合いなどをする才覚はないらしい。ただ天性の感覚だけで生きている人間なのだ。

久助はこの掛け合いに飽きてきた。今日は特に機嫌も悪い。

「若は、やめろ」

「若は若でないか、ではなんと呼べばよい？」

「なんでもいい。若はよせ」

「若は武家《ぶけ》がお嫌いか？」

孫兵衛はニヤリと笑みを浮かべて言った。

「武家が嫌なわけではない」

「では、忍びが嫌なのですか？」

久助は片頬をかすかにゆがめた。これまでいくどとなく二人の間で論じたことである。

「武家も忍びも嫌なのではない。忍びの分際《ぶんざい》で一端《いっぱし》の武家のツラをしようとしている、父が、この里の者どもが嫌なのだ」

甲賀の里は、忍びの国。すでに諸国《しょこく》に知れ渡っているゆえ、この里をどの勢力も侵そうとしない。

南近江の守護大名である六角氏も、関わりたくないとばかりに里の自治を認めている。

（そんなことで、満足している）

嫌だった。こんなところで、里の馴れ合いとしきたりに縛られていたくない。甲賀五十三家に名を連ねたところで、所詮《しょせん》、六角氏の庇護下《ひごか》の土豪の域をでない。

日の本の国は戦国乱世《らんせ》のただ中にあった。各地に乱破《らっぱ》、素破《すっぱ》を派遣している忍びの里ゆえ、情報だけは山のように入ってくる。応仁《おうにん》の乱以来、京の都は勿論《もちろん》のこと、全国各地で下剋上《げこくじょう》の戦乱が起こっている。なのに、この甲賀はなにも変わらない。

「ところで、若」

孫兵衛は、久助の言に取り合うつもりはないらしく、少し視線をそらした。どんなときも正面きって物言うこの男にしては珍しい態度だった。

「小夜ですが――」

久助の胸が微《かす》かに疼《うず》いた。表情は変えぬよう努めたつもりであった。

「いや、あいつもすでに一端の女じゃ。何をしようと自由」

孫兵衛は一人で頷《うなず》いている。自分に言い聞かせているようにも見える。

「が、あまり想い煩う顔はみたくないでな」

この感覚が異常に鋭い男は、久助と小夜がどんな仲か悟っている。

「たった一人の妹ですから」

孫兵衛はそれだけ言うと、フッと風のように去った。
そう――小夜は孫兵衛の妹だった。

迷い

甲賀の里は信楽山地《しがらきさんち》から鈴鹿山脈《すずかさんみやく》にかけて拓《ひら》けている。滝川城から南へ一里半（約六キロメートル）ゆくと、鈴鹿山脈の最南端に位置する油日岳《あぶらひだけ》がそびえている。この霊山は油日というだけに、火術《かじゅつ》の神として忍びたちの信仰を集めていた。甲賀五十三家の氏神《うじがみ》であり、甲賀忍びの修験《しゅげん》の山でもある。標高は六九三メートル、急な尾根《おね》が続き、灌木《かんぼく》が生い茂るなかなかの峻嶮《しゅんけん》であった。

この油日岳の道なき道を駆けめぐり、渓谷を跳び渡り、まるで我が庭のように山全体を支配する。それがこの頃の久助の日課であった。別に孫兵衛のいう修練を怠っているわけではない。もう一通りの忍術は学んだ。あとはその技の実践であった。時に崖《がけ》から落ち、急流に流される。このほうがよほど己の鍛錬となった。

久助は樹木が途切《とぎ》れた草地に大の字に寝転がり、澄んだ青空を見上げた。
久助は物心つくころから、他の下人《げにん》たちと同じく忍びの技を叩《たた》き込《こ》まれた。そして、厳しい鍛錬の末、十六の今、そのすべてを身につけた。すると、もう学ぶものがない。甲賀というこの隔離された

山里には合戦もなく、商いもなかった。他国と交流しようにも、ここは忍びの里である。忍びが、俗《ぞく》世《せ》の者と接するのは、雇われるか、化かすか、どちらかでしかありえない。久助も忍び働きで畿内《きない》諸国を見歩いた。だが、父は世継ぎの久助に長逗留《ながとうりゅう》を許すことはなかった。

甲賀でなにが成せるのか――久助は心で問い続けている。父の後を継ぎ、滝川城の主となり、甲賀忍びを育て、身代《しんだい》を太らせる。そして五十三家に劣らぬ甲賀の大家となる。

（つまらない）

しょせん、忍び稼業《かぎょう》の郷士であった。このままでいいのか、漠然とそう思った時、浮かんできたのは、父のやせ衰えた顔ではない。まして、幼い頃《ころ》失った母でもない。

（小夜）

昨晩の小夜との情事が思い出された。気付けばそばにいた。ともに修行し、成長し、睦《むつ》みあった。まだ熟しきらぬ二の腕、細くくびれた腰、抜けるように白いうなじ。

久助は浮かんでくる小夜の裸身を必死にかき消そうとした。

「くそ」

空はよく晴れている。鳶《とび》が一羽、高く輪を描いている。

久助はおもむろに起き上がると、片膝《かたひざ》をついた。足元に置いてあった鉄製の筒棒を持ち上げる。懐《ふところ》から油紙《あぶらがみ》の包装を取り出して開き、筒先の穴から砂粒を流し込み、鉛玉《なまりだま》を一粒落とし込んだ。さらに筒先から槊杖《さくじょう》を入れて押し込む。スイと持ちあげ、狙《ねら》いをつける。そろりと、さりげなく引鉄《ひきがね》を引くと火縄《ひなわ》がおちた。

パアンと、乾いた音が山峡にこだました。筒先からかすかに白煙が上がり、硝煙《しょうえん》の匂《にお》いが漂う。久助は舌打ちをした。音に驚いた鳶は、旋回をやめ、どこかに飛び去った。

鉄砲《てっぽう》。だが、後年、種子島《たねがしま》に伝来《でんらい》するポルトガル製の鉄砲ではない。銃筒《じゅうとう》も短く太い。

種子島式鉄砲が普及する以前も、日本国に鉄砲は存在した。中国渡来の鳥銃《ちょうじゅう》の類《たぐ》いである。当時、国内最大の外港である摂津堺《せっつさかい》では、中国大陸から、主に狩猟用に輸入された。

ただし、まだその出来は粗悪であり、量産し武器として用いるまでには至らなかった。

甲賀でその珍しい火器《かき》についての情報を得たとき、久助は異常な興味を覚えた。早々に堺に出向き、大枚を払って一丁買い求めた。新しい武具を買うと口説けば、父は金を出してくれた。

(極めれば弓矢刀剣《きゅうしとうけん》を上回る武具となる)

これまで、忍びの忍術も侍の武勇も、個人の卓越した技量、体力に頼るものであった。

しかし、鉄砲は違う。力なき小人でも、この武器が操れれば、容易に勝つことが出来る。久助は買った鉄砲に自ら工夫や改良を加え、日々修練を繰り返していた。

だが、今の出来では、飛ぶ鳥を落とすまでには至らない。

久助は、もう一度弾込めをすると立ちあがり、林の繁みに鉄砲を向ける。目をつぶり、小動物がうごめく音に耳を傾ける。

一羽の野兎《のうさぎ》が飛び出した。瞬時に久助の狙いが定まる。兎は立ち止まり、無邪気な顔を向けている。

引鉄を引く。

手ごたえはあった。兎は小さく跳《は》ね跳《と》んだ。

が、起き上がった。

(む)

久助は身構えた。起き上がった兎が、顔をこちらに向けている。

この兎、確かに死んでいるはずである。

「この山は神の山ぞ。ばちあたりな」

兎がしゃべった。いや、そのように聞こえた。低い耳障《みみざわ》りなしゃがれ声だった。

「何者だ」

久助は叫ぶと、鉄砲を置き、忍《しの》び刀《がたな》を引き抜いた。

「しかもその眼、邪気に満ちておるわ。氏神を恐れぬのか。兎もうらむぞえ」

「黙れ。わが問いに応《こた》えろ」

霊山だけにこの山で殺生《せっしょう》をする里の者はいない。だが、久助は気にしたことがない。

(すぐ隣山で狩りをしているのに、なんだ)

もとより、里の氏神を信仰していない久助に恐れはない。

「鉄砲か」

兎のしゃがれ声はぶつぶつとつぶやく。

「好かんな」

久助は刀を構える。一歩、二歩と兎に向かって歩きながら、声の主《ぬし》の真の居場所を探っていた。幻覚を見ている。兎はもう死んで、地に横たわっているのである。

忍びの幻術《げんじゅつ》は一種の催眠術《さいみんじゅつ》である。いつのまにか、かけられた。

（いつだ）

孫兵衛と別れて、この山中にくるまで誰《だれ》とも会っていない。

「ほほ。さすがに幻術とわかるのだな」

そうしゃがれ声が響いたかと思うと、久助の周りの風景が変わった。周囲は一気に闇と化し、空気がどっしりと重くなった。

足も動かぬ。まるで漆黒《しっこく》の泥沼に全身はまったかのようである。

（伊賀者か、いや他国者か）

言葉がでない。口がぎこちなく動く。

油日岳は全国から修験の僧や忍びが訪れる。甲賀の地といえ、一種の中立地帯である。

「生まれなどどこでもよい。ただ、この甲賀には久しぶりにきたが」

読唇したのか、四方から底響《そこひび》きする声が迫ってきた。凄《すさ》まじい術であった。その気なら久助の命も簡単に奪えよう。

久助は動けない。知る限りこれほどの術を操る者は、畿内にはいない。

「すたれたな、甲賀も。ほんにくだらぬ。まだ伊賀者のほうが骨があるわ」

久助はあがくこともなく力を抜いた。相手の声には殺気が感じられなかった。ならば、慌てて抵抗することもない。そう思うと余裕がでた。

「甲賀は終わっている」

久助は叫んだ。一言でると、あとは口だけは動く。

「技におぼれ、古き栄華に酔い、侍に馴れた。もはやこの里に誇りはない」

しばしの沈黙のあと、しゃがれ声が応えた。

「小僧《こぞう》、わしはここしばらく、この山に潜んでお前を見ておったが、どうやらお前はこの里に合わぬようだな」

少し和らいだその声に、久助はむきになった。

「貴様《きさま》になにがわかるか」

「お前はなかなかの腕と気骨を持っておるわ。でてしまえ。里になぞ縛られず、思うまま生きてみろ」

言葉は久助の胸底に響いて続く。

「捨ててしまえ」

「勝手な世迷《よま》いごとを」

依然、視界の利かぬ暗闇に、さまざまな顔が浮かんでは消える。そのことごとくが、久助を見つめている。怒りなのか、悲しみなのか、憤りなのか。その面々は久助に向かって、何事か叫び続ける。

これは幻術なのか、それとも己の妄想なのか。判別できぬほど混沌《こんとん》としていた。

「迷っておるな」

「迷ってなどおらぬ」

「ふふ。お前の心身が健やかなら、いかなわしの幻術とて効かぬ。お前とて、わしの幻術を見極めるぐらいの手練であろうが。幻術にかかる者はな、心が揺れ、体が疲れて、迷いのさなかにいる者ぞ。お前は、今、わが術の中にいる。ということはお前の――」

「やめろ」

久助は遮った。また、沈黙と、ずしりと重い暗闇が圧《お》し掛《か》かる。

「最後に教えよう。術はな、兎にかけてあったのよ。その兎と目があったとき、お前はわしの幻術におちた」

次の瞬間、周りはのどかな山間の草地へと戻った。

二十歩ほど先に野兎が横たわっている。久助は一人忍び刀を握りしめ、立ち尽くしていた。全身にねっとりと脂汗をかき、肩で荒く息をしていた。

不思議と、幻術の仕掛け主が誰か、という疑念は、もう久助の頭に浮かんでこない。

（捨ててしまえ）

ただ、その言葉が頭で反芻《はんすう》されていた。

反転

転機は思いがけず訪れる。

数日後、久助は堺にいた。

摂津、河内、和泉《いずみ》、この三国の「境（さかい）」にあるので堺と呼ばれたというこの港街は、戦国大名の統治を受けず、商人たちが自治を行っている。明《みん》、南蛮《なんばん》の船が頻繁に出入りし、国内一の貿易港としての繁栄を謳歌《おうか》していた。

最先端の文明都市である堺は、武器商人の本拠地、そして兵器工房の集積地でもあった。

当時、日本で最も普及している武具は刀槍《とうそう》である。堺は優秀な刀鍛冶《かたなかじ》を多数抱えていた。そして、それら刀鍛冶の中には、まだ少ないながら鉄砲を扱う鍛冶もいる。鉄砲に不可欠な火薬の材料である硝石《しょうせき》の輸入を独占している堺では、大陸渡来の鉄砲の輸入、研究も始めていた。これがのちに種子島から製造術が伝播《でんぱ》して、爆発的な製造力をもつ堺鉄砲鍛冶である。

久助は時折《ときおり》堺を訪れ、なじみの鍛冶屋に己の鉄砲を持ち込み、改良してもらっている。そして弾薬を買い、鉄砲の試射をする。使い込み、己の工夫や発想を形にするため鍛冶に打ってもらうほど、射撃の精度があがる。

「また、よくなりましたね」

連れが一人、目玉をくりくりと輝かせて言った。

滝川忍びの中でも最年少の新助《しんすけ》。孫兵衛の弟分である。まだ声変わり前の少年ながら、各地へ忍び働きに出ている。身寄《みよ》りがなく、どこからか連れてこられて、滝川家で養われた。甲賀五十三家佐治《さじ》家の落《おと》し胤《だね》という話もあったが、噂《うわさ》でしかない。なぜか、久助になつき、どこに行くにもついてきたがる。とくに堺へは必ずといっていいほど、ついてくる。

この街は、新助のような少年には、すべてが物珍しく、新鮮であった。街全体に、文明の燦然《さんぜん》とした輝きと欲望の猥雑《わいざつ》な色気が入り混じり、独特の空気に満ちている。赤毛に青い瞳の南蛮人、漢装を纏《まと》った唐人《とうじん》、異国《いこく》の品々。潮の匂いに満ちた堺の港街を歩くだけでも心は弾む。そして煌《きら》めく海。その向こうにまだ見ぬ世界が拡がっている。

「いつか、海の向こうにいってみたいですね」

新助は瞳を輝かせて言う。

「若、俺が船頭《せんどう》になる。いきましょうよ」

「そうだな」

そのあまりの無邪気さに久助も思わず頷き、新助の肩を叩く。

「その時は、頼むよ、新助」

久助もこの街が好きだった。閉鎖された甲賀の里とは比べ物にならぬ魅力に満ちている。

（捨ててしまえ、か）

あの時の言葉を心に反芻してみる。

捨てる。だが、捨ててどうする。今、その答えは見えない。

父のこと、家のこと、そして――。


久助と新助は充分な成果を得て、堺をあとにした。

河内から山城《やましろ》を経て、近江甲賀郡へ。若い二人の健脚にはちょうど良い道のりである。

（さして、帰りたくもないが）

里へ帰ると思うと、久助の心は澱《よど》む。だが、他に行くあてもない。

すぐに河内平野は果て、山越えとなる。

山城国の国境をまたぐ山道を歩いていると、樹林から声が響いた。

「若、新助」

「孫兄」

新助が応えると、孫兵衛が目の前に飛び降りてきた。

「もう、いかん」

珍しく孫兵衛の目に真剣な光がある。尋常ならざる事が起こったようだ。

「高安甚助が謀叛《むほん》じゃ」

「なに」

さすがに、久助も驚く。

「お館《やかた》も高安の手の者に押さえられた」

「まことか」

「こんな戯言《ざれごと》いわん。こちらへも討手《うって》が」

「もうきた」

新助の声が消えないうちに、三人は左右に散った。

地面に棒手裏剣《ぼうしゅりけん》が突き立つ。着地し、振り向きざま、孫兵衛は後方へ手裏剣を放った。

忍《しの》び装束《しょうぞく》の男が短くうめいて、転がった。

「五人、残り四人」

孫兵衛が身構えると、追手の忍者は散らばった。繁みに潜み、四方から取り囲もうとしている。久助は四方に注意を払い身構えた。

「若、木を背にしなされ」

樹林から孫兵衛の声がする。

久助にとって、真の命の取り合いは初めてであった。

各地で忍び働きをしている孫兵衛は、その点慣れていて、声にも余裕がある。

久助がジリジリと動き出すと、とたんに右手に殺気が走った。

手持ちの鉄砲をかざすと、銃身《じゅうしん》でガチガチと棒手裏剣が跳ねた。同時に小猿のような影が、その方向へ飛び込んでいる。

短い悲鳴が響く。ザザッ、ザザッと、林がざわめく。忍びが蠢動《しゅんどう》している。

あとずさりし、久助は杉の巨木を背にした。

繁みから先ほどの小猿が転がり出てくる。立ち上がった小猿ならぬ新助の右手に持った忍び刀が血で濡れている。久助を見ると、ヘッと、子供らしくない笑いを漏らした。

新助も若年ながら手練である。とくに身のこなしは、誰より素早い。そして、殺し合いは久助より、よほど馴れている。滝川家の世継ぎである久助は、父の配慮で危険な忍び働きには出されない。そんなことも久助の鬱屈を増長させていた。

「あと、二人」

孫兵衛が、すっと横に降り立つ。忍び刀の血糊《ちのり》を服の裾で拭《ぬぐ》っている。こちらもまた一人仕留めたようだが、呼吸に少しの乱れもない。

「若、それは役に立たぬでしょうが」

横目で鉄砲をチラ、と見た。皮肉な眼差《まなざ》しが、久助の気に障《さわ》る。

「うるさい」

が、そのとおりだ。敵がこう近づいていては火縄に火をつける余裕もない。

久助は、鉄砲を置くと、忍び刀を抜いた。

「残り二人は少々できるようです」

と、言う孫兵衛の声はだいぶ余裕を増している。敵は気配を完全に殺した。手練である。

「良いですか、躊躇《ちゅうちょ》なくやりなされ」

孫兵衛は、鍛錬のときと同じように饒舌《じょうぜつ》である。

「とどめは迷いなく、ですぞ」

「うるさいというに」

少々わずらわしい。だが、久助も初めての命の取り合いに、多少、気が張っている。その気負いがほぐれる口舌《くぜつ》であった。

「では」

孫兵衛が高く飛んだ。同時に、左右の繁みから、得物《えもの》が放たれた。

空中に浮いた孫兵衛の体に、棒手裏剣が突き立った。正確な投擲《とうてき》である。

同時に久助と新助はすべるように動いている。

繁みの陰で、忍び刀を引き抜きかけた男を捉《とら》えた。顔は覆面で覆われているが、眼《め》は驚愕《きょうがく》に飛び出さんばかりに開かれている。久助は電光のようなすばやさで、刀を払った。

袈裟懸《けさが》けに斬《き》られた男は、声も出さず膝から崩れ落ちた。

(他愛もない)

こんなものか、殺生というものは、と思った。

「あ、いけませんな」

孫兵衛の声がしたかと思うと、音もなく横に立った。小袖姿である。転がった男の胸に、ズブリと忍び刀を立てる。斃《たお》れた男の体が、一度激しく痙攣《けいれん》した。真に絶命したようだ。

「とどめ、が大事です。息を止めてだまし討ちということもありますから」

久助に教えるかのように、平然と言った。もう一人は新助が片付けたのであろう。孫兵衛は繁みを出て、杉の木の元へ歩いていくと、棒手裏剣が突き立った忍び装束を拾い上げた。

変わり身の術である。先ほどは、衣服だけを空へ投げ上げたのである。

「若！」

新助の声に身構えると、その瞬間、手裏剣が頰を掠《かす》めた。

振り返ると、樹林の向こうに背を向け逃げる忍びがいる。

「甚助か」

叫んだ孫兵衛が駆けだし、久助は地を蹴って跳んだ。木の枝に飛び乗ると同時に、懐に手を入れている。木々の間に見え隠れする背中に向け、飛びクナイを投げつけた。

影は横跳びに避《よ》ける。クナイは地面に突き刺さった。もう一つ投げる。影は繁みに飛び込んだ。同時に、久助は木の枝から飛び降りている。

「ううっ」

くぐもった声が漏れた。繁みから忍び装束の男がよろめき出た。

久助は夜叉《やしゃ》のごとく、男めがけて跳んだ。飛び降りる先にいた男が、久助を見上げる。その首筋に短刀を突き立てた。すばやく引き抜くと鮮血が勢いよく噴き出す。胸にも一刺し。激しく痙攣した男の動きがとまり、地面に倒れこむ。

「お見事」

繁みから孫兵衛が、忍び刀を拭いながら出てきた。

久助は相手を仕留めるためクナイを投げたのではない。孫兵衛の走った方角を見て、そちらに追い込むために投げた。高安甚助は、思惑通りの方角の繁みに逃げ込み、孫兵衛に斬られた。そして、久助にとどめを刺された。

孫兵衛が俯《うつぶ》せに倒れた高安甚助の死骸《しがい》を転がした。

（醜い）

死の苦悶《くもん》でゆがんだ顔に、やせこけた父が重なる。人は死に、誰しもこのように骸《むくろ》となり果てる。謀叛で家を覆したこの男も、病苦の中必死に家を保とうとしている父も。生と死、それは、紙一重《かみひとえ》のことなのかもしれない。まして、この乱世、明日なにが起こるかもわからない。このままでいいのか、という問いが久助の頭に去来する。

「若、先ずはお館へ」

孫兵衛の声に我に返る。なんにせよ、この騒動を鎮めねばならない。

三つの影が山間を疾風《しっぷう》のように駆けている。

孫兵衛の話では、高安甚助が病床の父を縛り上げると、懐柔された家人や顔も知らぬ忍《しの》び衆《しゅう》が乱入して城館の内外で蜂起《ほうき》し、滝川城は一瞬で制圧されたという。

「その高安甚助がこちらにきたということは、誰が城を押さえているのだ」

久助は走る速度をいささかも緩めず、前を見つめたまま言った。息の乱れは微塵《みじん》もない。

「さあ」

孫兵衛は首をひねった。

「高安めが、己の思案で家を奪うことはない」

久助は言いきった。裏で糸を引いている者がいる。甲賀の他家が密《ひそ》かに企てて、新興の滝川家を潰《つぶ》そうとしている。一勝が病床にあり、代替わりしないうちに事を起こしたわけだ。出る杭《くい》は打たれる。高安甚助はもとよりそれを目的として、他家から忍んできたのだ。

(それも見抜けぬとは)

父の衰えを悔やむとともに、己のうかつさにも慙愧《ざんき》の念に堪えない。

「まずまず、殿を救いましょう」

孫兵衛の口調は、相変わらず飄々《ひょうひょう》としている。

「無論だ」

まず為《な》すべきことはそれなのだ。

「でも、あいつら、なぜ若がここを通るとわかった」

新助が怪訝《けげん》そうにつぶやいた。言われてみれば、そうだ。久助は出先を父にすら告げない。いつも新助だけつれて不意に出かける。出る日も帰る日も、気ままだった。

「わしが言った。わししか若の行く先はしらんからな。奴ら、わしに聞いてくるさ。だから言った。堺さ、わしも一緒にいくぞ、とな」

孫兵衛は至極《しごく》当然とばかりに言う。まだ小首をかしげる新助に、久助は思わず笑みを漏らした。

「お前も討手なんだな、孫。わしを殺しに来た」

「それが若に何より早く会う術《すべ》だ」

孫兵衛はニヤリと笑ったあと、少しだけ真顔になり、

「小夜がとらわれましてな」

と、言った。口調は変わらないが、語尾はわずかに硬い。

高安一派は孫兵衛だけは手ごわいと断じて、小夜を人質《ひとじち》とした。天性の感覚で生きているこの男は、とっさの機転で謀叛に従うことを申し出た。そして、久助を討ちにいくことを志願した。

「久助のうつけぶりには愛想がつきた、というと、あっさり信じました。若の日ごろの行いのおかげですよ」

「急ぐぞ」

林間にこだまするような久助の力強い声に、孫兵衛は頷いた。

討手の帰りが遅くなれば、謀叛人《むほんにん》たちは人質に危害を加えるかもしれない。父に、そして、小夜に。

(小夜が虜《とりこ》に)

孫兵衛の軽口に応じる気にもならない。

許せない。大地をける久助の足に渾身《こんしん》の力がこもる。

出奔

甲賀に着くと、日はすでに西に傾いていた。

久助は滝川城外の繁みに潜み、住み慣れた居館を鋭く見つめた。

城は完全に制圧されている。高安に通じた者、そして呼びいれられた者たちが、城の内外を固めている。

つと耳を澄ますと、音もなく背後に二つの影がたった。

「若、小夜はとり戻しました」

孫兵衛が微笑を浮かべながら言うと、横で新助が、

「やつら、油断しています」

白い歯を見せ、目配《めくば》せした。

「一宇野は?」

久助は頷くと聞いた。兄範勝のいる一宇野城は、この滝川城から櫟野川を挟んだ対岸にある。兄の青白い顔が目に浮かぶ。無力な兄に抵抗の力はあるまい。

「もぬけのからでした」

孫兵衛は興味がなさそうに首をひねり、

「ま、ここともおなじようにやられたのでしょう」

と、別に惜しくもなさそうに言った。久助はそのあまりに軽妙な口振《くちぶ》りに啞然《あぜん》とした。この男は真に己の好きなことにしか関心がないのか、と少々寒気を覚える。そして思わず尋ねる。

「孫、おまえ、小夜が傷つけられるとは思わなかったのか」

「若と新助とわしがおれば、助けられるでしょう」

どこまでも不敵。もはや楽しげにも見える。

「さて、これで心置きなくいけますな」

城は人の出入りが激しくざわついている。正門、裏門から、忍びが走り出る。久助が見ない顔が多かった。

「他家の忍びですね」

忍び働きの経験が豊富な孫兵衛のほうが、顔が広い。

「知った顔か」

「いや、さすがに甲賀者《こうかもの》ではありませんが」

孫兵衛は少し顔をしかめ、唇を舐《な》めると、

「以前、山中《やまなか》の家からの頼みで忍び働きをした者の中にいたような」

と、言った。

（やはり、山中か）

甲賀最大の実力者山中大和守《やまとのかみ》。甲賀五十三家の中でも上層の二十一家であり、郡中惣の筆頭格でもある。山中家が絡むなら、この謀叛も五十三家の組織的密謀《みつぼう》ということで間違いない。

「いますこし、近づきましょう。新助、お前はここで見張れ」

孫兵衛は無造作に飛び出して駆け出す。この男は身を隠す術を心得ている。西日が強い分、日陰は濃い。日が陰ると死角となる部分を縫って走っている。

城は小山を切り開いてその斜面にへばりつくように建っている。東と西は土塁《どるい》を積み上げているが、館の北側は、そのまま切り立った尾根であり、天然の城壁《じょうへき》をなしている。

空堀《からぼり》を跳躍すると、土塀をつたい、尾根を一気に駆け上がった。久助だからついて行けるが、尋常な速さではない。登りつめると崖上から城館を見渡した。櫓《やぐら》の上に物見《ものみ》の姿が見える。

「若、日陰にはいりなされ」

灰色の忍び装束は闇にまぎれる。覗《のぞ》きこむと、館の広間が見えた。

庭に死体が数体並べられている。殺された家人たちであろう。

「お」

孫兵衛が柄にもなく声をあげた。

並べられた死体の顔にはすべて白布が掛けられているが、その一番端の背格好はどうみても父一勝であった。白い寝巻帷子《ねまきかたびら》は、見誤りようがない。

(すでにやられたか)

「若を捕らえてもおらぬのに、殺すとは」

孫兵衛も苦々しく顔をしかめて、つぶやいた。父がもうこの世にいない。もとより長くはないと思っていたが、逆臣《ぎゃくしん》に弑《しい》される最期とは、その無念、いかほどのものか。

「む」

孫兵衛が大きく唸ると、さらに驚愕すべき光景が現れた。

広間の縁に一人の男が出てきた。

「兄者」

高安範勝。出てきた兄は、かつて見たことのないような顔で、軒下に跪《ひざまず》いた忍びを叱咤《しった》した。繊弱で青白かった面《おもて》に朱が差し、両目がつりあがっている。

「範勝殿、担がれたのでしょうな」

孫兵衛の声にも大量の嘆息が混じる。

五十三家に操られた高安甚助にそそのかされ、抑圧し続けた我欲を目覚めさせたのか。

当主の滝川一勝を殺し久助に向け討手を放つ。帰りを待ってその首尾を五十三家に報じる。うまくいけば、滝川の城地《じょうち》を我がものに。そんなところであろう。

「どうする、若」

さすがの孫兵衛も、事が重大すぎて判断ができないようだった。

殺されたのは主人、殺したのはその長男、そして目の前にその弟。

久助は目を閉じて考えた。これは、もう久助しか決められないことなのだ。しかし、長々と考えている時間もない。

目を開き、もう一度見下ろした。

(これが、兄か)

無力で貧弱、覇気のかけらもない、父からも疎んじられた兄。兄は本気で自分が滝川家を継げると思っているのだろうか。無論、五十三家はそれを約して範勝を釣ったのであろうが、事が終われば密殺するに決まっている。目的は滝川家の取り潰しなのである。

徐々に久助の目が据わってきている。黒目が爛々《らんらん》と輝きだしていた。

(醜い)

兄の姿も醜いが、久助はもっと醜悪な魔物たちを見据えていた。甲賀五十三家は、己の手を汚さず、滝川家の内部を裂いて事を起こした。

「見てろ、孫」

久助は背負った鉄砲を構えた。

火縄に火をつける。スイとさりげなく構え、狙いを合わせた。

（わが手で殺す）

兄に罪はないのかもしれない。ただ、どの道生きられぬなら、いっそこの手でその命を絶つ。

その醜く歪《ゆが》んだ形相《ぎょうそう》。欲にくらみ、濁った瞳。これが、甲賀の里の正体なのだ。

忍びという心中定かならぬ、魔性の者たち。破りえぬ里のしきたり、郡中惣、五十三家の馴れ合い。

父に未練《みれん》はない。思えば、病の床についたときに、滝川一勝という男は死んだのだ。忍びとしても、武家としても。そして、いまや、この世からも消え去った。

あと自分を縛るものは、甲賀の里そのものなのだ。

絶つのだ。絶つ、しかない。

（この宿命を）

そろりと引鉄を引いた。乾いた銃声が響いた。一瞬、高安範勝は顔をこちらに向けた。目が合ったような気がした。

次の瞬間、眉間を撃ち抜かれた範勝はそっくり返った。

「使えますな」

孫兵衛が、すぼめた口から、ふぅっと息を吐く。この男が火縄銃という武具《ぶぐ》を褒めたのは、初めてであった。

「では、いきますか」

孫兵衛は、身を乗り出し、崖下へ駆け出そうとした。

「もういい」

久助はとどめた。

「はあ？」

孫兵衛は眉《まゆ》をひそめた。

「もう沢山だ」

これからこの城を取り返してどうなるのか。乱は終わった。だが主《あるじ》の父はもういない。

「兄を操り、父を殺せば滝川の城をやる、と焚きつけたのは、里の者であろうが」

ならば、謀叛人たちを討《う》っても事は終わらない。目的は滝川の家を潰すことにある。

郡中惣の評議にかけられ、このお家騒動を種に城は廃され、滝川家は取り潰される。

膨張する家が目障《めざわ》りなのである。すべては甲賀五十三家が己たちの領分を守るために画策している。

出る杭は打たれる。そんなことを繰り返して、この里は成り立っている。

「お前はいい。だが、俺はもはや里にいてはならぬ存在なのだ」

「どうするつもりだ、若」

「このまま消える。お前は、他家に仕えろ」

「家はどうする」

「焼け。滝川の家は終わりだ」

久助は、館に背を向けた。もとから家に執着してはいない。

「滝川久助は死んだ、といえ。俺も里に未練はない」

(本当にそうか。そうなのか)

言いながら、心で自問をする己がいる。未練、あるのかもしれない。だが、それは今振り切らねばならない。甲賀の里を、全てを捨てる。

呆然《ぼうぜん》とする孫兵衛を残し、久助は駆けだす。

どこに行くのか、そんなことはわからなかった。とにかく、久助はもうここにはいられない。それは確かだった。

「若!」

目の前に小柄な影が飛び込んできて、久助は足をとめた。

「若、俺もいく」

新助は幼い瞳を輝かせて言った。

「連れなどいらぬ」

「俺も世にでてみたい」

新助は全身から力をほとばしらせていた。

久助は目をそらした。新助は孤児であった。甲賀に残れば新たな雇い主は見つかるであろう。だが、生涯忍びの下働きで終わることは間違いない。

「お前はまだ小僧だ。くるなら甲賀を捨ててこい」

新助は顔をしかめて、目を伏せた。まだ、里を出ることの真の意味がわかるほど、成熟していない。

「若、本当に行くのか」

孫兵衛の叫びが追いかけてきた。振り向けば刃《やいば》のように険しい顔を向けている。

久助は、無言で固く頷く。

「この甲賀を出るということは二度と戻らぬ、戻れぬということじゃ」

刺すような孫兵衛の視線は痛いほどである。久助は思わず、目をそらした。

「甲賀のすべてを捨てる、ということだ」

わかっている。この男が何をいいたいのか。だが、久助は行かねばならない。今、甲賀の里の呪縛から放たれようとしている。その自分に新たな足枷《あしかせ》をはめることはできない。

「若――」

「もう若ではない」

言いかけた孫兵衛を久助は遮った。もうこれ以上、孫兵衛と対峙《たいじ》することはできない。無理にでも断ち切らねば、ここから動くことができなくなる。

孫兵衛の目が落胆に澱んだように見えた。

久助は息を吸い込むと、一際大きく言い放った。

「我はこれより一介の男だ。もはや侍でも甲賀忍びでもない」

峠

久助は西に向かい、峠に足を踏み入れていた。

甲賀の里からはどこに出るにも山越えになる。陽《ひ》はすでにとっぷりと暮れ、四囲を満たしている闇が、漆黒の度合いを増していく。時に、夜鳥がささやくように鳴く。樹木が天を覆いつくし、月も星もみえない。そんな中を久助は一人早足で歩いている。

(都にでもでてみるか)

漠然と思っていた。急ぐ旅ではない。もとより、突然の門出に行くあてなどない。


つけられている。そのことは大分前から感じていた。一定の距離を保ってついてくる。

久助が走れば走り、歩き出すと歩を緩めている。

振り返っても、漆黒の闇である。何も見えないからあえて振り向きもしない。

(気づいている)

こちらが気づいていることを知っている。相手は忍びである。足の運びでわかる。

久助は立ち止まった。追手も止まったようである。

誰なのか。おおよそ見当はついていた。

息をとめた。己の気配を殺してみた。

(きた)

身を翻すと、飛びクナイが空を切り裂いて飛び過ぎた。

久助は横には飛ばず、後ろへ跳躍していた。足音から相手との距離を測っていた。

相手の眼前に飛び降りた途端、忍び刀が振りかざされた。

闇夜に閃光《せんこう》がひらめいた。久助も忍び刀を引き抜いている。刃と刃がガチリと嚙み合ったところで、
相手の夜叉のような顔が、間近に迫った。

(小夜)

爛と光る大きな瞳が、潤んでいた。

「俺が憎いか」

小夜は一歩飛びのいた。

「捨てるのか」

久助はわずかに視線をそらした。言葉にすれば、言い訳になるであろう。

(そう、捨てる。里を、そして小夜を)

甲賀滝川の忍びでなくなるのなら、小夜と添うてもよいのであろう。

だが、それはできない。久助はもはや家もない天涯孤独の身である。扶持《ふち》もなく、明日をもしれない。すべてを捨て、裸になって、この世の生きとし生けるもののすべてを見にいくのだ。そこに、小

夜を連れていくことはできない。

「小夜は里に残れ。そのほうがいい」

「うそよ」

小夜は激しく、かぶりを振った。

「お前は、私のことなど気遣ってはいない。お前の中に私はおらぬ」

久助は黙った。

（そうなのか。俺は小夜のことを想っている、いや、重荷と感じているのか）

久助の心も激しく葛藤《かっとう》する。

「いっそ殺せ」

激しい情念の炎を宿した瞳だった。闇夜に女の甲高い叫びが響く。

「お前の手で殺せ」

「殺さぬ」

「なら、私がお前を殺す」

鋭い斬撃《ざんげき》を久助は受け止めた。

「小夜！」

押し返すと、小夜は地面に転がった。久助はすばやく乗りかかり、細い両の手首を摑んだ。小夜の手から刀が落ちた。それでも小夜は、激しく抗《あらが》った。

「殺せ」

激痛が走った。小夜は身を起こし、久助の首筋に噛み付いていた。

久助はしばらくそのまま、小夜をかき抱いていた。ちぎれんばかりの痛みが首から拡がる。

やがて、小夜が首から離れると、首筋から生温かい血が胸元へと伝った。

小夜は大きく肩で息をすると、ぐったりと力を抜いた。月明りが樹間から僅《わず》かに差し込み、小夜の顔を照らした。覗きこんだ小夜の瞳は哀しみに濡れ、久助を見上げている。

胸が激しく痛んだ。久助の体が小夜を覆った。


目が覚めると、朝霧が冷たく森を支配していた。露に体が濡れている。

久助は一人、樹林の中に寝転がっていた。

「生きている」

見上げた視界が、朧《おぼろ》から現《うつつ》へと彩を交えていくなか、つぶやいた。

夕べ、小夜と交わった。言葉を交わすことはない。ただ獣のように求めあった。

小夜の中で果てては甦《よみがえ》り、甦っては果てた。お互いの情念をぶつけるかのごとく、何度も交わった。

久助の上で、そして下で小夜は昇りつめ、絶叫し、嗚咽した。汗と唾液《だえき》と粘液にまみれ、全ての精魂を込めて小夜を抱いた。

やがて、小夜が上になり、何度目かの絶頂を迎えようとしたとき、久助の首に小夜の手がかかった。

冷たく白く、細い指がゆっくりと首を絞め上げた。同時に、久助のものを飲み込んだ秘所は熱くなり、腰の動きが速まっていく。

小夜が見下ろしていた。哀《かな》しい眼であった。意識が遠のいていく中、久助は昇りつめていく。不思議と苦しみはない。全身を快楽がつつみこむ中、久助は精を放った。

(死ぬのもよいか)

朦朧《もうろう》と混濁する意識の中、久助は思っていた。

だが、久助は生きて目覚めた。

そこには、小夜の影も形もない。ただ、首筋はわずかに疼《うず》いていた。

久助は身を起こし、昨日のことを思った。高安の謀叛、父の死、兄の死、小夜。様々なことが起こった。十年とも思える一日であった。

(俺は、死んだ)

念じていた。甲賀滝川家の久助は、死んだのだ、と。

そして、立ち上がった。そのとき新しい一人の男が生まれていた。

(さらば、甲賀)

面をあげて歩き出した。

時に、天文九年、久助改め、滝川一益《かずます》、十六歳。

第二章　流浪

美濃にて

乱世《らんせ》の歳月は足早に走り去っていく。

弘治《こうじ》元年（一五五五年）、滝川《たきがわ》家の乱から、はや十五年の月日が流れた。

美濃《みの》国は稲葉山城《いなばやまじょう》の麓《ふもと》、井《い》ノ口《くち》の城下町《じょうかまち》は今日も華やかににぎわっていた。商人の往来も繁く、軒先に闊達《かったつ》な声が飛び交う。

山麓《さんろく》の大手門《おおてもん》からつづく目抜き通りの片隅に、一軒、古物《ふるもの》の武具屋《ぶぐや》がある。

世は戦国。刀槍《とうそう》、甲冑《かっちゅう》など武具の需要は絶えない。そして新しいものばかりが求められるわけではない。新しい武具を買えるのは大身代《おおしんだい》の侍《さむらい》に限られ、牢人《ろうにん》や武家《ぶけ》奉公《ぼうこう》を志す農家の二男、三男などは古物を求める。古物の武具屋は、城下には不可欠な存在だった。

この井ノ口で店を出して、はや二十年にもなろうかというこの武具屋は、そこそこの店構えをしている。

「ここんとこ、商売あがったりだ」

店の軒先で片頬《かたほお》をなでながら、いかにも主人然とした男がぼやいた。振り返ると、もう一人、背を向け奥で鉄砲《てっぽう》を手入れしている男がいる。その背に向け主人は、

「いくさがなければ、甲冑など売れんからなあ」

と、話しかけるが、男は振り向きもしない。熱心に鉄砲をいじりつづけている。

「美濃の殿《との》さまも意外や、民《たみ》、商人に手厚い。これはしばらく美濃にいくさはおこらんでしょう」

奥の男がいきなり振り向き、主人に鉄砲を向けた。

「どうかな」

筒越しにニヤリとしながら言った。この男、滝川一益《たきがわかずます》である。すでに三十路《みそじ》を超えた壮年期に入っている。主人はおどけて両手をあげた。横をすり抜けて一益は大手通《おおてどおり》にでる。

(相変わらず、不思議なお方だ)

その背中を見ながらつぶやいた主人、名は儀太夫《ぎだゆう》という。

儀太夫は元甲賀《こうか》滝川家の忍びである。物心《ものごころ》がついたとき、主《あるじ》滝川一勝《かずかつ》の厳しい忍《しの》び修行の中にいた。一勝は儀太夫を一族の遠い胤《たね》、と言った。真偽は定かではない。

長じて一端《いっぱし》の忍びとなり、命をうけ美濃に潜伏しているとき、あの乱が起こった。家に内紛《ないふん》が起こり一族は全滅し、城は焼失したという。突如主家《しゅか》がなくなり、主命《しゅめい》は途絶えた。戦乱の世にはままあ

ることである。このころもう、儀太夫は美濃の民になりきっていた。

美濃の国は、都から流れてきた元油売り商人の息子斎藤道三《さいとうどうさん》が、その実力で守護土岐《しゅごとき》氏をしのぐ権勢を振るい始めていた。そんな道三の成り上がりを見ながら、武具屋の主人として儀太夫は暮らした。甲賀に帰ろうか、と思ったこともある。そして、誘いもあった。甲賀の忍び仲間は、他家に仕えるように、何度か言ってきた。

だが、儀太夫は、斎藤道三という戦国の世を体現した男の魅力に憑《つ》かれてしまっていた。この美濃で道三の国盗《くにと》りを見届けたい。そんな想《おも》いを持つのは、忍びの者としては異端なのかもしれない。そして、望み通り道三は見事に国主《こくしゅ》の座にのぼりつめた。儀太夫は、己《おのれ》の目に狂いがなかったことに満足した。

そんなところに、ふらりと現れたのは、死んだはずの滝川一益と忍び仲間の新助《しんすけ》であった。儀太夫は戸惑いつつも迎え入れた。

久助と名乗っていた少年期以来、久しぶりにみる主家の御曹司《おんぞうし》は随分変わっていた。眼光鋭く、口数は異様に少なく、時間があれば鉄砲ばかりいじっていた。問い掛けても、ろくな返事はない。

仕方がないので、儀太夫は新助に尋ねた。

甲賀滝川の乱のあらまし、そして、それ以降のこと。あの乱で、滝川の家人《けにん》は大半が死に、残りは散り散りとなった。滝川忍びは、他家に鞍替《くらが》えした者、里から抜けた者などさまざま、とのことだった。

「一益様は、己は死んだことにして、諸国を流浪していた」

新助はいうが、

「ま、私もその辺は詳しく知りませんがね」

と、苦笑する。


一方の新助が里を出たのは、乱後、程なくとのことだった。まだ少年の域をでない新助が放浪しながら生きていくのには、尋常ならぬ苦労があったであろう。だが、新助は、甲賀の里で鍛え上げた強靭《きょうじん》かつ俊敏な肉体を持っていた。そんな新助にとって、先に失踪《しっそう》した一益を探すことが、生き甲斐《いがい》であり修行のようなものだった。

ただし、手掛かりはない。

「一益様は名すら捨てていたからな」

背格好や面体《めんてい》を頼りに手当たり次第に聞き回りつつ、忍び仲間を頼り、情報を集めて、果てしない放浪は続いた。

そのうち一益らしき男に行きあたった。そのころ一益は殺しの請負《うけおい》をしていた。

「殺しか」

儀太夫は顔をしかめた。

「殺しだけじゃないさ」

ほかにも間諜《かんちょう》、夜盗《やとう》、野伏《のぶ》せりなど、かなりいかがわしいことまでやっていたようだ、と新助はいう。

新助は、たどり着いた村で一益らしき男に殺しを依頼したという里の者にあった。

依頼人は伊藤内蔵《いとうないぞう》という者を殺す依頼をしたという。伊藤は粗暴な男で徒党を組んでは村の羽振りの良い家を脅し、金銭をたかっていた。無頼《ぶらい》のたかり屋であった。

別に珍しい話ではない。戦国時代である。里の者も自衛のために必死なのである。

依頼人は一益とは行きずりの知遇《ちぐう》であり、その詳しい所在すら知らぬようだった。

一益は驚くほどの安値で請《う》け、銭は仕事を見てからいつでもいいと言ったらしい。なんともいい加減な話だった。

新助は、伊藤内蔵を見張ることにした。

(どうするつもりだ)

新助はいぶかしんだ。見たところ、この伊藤某《なにがし》、別に用心深くもない。むしろ隙《すき》だらけの男である。膂力《りょりょく》はあり、武芸《ぶげい》にも長じているのかもしれないが、新助の知る一益の腕なら、容易に討《う》てるであろう。が、しばらくは何も起こらない。

いい加減尾行に飽きたころ、事は起こった。伊藤内蔵は意外や信心深く、宮社《ぐうしゃ》への参詣《さんけい》を習慣としている。新助はその日も、内蔵がふらりと参拝しにいくのについていった。

内蔵が殿上《てんじょう》にあがる。そして、いつものように平伏《へいふく》した。

（む）

新助は顔をしかめた。風に乗って、かすかに火縄《ひなわ》と硝煙《しょうえん》の匂《にお》いがした。

すぐ、パアンと乾いた銃声《じゅうせい》が響いた。内蔵はそのまま、頭を拝殿《はいでん》の床に落としていた。

（どこから撃った）

素早く境内《けいだい》を見渡すが、それらしき人影はない。

宮内は突然の人殺しに大騒ぎになった。しかも拝殿での鉄砲音である。

新助が人々をかき分け拝殿に駆けあがると、内蔵は頭を撃ち抜かれている。

振り返ると柱がある。新助は歩み寄り裏手に回ってみる。この柱に隠れて撃ったのか。

（違う）

柱に穴があいている。穴を覗《のぞ》いてみると、確かに内蔵の死骸《しがい》が見える。弾は間違いなくここを通って内蔵の頭を撃ち抜いた。内蔵の参拝をみて座る場所を測り、この柱に穴をあけておき、一見わからぬように仕掛けをしておいた。

（だが、ここからじゃない）

新助は銃声がした瞬間、殿上を見渡していた。この柱の後ろには誰もいなかった。

そもそも、この柱では身を隠すことはできず、伊藤内蔵も気づいたであろう。

では——さらに振り返った。十歩ほどあるいた向こうにもう一本の柱がある。

そこまで歩き、裏手に廻《まわ》ってみる。

（ここだ）

硝煙の匂いが強い。下手人《げしゅにん》がここにいたのは間違いない。

柱の陰に立ち、覗いてみる。前の柱の穴、その空洞の向こうに伊藤内蔵の死骸が見えている。拝殿の下からは死角となる。撃って裏手から逃げるのは容易なことだろう。

（この柱の陰から前の柱のあの穴を通して、頭を撃った）

距離は遠いとはいえない。が、その技量は尋常ではない。


「なんだあ、それは」

儀太夫は眉《まゆ》をひそめた。拝殿での参拝中を狙《ねら》う神をも恐れぬ大胆さ、それ以上に、その手の込んだ殺し方。柱の穴を通して頭を撃ち抜くその技。

「いや、それだけではないのさ」

新助は苦笑交じりの顔で続けた。

異端の者

新助は唖然《あぜん》としていた。後の儀太夫が感じたと同様に、そのときの新助もこの奇妙な出来事をすぐには理解できなかった。

（なぜ、こんな手の込んだことを）

しばらくその場に佇《たたず》んでいた。いつしか周りに人だかりができる。

「ここから撃ったのか」

人々は同じく、なぜこんな風変わりなことをするのか、と小声でささやき合っていた。

「おい、これは下手人のものじゃねえか」

群衆の一人が、刀の鞘《さや》を拾い上げて叫んだ。

懐かしい。亡き滝川一勝が久助《ひさすけ》一益に授けた刀だった。一益の腰によくこの鞘がさがっていたことを覚えている。下手人が落として行ったのであれば、

（やはり、若だな）

だが見失った。既《すんで》のところまでたどり着きながら、逃げられてしまった。

また長い旅になるのか。新助は、深く大きなため息を吐《つ》いた。仕方がない。新助はなんとか理由をこじつけてこの鞘だけでも得ようと、口を開きかけた。

そのとき、人垣《ひとがき》の中から、

「俺のだ」

声がする。群衆があっと目を見張る。人垣が割れる。

鉄砲を背負った男はゆっくりと前に進み出た。

「俺のだ、と言っている。返せ」

この場面、「名将言行録」では、こう描かれている。

「……之《これ》に依《よ》り諸人立騒《しょじんたちさわ》げり。一益其中《そのなか》を恙《つつが》なく退《ひ》きけれども、刀の鞘を落せしことを無念《むねん》に思ひ、又立帰《またたちかへ》り鞘を取り退きしとぞ」

滝川一益は、呆《ほう》けたように口を開ける男の手から、ゆっくりと鞘をもぎ取った。

その態度があまりに自然すぎて、一同声もでない。

「わ、若」

新助がやっと声をかけた。

振り向いた一益は、片頬だけ緩めて笑っていた。

「鞘をとりにわざわざ戻ってきたのか」

儀太夫はあんぐりと口を開けた。

「おかしいでしょう」

新助は愉快そうに笑った。

「じゃ、なんで逃げたんだ!?」

儀太夫は悲鳴にも似た声をあげた。それだけ手の込んだ狙撃《そげき》をして、完璧《かんぺき》に仕留めた。そして風のようにその場から去った。なのに、刀の鞘を惜しんで帰ってきた。

「わからんが、そこが一益様の面白いところです」

新助は、そんな一益が心底好きらしい。儀太夫がさらにその理由を問うと、新助は、

「好きに理由はない。ただ、一益様といると常人の身には起こらぬような珍しき事に出会える。それこそがこの世の面白さでしょう」

と、笑みをさらに大きくした。


それから、一益と新助は、陣借《じんが》り牢人とその従者《じゅうしゃ》という体《てい》で、各地のいくさ場を渡り歩いた。世は戦国、二人は数多《あまた》の合戦《かっせん》にでた。だが、恩賞《おんしょう》はもらうものの仕官《しかん》はしない。まるでその地の勢力を値踏みするかのように合戦で働き、終わるとそそくさと去る。

「恩賞なんて、三日三晩でつかっちまったり、貧しい村にばらまいたり」

新助の語りには、絶えず笑みがついて回る。儀太夫は呆《あき》れて声もでない。

(まるで、人並みな暮らしを憎んでいるようだ)

侍として仕官を求めれば、それなりの俸禄《ほうろく》で雇われたであろう。

(奇人か)

儀太夫には理解ができない。

一益たちはそんな日々を経て、摂津《せっつ》国堺《さかい》へ辿《たど》りついた。

堺では鉄砲鍛冶《てっぽうかじ》になりすまし、鉄砲の製法、射術《しゃじゅつ》を学んだという。

天文十二年（一五四三年）、種子島《たねがしま》に漂着《ひょうちゃく》したポルトガル商人を救った領主《りょうしゅ》種子島時尭《ときたか》は、ポルトガ

ル式火縄銃《ひなわじゆう》の威力に着目し、高値で買い取るとともに生産技術の解明に着手した。その技術はやがて、最先端の文明都市であった堺へと伝播《でんぱ》。堺では総力を挙げて、その量産、流通に注力し、今や、畿内《きない》を中心に急速に種子島鉄砲は広まりつつあった。

堺鉄砲鍛冶は最高峰の技術職人集団である。その中に入り込むためには、一族となるのが手っ取り早い。

(その証《あかし》がこれだ)

儀太夫が振り向くと、奥から幼子《おさなご》がよちよちと歩きだしてきた。

「待ちなさい、これ」

儀太夫の女房《にようぼう》のお舟《ふね》が追いかけてきて、抱き上げた。三歳になる一益の息子であった。母は堺鉄砲鍛冶の娘で、産後ほどなく病死したという。それを機に、一益と新助は堺を出奔《しゆつぽん》した。鉄砲の技術も充分体得したのであろう。ただ、幼児をつれて流浪の旅はできない。美濃に流れてきたのは、儀太夫とやはり忍び仲間のお舟が、ここで店を構えていることを知っていたからだ。

(気ままに生きてきたわりに、赤子のことを気遣うとは)

儀太夫はお舟が幼子をあやしながら連れ去るのを見送り、心中つぶやく。

腹の底は見えないが、存外、情に厚いのか。

一益と新助に甲賀からの追捕《ついぶ》はなかったという。甲賀《こうか》五十三家《ごじゆうさんけ》としては滝川家を潰《つぶ》せればよかったのであろう。そもそも、一益が騒がぬならあの騒動を穿《ほじく》り返《かえ》す必要もない。これでは、甲賀の滝川一益という人間は死んだにも等しいではないか。

儀太夫は、一益に里への怨讐《おんしゅう》について聞いてみたこともある。

「なんの怨《うら》みだ」

「なんのとは、また」

「あほう」

一益はぶっきらぼうに答えた。甲賀に復讐《ふくしゅう》する気などさらさらない。むしろ里を出るきっかけをつくってくれた甲賀五十三家には感謝しているようだ、とは新助から聞いた。

(やはり、奇人なのだ)

儀太夫にその思考は理解できない。が、なぜか一益を迎え入れている。

(ま、わしもその類《たぐ》いか)

と、苦笑を漏らす儀太夫。この男も充分に異端の者だった。

その一益はふらりと通りにでた。大手通の先に稲葉山城の大手門が見える。

「美濃のまむし、か」

ボソリとつぶやいた。

「なんですか」

店先から儀太夫が聞き返した。その問いには答えず、一益は山上の城を見上げた。

「名君すぎる」

一益は独り言のように続けた。

斎藤道三は土岐氏を追うと、本拠として稲葉山に大規模な城を築いた。そして城下町を整備し、旧来の商業慣習である座《ざ》、市《いち》を撤廃《てつぱい》し、城下を自由商業地とした。そのため、近隣諸国から美濃へ商人がなだれ込み、街は大いに栄えていた。酷薄非情な謀略《ぼうりやく》を搾《しぼ》り出して国主に上り詰めた「美濃の蝮《まむし》」。そんな道三にしては、意外な名君ぶりであった。

一益は、数多の戦国武将、国主を見てきた。その各地では武勇《ぶゆう》・智《ち》謀絶倫《ぼうぜつりん》の男がでては、無能な主君を駆逐《くちく》して己の勢力を作り上げていた。戦国時代、下剋上《げこくじよう》。その象徴が斎藤道三であった。特に美濃という地理的要衝《ようしよう》でそれを成し遂げた道三という男には、大いに興をそそられた。

（だからこそ美濃にきてみたのだが）

「そうですな、名君といえるでしょう」

一益の言葉をどうとったのか、背後から儀太夫の声が追いかけてきた。儀太夫としては、己が見込んだ斎藤道三である。

「奴《やつ》の本性ではない」

言い切った一益を、儀太夫は、奇怪なものでも見つけたように見返す。

「いつもながら、おかしなことばかり言うお方じゃ」

道三は美濃統一後、抗争《こうそう》を繰り返してきた尾張《おわり》の織田《おだ》に娘を嫁がせ同盟を結び、息子の義龍《よしたつ》に家督《かとく》を譲った。形式上、領内鷺山城《りょうないさぎやまじょう》に隠棲《いんせい》したが、依然、実権を握り国政を牛耳《ぎゅうじ》っている。道三、齢《よわい》六十を超え、その威勢は盤石のようにみえた。

「やっと摑《つか》んだ国主の座。いかにそれを守るかに専念しているのでしょう」

「そうなら、つまらん男だ」

「つまらんとな。道三ほどの男、なかなかおらんでしょうが」

儀太夫は目を見開いて、食い下がる。

「俗物《ぞくぶつ》だ」

「な、なんと」

儀太夫はかすかに慄《おのの》いた。時折《ときおり》、一益はこんな思いもかけないことを口走る。そんなとき、その身から得体の知れない思念の炎が立ち上っているように感じる。

「もっと面白いものが見られると思っていたが、俗物でしかない、ということだ。そのうち、騒動が起きるだろう」

街づくりに精を出しているが、その反面、罪人を牛裂《うしざ》きの刑に処するなど、残忍な一面を見せている。息子の義龍との仲も良くないと聞く。

「一益様は、いったい何を見ていなさる」

「人の心の底の底さ」

一益は握りしめた鉄砲の筒先を、稲葉山の山頂へ向けた。

「おやめください」

儀太夫のあわてた声が響いた。

信長

ひと月もたたぬうちに、乱は起きた。

「いくさじゃ、お家騒動じゃ」

そんな叫びに、稲葉山の城下は騒然となった。町人たちは一斉に荷を運び出し、山中へと逃げ隠れる。

斎藤義龍は弟二人を稲葉山城で誘殺《ゆうさつ》し、父の道三に対して宣戦布告《せんせんふこく》した。

息子義龍は斎藤の姓を捨て、母の血筋である一色《いっしき》氏を称し、その一門である美濃国守護土岐氏を国外へ追った道三を仇敵《きゅうてき》としたのである。

「久しぶりのいくさじゃ。この店も捨てねばならん」

儀太夫はさして悔しくもない素振《そぶ》りで言った。

国主親子の争いである。まず間違いなく井ノ口の町は焼かれるであろう。妻のお舟と一益の息子はいち早く逃がした。

「しかし、一益様には驚かされる」

儀太夫は、予言が的中したことでまた一益に一目置いたようだった。

一益は応《こた》えもせず、店の奥で鉄砲をいじっている。

儀太夫は首をすくめて、

「まあ、武具屋にもそろそろ飽きた。わしも一益様とともに陣借りでもしたい」

と言った。店もなくなるのなら、長年の隠遁をやめてひと暴れしたいのであろう。

「一益様、こたびは、どちらに肩入れしましょうや」

新助も久方ぶりにいくさにでたいらしく、

「まず、義龍が勝つでしょう」

快活に話を進めた。そんな二人の声を背中に、一益は無言だった。

そもそも、一益はこの内乱に大した興味を覚えていない。

戦国の梟雄《きょうゆう》斎藤道三の無様な末路など、見届けたくもない。結局のところ、道三も己の欲で身を滅ぼした。下剋上で国を獲るまでの才をみせたものの、その権勢に執着して息子に討《う》たれるのである。

自ら家督を譲った長男を廃して、寵愛《ちょうあい》する二男に挿《す》げ替《か》えようとしたことがこの乱の発端なのだ。

そんな欲望の行き着く先は、大概が同じところ、破滅である。これまで何度も見ていた。

（道三も、そうか）

失望していた。鉄砲の手入れをする手を止めようともしない。

「またですね。一益様はいらだつと鉄砲に入れ込む。道三も見切りましたか」

新助は新助で、こんな一益の仕草を幾度《いくど》も見てきた。

「この美濃にも、一益様の求めるものはなかった、ということですか」

「くだらん」

「ともにいろんな武人《ぶじん》をみてきましたが、その通りでした。気持ちはわかります」

新助は苦笑すると、

「では、こんな報《しら》せはどうですか」

尾張の織田信長《のぶなが》が舅《しゅうと》道三の援軍にくる、といった。

信長は、道三が尾張に送り込んだ娘の夫であり、その縁で美濃と尾張は同盟関係にある。

信長は尾張国内の争いや、駿河今川《するがいまがわ》との合戦にもたびたび道三の支援をあおぎ、道三は律儀に応えた。両者の関係は、すこぶる良好であった。

その舅の首が危うい。濃尾《のうび》の同盟が破れる危機でもあった。道三を助けねば、信長は大切な後ろ盾を失う。一益は、鉄砲に向けていた顔をわずかにあげた。

（援軍の余裕などないだろうに）

信長が織田家を継いでまだ四年。父の信秀《のぶひで》の急死のあと、尾張はまとまっていない。

国内の同族が離反する中、信長が外征《がいせい》に動員できる兵は、千人そこそこであろう。それでも、美濃へくるというのか。

（下手をすると、帰る城もなくなる）

尾張領内が全く予断を許さない状態なのである。信長に心服《しんぷく》していない家臣《かしん》も多い。居城《きょじょう》をあけたとたん、反抗勢力が蜂起《ほうき》することもありうる。

（まさか、勝てると思ってはおるまい）

隠居の道三の元に集う兵は二千程度。対する斎藤義龍が擁《よう》する兵は一万五千ともいう。あきらかな劣勢である。

織田信長。なにを想いこの美濃へきて、滅びゆく斎藤道三へ肩入れするのか。

「うつけの信長、か」

織田信長はうつけ者。近隣に響き渡った噂《うわさ》である。父、織田弾正忠《だんじょうのちゅう》信秀が築きあげた尾張での威勢をつぶす、という評判であった。

「儀太夫、信長をみたことはあるか」

一益は聞いた。美濃に潜伏して長い儀太夫のほうが知っているであろう。

「織田信秀の葬儀《そうぎ》でみました」

儀太夫は聞かれたことを喜ぶかのように、おどけた顔つきで答える。

「抹香《まっこう》を投げつけていましたよ」

「香を？　投げつける？」

新助が怪訝《けげん》そうに聞くと、儀太夫は、思い出し笑いに顔をゆがめる。

信長は父の葬儀に喪服《もふく》どころか半袴《はんばかま》で脛《すね》をさらした奇態《きたい》で臨み、焼香《しょうこう》がわりに父の位牌《いはい》に抹香を投げつけた、という。

「それは凄《すご》いな」

新助は呆れ混じりの声でいった。

「焼香が終わったのちは、織田の家臣どもが大騒ぎでしたわい」

儀太夫は、さも面白いものを見たかのように語る。信長の弟、勘十郎信行《かんじゅうろうのぶゆき》のつつましい態度に人気が集まる一方、信長の奇矯《ききょう》な振舞いをあからさまに非難する家臣もいた。

「うつけの殿様では、国は保てぬ。いっそ勘十郎を世継《よつ》ぎに、とな」

くくっ、と忍び笑いをもらすと、新助は一益を振り返った。

「信長という男」

新助は悪戯小僧《いたずらこぞう》のように目を輝かせて言う。

「一益様に似ているじゃないですか」

「戯言《ざれごと》をいうな」

一益は不快そうに眉根《まゆね》を寄せた。

信長の父信秀は、息子を愛していたという。家中の酷評にもかかわらず跡目《あとめ》を替えず、その奔放《ほんぽう》かつ奇矯な行いをも許していたらしい。

（わしとはちがう）

父一勝は病を背負って家と息子の向後《こうご》を憂患《ゆうかん》し、そのあまりに獅子身中《しししんちゅう》の虫を家内に抱え込んだ。

その父を、自分は捨てた。父のようにはならぬ、その決意が父の死によって明確となった。そして、家を、里をも、捨てた。

(信長はどうだ)

守護代《しゅごだい》の家老職《かろうしょく》からのし上がり、叛服《はんぷく》を繰り返す同族をまとめあげ、尾張の国主として君臨した英雄、そして、唯一の支持者であった父、織田信秀。その、死。

それは、世継ぎという自分との決別の時の到来だったのか。

父へ誓いを立てるべく、抹香を投げつけたのか。

(似ていない)

父を捨て、兄を撃ち殺した自分と信長。一益は自答する。

「いや、似ていますよ」

心を読むかのように、新助の笑みを含んだ声が追いかけてきた。

邂逅

斎藤道三は先手を打って稲葉山城下を焼いた。当然、儀太夫の武具屋も焼けた。一益たちは、売り物の甲冑に身を固めて、灰燼《かいじん》と帰した街に潜んでいた。半焼した城下屋敷の一角を根城に情報を集めている。

「旗は持ったか？」

「二頭波《にとうなみ》と足利二つ引《あしかがふたつひき》、確かに」

「武具とともにいつでもだせるようにしておけ」

斎藤家の家紋《かもん》は二頭波。道三は当然この旗を使う。息子義龍は一色氏を名乗り、足利一門である二つ引の旗を上げていた。義龍には、道三に追いだされた前の国主土岐頼芸《よりなり》の胤であるとの噂もあった。真偽は定かではないが、これは、父道三への冷たい拒絶であった。

（いくさの理由など、こじつけでよい）

要は名分《めいぶん》が立てやすければいい。そんな意味では、義龍からすれば、道三は己の父でないほうが都合がいい。

一益は、どちらに肩入れする気もない。両方の旗を持っていれば、戦場の混乱でどちらにも成りすませる。それだけのことだった。

寡兵《かへい》の道三が、兵力に勝る稲葉山城を囲むことはできない。道三勢は城下を焼くと長良川《ながらがわ》に沿って、軍を進めた。少兵《しょうへい》で大兵《たいへい》と渡り合うには籠城《ろうじょう》か奇襲《きしゅう》しかないが、道三にその気はなく、長良川の畔《ほとり》で決戦する模様であった。

道三勢が去ると、焼け野原に稲葉山城だけが凜《りん》と屹立《きつりつ》していた。稲葉山はまるで、父と決別した息子の孤高の意志を証するかのように、雄々しく、高々とそびえたっていた。

やがて斎藤義龍出陣の日がきた。法螺貝《ほらがい》が朗々と鳴り響き、軍勢《ぐんぜい》が山を下って出立していく。

斎藤義龍は、堂々と軍旗《ぐんき》を掲げ、道三勢を追う。一万を超える大軍勢が砂塵《さじん》を巻き上げつつ繰り出していく。

「これは、義龍の勝ちだな」

儀太夫も新助も、目を見合わせて頷く。いくさの名分、勢い、兵力、どれも息子が勝《まさ》っている。手負《ておい》いの老牛と、それを仕留めようとする若獅子《わかじし》ほどの差があった。

出陣《しゅつじん》の喧騒《けんそう》の中、一益は本隊とは逆の方角へ向かう一隊を認めた。

「あれは、伏勢《ふせぜい》か」

新助が駆けだし、雑兵から情報を得て帰ってきた。

「尾張国境、木曽川《きそがわ》の大良口《おおらぐち》に布陣《ふじん》し、織田勢の渡河《とか》を叩くとのこと」

どうやら、織田信長は本気で来ようとしているらしい。

「大良口に行く」

一益は即座に言った。

「道三のほうは、いいのですか？」

新助は怪訝そうに顔をしかめ、

「やはり、信長が気になりますか」

と、言った。一益が信長に執心《しゅうしん》していると感じているようだった。

「信長が来ないなら、道三の命などない」

一益は吐き捨てるように答え、
「永楽銭《えいらくせん》の旗ももってこい」
と、儀太夫に命じた。永楽銭は織田の旗印《はたじるし》である。

一益一行が着いた戦場には、すでにいくさの喧騒が周囲に響いている。美濃勢と織田勢の合戦は、槍合《やりあ》わせが始まっていた。

木曽川の河原を見渡す丘陵にのぼって見下ろすと、戦場がよく見える。いくさは、斎藤勢が有利であった。織田勢は先鋒《せんぽう》が木曽川を渡ってはいたが、それ以上進めずにいた。斎藤勢は河原の土手などに逆茂木《さかもぎ》を植え付け、内側から盛んに鉄砲を撃ち、矢を放っていた。時に槍足軽《やりあしがる》が吶喊《とっかん》し、押し出すと、織田勢は無残に川に追い落とされていた。

「兵が少なすぎますね」

新助が残念そうにつぶやく。やはり、兵力不足である。それに、このあたりは木曽川の流れも深く、急なところがある。織田勢は渡河に舟を使わなければならず、三々五々、岸に到着するところを美濃勢に迎撃《げいげき》され、痛手を負っていた。

（いくさ下手な）

一益はかすかに失望した。この寡勢では、信長は待ちうける斎藤勢を打ち破れないであろう。そして、斎藤義龍の本隊はほどなく道三を討つ。その本隊がこちらに合流したら、織田勢は粉砕されるであろう。

（信長はなんのために、ここまできたのだ）

こうなることは、火を見るより明らかだったはずだ。

「このまま、川を渡ったままではまずい」

一益はつぶやき、

「新助」と、呼び寄せると、耳うちした。

新助はニコと笑うと、持ってきていた旗の一つをとりだし、手早く指物につけ背負った。

二頭波の紋が翻る。そして、引いてきた馬に跨《また》がると、いかにも斎藤山城守《やましろのかみ》道三旗下《きか》の使番《つかいばん》、という騎馬武者《きばむしゃ》ができあがった。馬腹を蹴《け》り、いくさ場を抜け、織田陣に向けて疾風のように突き進む。

「斎藤山城入道《にゅうどう》、討ち死に」

わめきながら、戦場を駆け抜けた。

「織田上総介殿《かずさのすけどの》にご注進《ちゅうしん》、斎藤山城入道、お討ち死に」

新助が繰り返し叫びをあげると、織田の軍兵に、目に見えるほどの動揺が走った。

織田勢は道三の加勢にきたのである。その救うべき男がすでに討たれた。

（さあ、退《ひ》け、信長）

道三の死の真偽は問題でない。確たる情報でなくとも、この劣勢である。長居をして良いはずがない。まして、この兵の動揺。そもそも兵は、主人の領土拡張と、それから得られる己の恩賞を目当てに働く。敗亡《はいぼう》する隣国《りんごく》の国主を救出することなどに魅力はない。もとより戦意が低いのに、いまや目に見えて及び腰となった。これを機に木曽川を渡り、尾張へ引き返すべきであった。

織田勢の陣形がみるみる縮まり、手負いの兵から舟にかつぎこみ、川を渡り始めた。

敵が退くのをみて、逆に美濃勢は攻めよせる。

（む）

一益は目をむいた。

渡河退却せねばならぬ難しい退き陣である。殿軍《しんがり》は死地に踏みとどまり、全軍を川向うへ帰さねばならない。その殿軍に信長がいた。林立する織田木瓜紋《もっこうもん》の旗の間の華やかなその姿は見間違いようもない。信長は鉄砲隊一軍を自ら率いて、さかんに美濃勢に向けて斉射《せいしゃ》を繰り返し、自軍の退却を援護していた。

（死ぬ気か）

まだ、河原に兵が残っていて戦闘隊形を築けているうちはいい。だが最後にはそれを解いて、己も舟に乗らねばならないのである。

織田勢の大半が渡河撤退すると、当然、美濃勢の攻撃も信長に集中してくる。

信長は自ら鉄砲をとり、撃ち放っていた。総大将自らの射撃など、滅多に見ない。

「あれでは、逃げられませんぞ」

儀太夫も半ば呆れた声で叫んだ。

「来い」

もはや、怒りともいえる気分だった。織田永楽銭の旗を摑み、河原に駆け出す。

虚勢なのかもしれない。義父への加勢。同盟の契りの履行。あるいは、今後の美濃獲りへの布石。

だが、それも、もうよいはずだった。信長はもう充分、義理は果たしたのだ。

先ほど新助が流した虚報どおり、斎藤道三は死ぬのである。いや、もう死んだに違いない。早く逃げねば、斎藤義龍が一万の後詰《ごづめ》を率いて駆けつける。

(死んだら終わりだろうに)

己を楯《たて》にして、兵を逃す。意味がわからなかった。本日の合戦は、大将《たいしょう》が己の身をさらすようないくさではないのだ。

すでに、騎馬武者が数騎、信長に向かって群がり寄せていた。一益は河原に駆け下ると、背負った鉄砲一丁を儀太夫に投げ渡す。

「儀太夫、弾込《たまご》め」

片膝《かたひざ》をついた。同時に火蓋《ひぶた》を切っている。

ぴたりと照準を合わせた。引鉄《ひきがね》を引くと、乾いた銃声が響いた。

騎馬隊の先頭を駆ける武者が、馬上で舞うかのように、躍り上がって落ちた。乗馬が棹立《さおだ》ちとなり、続いていた馬が跳ね上がり、武者が振り落とされた。

「次」

儀太夫から手渡された鉄砲を掴むと、狙いを定めた。次は、徒歩の従者三人を従えた騎馬武者を正確に撃ちぬく。足軽は郎党《ろうどう》であろう、慌てて騎馬武者に駆け寄った。将を撃てば、隊の動きは止まる。渡された鉄砲の筒内の火薬の煤《すす》を取り払い、もう一度火薬を流し込み、弾を込める。儀太夫の手際は常人離れした素早さである。それでも、一益の早撃ちからすると、一呼吸遅れる。一益はその間、撃つべき標的を見定める。

美濃勢は信長への追撃とともに、新たに現れた加勢である一益たちにも討手《うつて》を差し向けている。一益は、次に、真正面から自分たちに迫ってくる騎馬武者を撃ち落とした。

(逃げろ、信長)

一益は振り返ると、むっ、と眉《まゆ》を寄せた。

信長がこちらを見ている。距離はあるが、はっきりその視線を感じた。信長は、突き刺すように一益を見ていた。ぞくりと胴震いするほどの威圧感に、一益はさらされていた。

低く唸《うな》りながら、一益は見返した。そのとき、束《つか》の間《ま》、戦場を忘れた。

「一益様、ほい」

儀太夫に差し出された鉄砲で我に返ると、

(阿呆《あほう》、早く、逃げろよ)

悪態をつきながら、手渡される鉄砲を、何度か撃った。

「もういかん、筒が焼けた」

連射で鉄が熱された。これ以上持つとやけどをする。それに筒が破裂する恐れもある。

「二丁しかもってこなかったからな」

「一益様、我らも逃げねば、囲まれますぞ」

どうやら信長は舟には乗ったようで、こぎ出そうとしているが、そこにも追手《おって》は群がっている。

「チッ」

舌打ちをした、その時だった。

「おおい、そこの者！」

背後から大声が響いた。

振り向くと、粗末な甲冑をつけた武者が数名、河原を飛《と》び跳《は》ねるように駆けてくる。

織田家の幟《のぼり》を背負っている声の主《ぬし》は、中央の一際小柄な男である。容貌《ようぼう》は小猿《こざる》のように面妖《めんよう》である。

「織田家では見ぬ顔じゃが、ご加勢かたじけない」

「鉄砲が足りぬ」

「もってきた」

各人、二丁ずつ持っている。

「すべて火種《ひだね》もついておる」

一益は、もぎ取るように一丁受け取ると、立ったまま一発放った。

信長の舟に手を掛けようとしていた足軽が、ざぶんと飛沫《しぶき》をあげて、川に倒れこんだ。

「ほい、もう一丁」

撃ち終わった銃は儀太夫に渡し、差し出された銃をもう一撃。正確に敵を撃ち抜く。

「二丁やる。我らはこれで」

足軽たちは気前よく鉄砲を置き、そそくさと背を向けた。

「舟はあるのか」

儀太夫が弾込めをしながら聞くと、猿面《さるづら》足軽が振り向いてニヤリと笑った。

「我らは、川並《かわなみ》の者じゃ」

川並衆。木曽川を根城とし、水運の取り仕切りや舟渡しの用心棒を生業《なりわい》とする野武士《のぶし》集団であった。

「木曽川は庭じゃ。逃げどころなんざ、どこにでもある。それより、どこの者かしらんが、お主らもそろそろ逃げよ。命を落とすぞ」

あとは一散《いっさん》に駆け去った。

どうやら、この一益の連射で、信長も美濃勢を振り切ったらしい。

遠ざかっていく舟からあの鋭い視線を感じながら、一益は儀太夫を振り返った。

「退くぞ。潮時だ」

言いながら、また一発放った。もんどりうって落ちた騎馬武者の向こうから、斎藤義龍の本隊が地響きをたて押し寄せてきていた。

小牧山

大良口での退きいくさから数カ月のち、一益は織田信長の居城清洲《きよす》の城下にいた。

あれ以来、織田信長という男が、どうしようもなく気になっていた。その想いの膨張はとめどなく、じっとしていられない。もはや、自分で確かめねば済まぬことであった。

ここしばらく尾張領内に潜《ひそ》み、信長を追っていた。

暁闇《ぎょうあん》である。遠く一番鳥の叫びが響くと、明け六つ（午前六時）の太鼓がドォン、と城内で鳴った。

一益は、五条川《ごじょうがわ》の堤から清洲城をみた。

城門が割れるかのようにはね開けられると、弾丸のごとき一騎の駿馬《しゅんめ》が飛び出してきた。

いつもの朝駆けである。信長は早朝に単騎で遠駆けにでる。小姓《こしょう》たちが必死に後を追うが、到底追いつかない。家中で最高の馬術を持つのが、殿さまの信長なのである。

馬首は北東に向けられた。

（小牧山《こまきやま》だ）

一益は駆け出すと街道から外れた。小牧山まで最短の間道を、跳ねるように駆ける。こちらは、馬より速く走れる男である。

小牧山は清洲城より三里（約十二キロメートル）ほどにある。濃尾《のうび》平野《へいや》のど真ん中に、まるで臍《へそ》のように飛び出した小山である。この山に信長はひとりで現れた。

夜はすでに明けている。山麓《さんろく》で馬を下りると、朝霧の中、さくさくと山に足をいれた。山とはいえ、高くはない。頂上まで四半刻《しはんとき》（約三十分）もかからない。

信長は山腹の木々がとぎれたところまで登ると、足をとめた。

いつもは、そこから濃尾平野が見渡せる。尾張北端の犬山城《いぬやまじょう》が見え、空気が澄んでいれば、その向こうに美濃稲葉山までがくっきりと見えた。

だが、今日は見えない。深い霧が視界を閉ざしている。五寸先すら見えない。山中に入ったとたん、信長の周りに濃密な霧がまとわりついている。

信長は少し眉をひそめ、何かを探すかのように、振り返った。

信長の後方五間（約九メートル）ほどの繁みにいた一益は、思わず身を引いた。

「霧がくれ、か」

信長がつぶやくと、一益は脳を鷲摑《わしづか》みにされたような衝撃を受けた。そして、畏怖《いふ》した。

霧がくれ。霧を操ってその中に身を潜める忍術である。といって、霧を自在に出したりなどできるものではない。もとより霧の出ているところで処方した薬草を燃やすと、無臭で霧に近い煙が大量にでる。それを相手の周りに焚《た》き込め、目をくらます。あとは身を潜めるという技である。

常人に見抜かれるはずのない、見抜かれたことのない術である。

（信長は忍びの技にも通じているのか）

一益は、戸惑う自分に苛立《いらだ》ちを覚えながら、正息し、気を静めた。

(見えているはずはない)

ゆっくり丹田《たんでん》に力を込めた。

「道三入道には、尾張まで逃げてほしかった」

一益は抑揚をつけず語り出した。老翁《ろうおう》のようなしゃがれ声だった。

信長は、少し首をひねって、

「そこか」

と、言った。一益は心の動きを出さぬよう続ける。

「逃げてきた義父、そして父を追った反逆の息子。美濃攻めの名分はこれでたつ」

信長は眼を細めて聞いていた。

「だが道三は己の意地で戦い、美濃で死のうとした。そして貴様《きさま》の加勢を拒んだ。息子に叛《そむ》かれ、婿《むこ》を頼ることなどできなかった」

声だけが霧の中を漂っている。信長は動かない。

「拒まれても加勢せねばならぬ。義父への義理を果たすとともに、美濃一国の譲り状までもらった受け人として、その面目《めんぼく》を果たすためだ」

斎藤道三は長良川合戦に臨む前に、信長に宛《あ》てて遺言状《ゆいごんじょう》ともいえる書状を残した。その中には、美濃は婿の信長に譲ると明記されている。織田家ではこの手紙を、美濃を攻める大義として喧伝《けんでん》していた。

「勝ち目はない。己の義とその名分を保つためのいくさなのだ。いかに出陣し、いかに逃げるかだ」

徐々に、信長の瞳《ひとみ》が光を帯びてきた。

「だからこそ、退き陣も家来どもから先に退かせた。最後は己ひとりとなるまで敵に身をさらした。尾張、美濃の侍どもに己の志をみせつけたのだ」

信長は細めていた目を、かっと見開いた。

「貴様、なぜ余を助けた」

甲高い声だった。鋭く斬りつけるような語気である。

「助けてなどおらぬ。お前はあのいくさで命を落とす気など毛頭なかった」

声の抑揚は変えぬよう努めた。

「決して討たれぬよう、川並衆を伏せていた。すべて算段通りだ」

最後は地声だった。

「しゃべりすぎだ。乱波《らっぱ》」

つんざくような声だった。脳みそに直接刃《やいば》を突き立てられたような衝撃だった。

一益は少々間をおいた。この語気と張り合う自信がなかった。

「乱波ではない」

「戯《ざ》れるな、伊賀者《いがもの》か、甲賀者《こうかもの》か」

「どちらでもない。もはや国も捨てた。忍びでもない」

「では、貴様はなんだ」

一益はちょっと考えた。

織田信長、この男はいつもこんな話し方をするのだろう。感情はむき出し。余計な飾りもない単刀直入な問いであった。応えようによっては断じて許さない。そんな勢いであった。

(貴様はなんだ、だと)

だが、一益はおかしみを感じながら、その問いを反芻《はんすう》していた。

(なんなのかな)

自分は何者なのだろう。忍びは捨てた。といって、牢人か、といえば侍でもない。なんにでもなれる気もする。事実、あらゆる浮世《うきよ》の事象を経て、今、ここに立っている。だが、自分をどこにあてはめることもできない。

考えたことがないのか。いや、絶えず考え続けているような気もする。見つからぬまま、この世を彷徨《さまよ》っている。

「言え」

眼前には信長の鋭い眼光がある。うやむやは許さぬ厳しい眼である。明確な答えなどない。が、ここで答えねばならぬ。

「人だ」

なぜか、そんな言葉が口をついてでた。信長の眉が少し上がる。

「人だ、わしはただ一介の男だ」

強く言いきっていた。

思考を超えた真の言葉であった。心の底から湧きあがった魂が口からでた。

しばらく沈黙があった。霧の中、無言の対峙《たいじ》が続いた。

すると、信長の口が、くわっと、大きく開いた。一瞬、一益は身構えた。

「おれもだ」

笑っていた。初めて見た信長の笑顔だった。

「おれも人だ。織田三郎《さぶろう》信長だ」

信長は天を仰いで大きく笑った。霧は徐々に流れ始めた。

「面白い奴だな、貴様」

その無邪気な、心から楽しげな笑顔をみて、一益も思わず噴き出した。

(わしが笑っている)

直後に気づいた。忍び笑いではない。腹の底から笑みが込みあげ、破顔した。久しくない衝動だった。

思わず、聞いた。

「わしを敵方の忍びと思わなんだか」

「たわけ、それならこんな問答をせずに襲うであろう」

「はは」

一益はまた噴き出した。

（それはそうだ）

こちらの笑い声が聞こえたのか、信長もまた笑っていた。

「霧がくれの術を見破られたのは初めてだ」

「わかりなどせぬ。余は馬に乗れるようになってから、数え切れぬほどこの小牧に遠乗りしておる。小牧山にこの季節にこのような霧はでぬ、それだけだ。まだ貴様の姿は見えていない」

あてずっぽうか。一益は内心呆れた。そして、なぜか、不思議に気持ちが高揚してしまう己を感じていた。やたら愉快になっている。こんな気持ちは、生まれてこの方ない。

無意識に一歩踏み出していた。もう霧が晴れている。一益は素顔をさらした。

「辛気臭い顔だな」

信長は、笑いを残したままの顔で続ける。

「わが元へこい」

国主自らが、素性のしれぬ者に言う言葉ではない。まして、一益はまだ名乗ってもいない。だが、有無を言わさぬ強さがあった。

一益は即答しない。生まれながらの殿様の気まぐれということもある。どころか、

「なぜ」

逆に尋ねた。信長は、そんな問いが気に障《さわ》ったらしく、急に眉を寄せ、声を高めた。

「理屈をこねる気はない。貴様の鉄砲の技、織田で生かせ」

「誰《だれ》に仕える気もない。わしはもはや侍でも忍びでもない」

一益は言い切った。

「このたわけ者が」

また、耳の奥に直接響くような高音だった。一益は身構えた。相手は国主である。怒る、斬《き》り捨《す》てる、あって不思議はない。

しかし、次の言葉は、またも一益の思考をはるかに超えていた。

「己を人と言いきるくせに、侍だの忍びだのと形にはめようとするな。人として生まれたなら、己を生かせる場を求めよ。それが人だ。この信長の元なら、お前は存分に生きられる。その機を逃すな」

（なんなんだ、この自信は）

一益は不思議な想いとともに、端正な信長の顔を見つめた。

「才なき者が人の上に立つのも罪、才ある者がそれを出し惜しむのもまた罪だ」

信長の言葉は鋭く続く。

「よいか。今のこの世、まがいごとばかりだ。才なき者、古臭いしきたりが世を支配している。人が人として生きていない。余はこの世を一度壊す。お前もそれをする者だ」

一益は唖然としていた。

斬りつけられてはいない。だが、信長の言葉の刃をその身に受け続けていた。こんな世界観を聞いたのは初めてだった。

「なにか、いえ」

信長の催促で、我に返った。

「まだ、わからぬ」

一益は、一歩退くと、ようやくそんな言葉をひねり出した。陳腐過ぎて、思わず失笑してしまうほどの物言いだった。

信長は無言で顔をそらした。霧は完全に晴れ、眼下に広大な濃尾平野が拡がっていた。

「いつか、この小牧山に城をつくる」

信長は、独り言にしては歯切れが良すぎるほどの口調で言った。

(いい考えだ)

この男には、清洲のような川に守られた平地よりも、山上から大地を見渡す姿が似合う、そんな想いが頭をよぎった。

「わからぬ、か。わからぬわな。お前は阿呆な輩《やから》とは違う」

信長は落ち着きを取り戻し、また白い歯を見せた。

「今度、津島《つしま》で踊りをやる。お前も来い。なんなら一族を連れて来い」

秀麗な笑顔を朝の陽《ひ》が染めていた。思わず眩《まばゆ》さを感じるほどであった。

「名を聞かせろ」

そういえば、まだ名乗っていない。

「近江《おうみ》甲賀の出、滝川一益」

澱《よど》みなく言った。朝日がこんなに心地よいと、久しぶりに感じていた。

「津島に来いよ、必ず」

背後から足音が響いてきた。信長の小姓たちが追いついてきたのであろう。

一益は、無言でその場から消えた。

慶次郎

七月十八日に行われる津島踊りについては、尾張領内で大きな話題となっていた。なにせ領主自ら催す祭りである。近隣の村民たちでさえ、その日を楽しみに待ち望んでいた。

一益が行くと言い出すと、新助、儀太夫はおののいた。

「津島踊りは、ここ数年開かれていますが」

儀太夫は怪訝な顔で聞いてきた。

「一益様が踊り祭りに行くのですか?」

もっともな問いだった。そんな庶民的な行動をする男ではない。

「お前らも行くのだ」

「わしらも」

新助と儀太夫は顔を見合わせた。

「なにか探りにでもいくのですか？」

二人は不思議で仕方がないのであろう。一益は面倒になってきた。

「そんなものだ。行きたくなければ、わしだけでも行く」

思い返せば、癪《しゃく》に障ることばかりである。

あの小牧山での遭遇。信長という男に瞠目《どうもく》するばかりであった自分。

混乱していた。これまで忍びの技で畏敬《いけい》する存在はいた。幼少のころの孫兵衛《まごべえ》などもそうである。

だが、感性にまで踏み込まれたようなこの気分はなんなのだろうか。

(気に食わない)

侍奉公《さむらいぼうこう》などで足枷《あしかせ》を嵌《は》められたくない。そう思いながら、津島にはいく自分がいる。

信長という男の本性を見てみたいという衝動を、今、抑えきれなくなっている。

一益は、いぶかる新助と儀太夫を尻目に、手早く身仕度《みじたく》をした。

井ノ口の武具屋が焼けたため、仮の住処としている養老山《ようろうさん》中の忍び小屋をでて、津島へ向かう。一人でも出かけるつもりだった。

「む」

戸口を出た途端、一益は身構えた。

一人、大柄な若者がいた。大人かと思ったが、まだ少年なのか、紅顔《こうがん》のあどけなさがある。ただ、目尻が鋭くあがり、挑戦的な面構《つらがま》えだった。腰に大小を差し、一端の侍のなりである。体が大きい。身の丈はすでに五尺五寸（約一メートル七十センチ）ほどもある。大人の一益とほぼ同じである。

そんな少年が仁王《におう》立《だ》ちで睨《にら》みつけている。

「何か用か」

一益は尋ねた。少年は無言である。鋭い視線で一益を見返している。

「口が利けぬのか」

重ねて問う。

「滝川一益か」

少年は口を開いた。存外甲高い、まだ声変りする前の声である。

「そうだ、お前は――」

途端に、きた。抜き打ちの鋭い斬撃《ざんげき》が。

（こいつ）

一益は剣を抜くまもなく、鞘のまま受けた。常人なら斬られていたであろう。少年とは思えぬ重い太刀筋《たちすじ》である。

ぎりぎりと押し返し、突き飛ばす。少年はゴロリと一回転がり、跪《ひざまず》いて刀を構えた。

「小僧、何者だ」

かつて、これほどの激しさを秘めた眼《め》をみたことがあったであろうか。

でてきた新助と儀太夫も仰天して太刀を抜き、構えた。すると少年は刀を納めて、

「連れは甲賀者の新助と儀太夫だな」

相変わらず猛々《たけだけ》しい口ぶりで言った。

「お前も甲賀者だな」

その独特の訛《なま》りに新助が言う。

「ああ、父は甲賀孫兵衛、名は慶次郎《けいじろう》」

「孫兵衛、あの孫兵衛様の」

「孫兄にこんなでかい息子がいたのか」

儀太夫と新助は口ぐちに言った。

「お前たちがここにいることを聞いて、里を抜けてきた」

「なんだと」

一同、あまりに唐突なことに顔を見合わせる。

「そういえば、目元など似ていますね」

新助は口調を和らげるが、儀太夫は息巻く。

「それにしても、不意討《ふいうち》とは危ない」

「子供に斬られる一益様ではないだろう。しかし、お前、無礼だぞ」

新助が肩に伸ばしかけた手を、少年は振り払った。

「強いかどうか、知りたかったんだ。俺に斬られるようなら、その程度だ」

慶次郎は昂然《こうぜん》と言い放った。

「なんだと」

今度は、新助と儀太夫両名ともいきり立った。

「まて、慶次郎とやら。で、お前、わしらに何用だ」

一益は聞きながら、この少年、慶次郎の心中を探っていた。

突然現れて、十数年あっていない孫兵衛の息子と名乗られても、にわかに信じられない。

そしてこの身のこなし。先ほど一益が突き飛ばしたとき、慶次郎は明らかに受身《うけみ》を取っていた。瞬時に後ろに身をそらし、衝撃を和らげたのだ。相当、仕込まれている。

「頼むに足るかはわかった。あとは従うことにするよ」

慶次郎は剣をおろすと、少年らしくない不敵な笑いを顔に浮かべた。

「いきなり、信じられるか」

孫兵衛との縁が薄い儀太夫は、吐き捨てるように言った。

「人を信じる眼力《がんりき》があれば、俺が曲者《くせもの》かどうかわかるだろう」

「こいつ」

儀太夫が、顔を朱に染めて摑みかかろうとしたが、新助が押さえた。

一益は思わず笑みを漏らした。慶次郎のどこまでも人を食ったような口ぶりに、面白みを感じ始めていた。

「いいだろう」

一益は頷《うなず》いた。小僧に不意を打たれるほど、間抜けではない。

「お前がなんの目的で、わしらの元にきたのかは知らぬ。ただ、息子かどうかしらぬが、孫兵衛の知《ち》己《き》であり、甲賀を抜けてきたというなら、そのまま追い返すのも面白くない」

一益は、生意気そうに鼻をひくつかせる慶次郎を見つめた。

（これが孫の子、しかし、あの眼は――）

慶次郎の瞳から先ほどの激しい炎は消えていた。しかし、一益を見る視線は依然するどい。これが少年の目か。

「孫は息災か」

慶次郎は頷き、語りだした。

さすがに甲賀の里にいれば、各地の動向は手に取るようにわかる。

美濃の乱で稲葉山城下が焼かれたこと。そして濃尾の忍びたちが使うこの忍び小屋に、井ノ口からの流れ者たちが住みついたとの情報をえたこと。さらに孫兵衛は、その流れ者たちの面体から、どうやら一益たちらしいと感じていたということ。

そして、慶次郎は孫兵衛に書置きをして出奔した。

「滝川家の乱のこと、一益様のことは親父《おやじ》から聞いていたさ。家を潰して出奔した若殿様、面白いじゃないか。俺も甲賀の里に飽きていたからな」

慶次郎は子供らしくない口ぶりで喋《しゃべ》る。一益らは頷きもせず、聞いている。

「いいだろう。従うとあらば、だまってついてこい。これから津島に行く。走りながら話すぞ」

「踊り祭りに行くのか」

慶次郎は拍子抜けしたような顔をした。

「信長を見に行く」

一益は、そんな言い方をした。信長の何を見に行くのか、自分にもわからない。

「それは面白い」

慶次郎は初めて無邪気な笑いで、満面をほころばせた。

そんなやり取りの横で、新助と儀太夫が胡散臭《うさんくさ》そうに顔を見合わせている。

津島踊り

一益一行は、濃尾平野を東へ津島へと向かう。養老山から津島へは東南へおよそ五里（約二十キロメートル）。鍛え抜かれた一益一党からすれば、苦にならぬ道程である。

道すがら、慶次郎の話を聞くと、孫兵衛は甲賀の乱のあと、甲賀五十三家の伴家《ともけ》に仕えているとのことだった。孫兵衛ぐらいの腕ともなれば、甲賀忍びとして引く手はあまたであった。

途中に川をいくつか渡った。尾張は、国境に揖斐川《いびがわ》、長良川、木曽川の木曽三川、また領内にも大小の河川が走り、水運が発達した国である。この豊富な水流を利用して田畑の開拓が行われ、国は豊かであった。

当時の津島は木曽川の港町である。上流で伐採された木材や農産物をここでおろし、領内へ運び込む。また、伊勢湾《いせわん》からの積荷船もここに着き、各地の物資を領内へもたらす。船待ち客の旅籠《はたご》が立ち並び、そこに飲食店、商店、また遊女《ゆうじょ》などを呼べる店も軒を連ね、町は殷賑《いんしん》を極めていた。政治の中心が清洲なら、「尾張の台所」とも呼ばれる津島は領内一の経済都市といってよい。

津島に近づくにつれ、通りすぎる村々がどこか浮ついているのは、踊り祭りを意識してのことであろう。民はみな、津島に向けてあるいている。どの顔も紅潮して、にぎやかに語りあい、足取りも軽い。

そして着いた津島村は人でごった返していた。

村内のいたるところで、囃子《はやし》が鳴り響き、村中が風流踊り《ふうりゅうおど》に興じている。

「なんて盛んな」

傾国《けいこく》の地にありがちな退廃的な踊りではない。世が乱れ、領国経営が安定しない地では、民が捨て鉢になり、乱れ踊りをすることが流行《はや》っていた。刹那《せつな》の快楽を求め踊り、濁り酒を飲み、そこここで男女が乱れ合う。それは、明日に絶望した断末魔《だんまつま》の地獄絵図《じごくえず》であった。一益も各地でそんな光景を見ていた。

だが、津島は違う。繁栄を祝した活気があった。大人から子供までが笑い、声を張り上げ、諸手《もろて》を振り上げていた。

（こんな民の顔が、この乱世にあるのか）

人混みを掻《か》き分《わ》け、祭りの中心である津島神社へと進んでいくと、一際《ひときわ》大きな歓声があがっていた。

そこに天女《てんにょ》がいた。

薄桃色の衣装に絹の羽衣《はごろも》を頭から手でかざした天女が、しずしずと参道を行く。笛と太鼓の囃子に合いの手をいれながら、群集からため息が漏れる。すでに日も暮れ、篝火《かがりび》に照らされた境内に幻想的な空気が流れている。天女がスイと、羽衣をとった。

「おお」

群集がどよめく。

天女は信長であった。もとより色白で秀麗な顔だが、化粧を施した信長は、息が止まるほどに美しい。面《おもて》を見せても天女と見まがうほどであった。

天女信長は、羽衣をかざして群集を見渡した。一益たちもその中にいる。

（む）

目が合った瞬間、信長の目が笑みを湛《たた》えた。不覚にも一益の心が揺れた。そんな、凄絶《せいぜつ》といえるほどの美しさだった。天女は舞い終わり、参道を去った。

「なんと、美しいお殿様よ」

至るところから、ざわめきが漏れた。

境内に作られた台座に信長が登ると、大歓声が巻き起こった。

熱狂といっていいだろう。

「殿様」「信長様」「日の本一じゃ」

連呼する声は尾張じゅうに響き渡るかのようである。

(織田信長とは、なんなのだ)

一益は啞然としていた。戦国大名、領主、侍、全ての既成概念を超越していた。このような男が、かつていたであろうか。

(これが、大うつけ、と呼ばれた信長なのか)

一益はまたも混乱し始める己の思考を抑えていた。

「失礼仕《つかまつ》る、拙者《せつしや》織田家、池田勝三郎《いけだしようさぶろう》」

気づくと、目の前に武士《ぶし》が一人立っていた。

「滝川一益殿ご一行にて相違《そうい》ないですな。殿がお召しでござる。いざ、こちらへ」

極めて丁重な物腰である。導かれるまま、一益一行は壇上に上がった。

「来たな。連れの者もこちらへこい」

信長は口元だけで笑った。化粧をしたままのその笑顔は、妖艶《ようえん》ともいえるほどだった。

「見たか、この様を」

一益は、無言で頷いた。壇上から見渡すと一際の壮観である。先ほど信長がいた参道には、今度は弁慶《べんけい》の姿をした男共がのっしのっしと舞い歩いている。その両脇《りょうわき》で民が、「わっしょいわっしょい」と声を上げる。合戦の勝ち鬨《かどき》にも似た雄叫《おたけ》びが天空を突く。

「素晴しいですな」

正直な気持ちだった。そして、ためらわずそう言えた。こんな活気に満ちた空間があるのか。

「民の力は素晴らしい。これからはこの民が主役の時代がくる」

信長は頷き言った。視線の先に踊る民衆の熱気が渦を巻いている。

「侍など、新しき世を作るためのわき役にしか過ぎぬ。権威や階位など、何も生まない。すべて過去の遺物となる」

一益は無言で聞いていた。

「貴様のことは粗方《あらかた》調べた。こだわるな。新しい時代をつくればいい」

信長は突きさすように鋭く見つめた。一益はそのまま受け止めていた。言葉はない。軽々しく応じるのも嫌だった。

「頑固だな。まあ、それぐらいのほうがいい。今日は踊れ。連れの者共もな」

信長の勧めに一益は新助らを振り返った。みな、さすがに平伏したままである。

「かしこまりました！」

一同に先んじて甲高い声をあげた者がいる。慶次郎だった。

「こら」

新助、儀太夫に両脇から押さえつけられながら、慶次郎は面を上げた。

「こんな祭りはじめてみた。殿様はすごいな」

信長は透き通るような笑みを浮かべる。

「お前の子か」

一益は一呼吸おいた。

「甥《おい》のようなものでございます」

「面白い、今宵は無礼講《ぶれいこう》である。どうだ、鬼の役でもやれ」

「は」

一益は立ち上がった。

「しからば、我が衆の踊りを一つ」

一同、立ち上がる。忍び働《しのばたら》きで各地を放浪してきた者どもである。一通りの芸を身につけている。

信長の家臣、太田牛一《おおたぎゅういち》は、この日の情景をこう書いている。

「七月十八日をどりを御張行《ごちようぎよう》　一、赤鬼平手内膳《ひらてないぜん》衆　一、黒鬼浅井備中守《あさいびつちゆうのかみ》衆　一、餓鬼《がき》滝川左近《たきがわさこん》衆　……（中略）……　一、上総介殿（信長）は天人《てんにん》の御仕立《おした》てに御成《おな》り候《そうらい》て、小鼓《こつづみ》を遊ばし、女をとりを被成候《なされそうろう》」

左近とは、左近将監《しようげん》、後に一益が得る官位名のこと。信長の公式記録ともいえる「信長公記《しんちようこうき》」での滝川一益初出の場面である。

「あの者ども、何者だ」

信長の周りに控える家臣たちが、ささやきあった。視線の先に、餓鬼に扮《ふん》した一益たちの姿があった。篝火に浮かび上がる迫真の舞に、群集が歓声をあげている。

重臣の中では若手の丹羽五郎左衛門長秀《にわごろうざえもんながひで》が、先ほど一益たちを迎えた池田勝三郎に身を寄せてきた。

「勝三郎、殿はなんと」

池田勝三郎、後の池田勝入斎恒興《しようにゆうさいつねおき》。母は信長の乳母《うば》である。二つちがいで乳兄弟《ちきようだい》の信長に従って、尾張の野山を駆け巡った仲である。そのため、年輩の重臣よりよほど信長と親密であり、気兼ねなく信長と話が出来る側近《そつきん》中の側近だった。

「存じませぬ」

「ぞんざいな態度じゃ。ただの牢人ではなかろう」

「殿のお客人としか聞いておりませぬ」

「五郎左《ごろうさ》！　我が旧《ふる》い知己よ」

やりとりを耳ざとく聞きとめた信長が、甲高い声でいった。

「空いている長屋《ながや》はあるか。明日にでも城下に迎える」

長秀は、内心唖然としたが、こんな信長には慣れていた。

「は」

実直な長秀らしく反論せず受け止めた。だが、池田勝三郎は少々食い下がった。

「殿、あの者どもは？　一体、何者ですか」

「そうだな」

信長は少し考えたあと、眼を輝かせていった。

「前近江滝川城主、滝川一益とその一党よ。勝三郎、お前の推挙《すいきょ》での召し抱えだ」

長秀と勝三郎は、一瞬目を丸くして見つめあったのち、深々と頭を下げた。

清洲にて

一益たちは、信長の客分《きゃくぶん》として清洲城下に移った。儀太夫とお舟、一益の息子、新助、慶次郎が従っている。

「織田に仕えるわけですか」

新助はニコニコと問い掛けてくる。

「さあな」

一益は小首をかしげた。なんなのか。一益自身の気持ちもはっきりとしていない。

「あくまで客分よ。いくさでは陣借り、城では鉄砲指南役《しなんやく》だ」

「屋敷まで与えられて、周りの者どもが変な目でみておりますよ」

「ほうっておけ」

織田家は信長の方針で兵農分離《へいのうぶんり》を進めていた。

当時、兵士は合戦のないときは農業をしていた。それを信長は、田畑と家は長男に任せ、次男坊、三男坊を足軽として雇い入れ、その組頭《くみがしら》に養わせるようにした。足軽は純然たる兵士として、常時、武技《ぶぎ》の鍛錬を行い、農業の繁閑に関係ない出征を可能としたのだ。

これは画期的な発想であった。農業だけでなく、他の産業も活発で経済的にも豊かな尾張だからこそできた改革といえよう。

清洲の城下には、そんな足軽が住まう長屋が軒を連ねていた。その一画に一益らは屋敷を与えられた。いきなり怪しげな男どもが入ってきて、周りの足軽たちは戸惑っている。

そして儀太夫、新助も戸惑っている。今まで民になりすまし、街に潜んで生きてきた。堂々と素性を明かして暮らしたことはない。

「御免《ごめん》」

表で声がして、池田勝三郎が入ってきた。

「住み心地はいかがか、一益殿」

「まあ、良いわけがない」

一益の素っ気無い応えにも勝三郎は動じず、白い歯を見せて頷いた。

この男は、信長の命で一益たちの世話役となったとのことだった。しかも、

「わしは一益殿の従兄弟《いとこ》ということにされたわ」

と、さして嫌な顔もせず言った。そうでもせねば、正体不明な一益たちを迎え入れる名分が立たないのであろう。

一益たちは卑しい流れ者、しかも甲賀忍び、という噂が、早くもたっている。誰かしらの血縁でないと、織田家に入ることが許されないようだった。信長の乳兄弟の池田勝三郎なら、うるさ方も黙るしかない。

「いろいろとめんどうだ」

勝三郎はカラリと笑った。勝三郎は一益らに好意を抱いているようだった。勘の良いこの男は、一益たちが只者《ただもの》ではないことを感じとったのであろう。

「明日、登城《とじょう》せよとの命じゃ」

勝三郎は真顔に戻り、続ける。

「お屋形様《やかたさま》への鉄砲技披露《ひろう》とのこと」

翌日、一益が登城すると、清洲城本丸内《ほんまるない》につくられた矢場《やば》に信長はいた。

「大儀《たいぎ》」

床几《しょうぎ》に腰を据えた信長の左右に、織田家の重臣《じゅうしん》たちが居並んでいた。一益は平伏する。

「こいつらがうるさくてな。お前が一体、何者なのか、と」

重臣たちを顎《あご》でしゃくって信長が言うと、上座《かみざ》近くに座った男が身を乗り出した。

「殿、東には今川、北に斎藤、尾張の中も敵ばかり」

男は大きく咳払《せきばら》いして続ける。額がせまく眉が八の字に垂れ下がっていた。

「各地よりの間忍《かんにん》も多数、忍びこんでおります。得体の知れぬ者にいきなり屋敷を与え城下にいれるとは。家中《かちゅう》の乱れの元となります」

「右衛門《うえもん》も、いつ我が首を狙うかわからんからな」

信長の軽口に、右衛門と呼ばれた男は、むっと顔をしかめた。

(こいつが、佐久間信盛《さくまのぶもり》)

佐久間右衛門信盛は、父信秀の代からの織田家宿老《しゅくろう》である。家臣団《かしんだん》の筆頭という自負があるのであろう。まるで、これがみなの総意なのだと、いわんばかりの態度であった。

(ま、正しいな)

佐久間の言うとおり、信長の周囲は敵だらけであった。尾張国内ですら、北部は分家の岩倉《いわくら》織田家のもので信長に反抗していたし、いまだに弟の勘十郎信行を擁して信長を廃そうとする家臣たちもいた。

群臣たちは佐久間信盛に賛成のようで、黙然《もくねん》と頷いている。一益が伏せた面を少しあげて見渡せば、どの者も胡散臭げに自分を見ていた。甲賀郷士《ごうし》といえば相応には聞こえるが、この年で武功《ぶこう》の聞こえもない牢人であり、元は一介の忍びであった。いかに信長が贔屓《ひいき》するとはいえ、間諜《かんちょう》の類いと思われても仕方ない。池田勝三郎の従兄弟ということも、誰も信じていないのであろう。

(武家の宿老《おとな》どもからみれば、忍びなど化生《けしょう》の類いだからな)

どこに行ってもそうなのだ。そんな扱いには馴《な》れている。

一益は軽く嘆息し、重臣たちから目をそらすと、一人の男に気をとめた。

座に列してはいない。地べたに這《は》いつくばっている小者《こもの》である。頭を地面にこすり付けるように平伏している小柄な男、少し面をあげ、上目で一益を見ている。

目があうと、にやりと笑った。猿のようなくしゃくしゃくしゃな笑顔だった。

(あの川並の)

大良口の退陣で鉄砲を持ってきた、足軽の小男だった。

「皆、聞け。この男、滝川一益は余の鉄砲指南役じゃ。これからその腕をみせるぞ」

「やれ」

信長は自ら鉄砲を持って、差し出す。

「は」

こんなこととは全く聞いていなかったが、一益は進み出て、受けた。

十五間ほど向こうに的が置かれている。一益は片膝をついて、狙いを絞った。

「一丁だけではなく、あと四丁ご用意ください」

一益が言うと、信長はフムと頷き、小姓に目で催促をした。小姓が弾込めを始めるのを横目に、一益は無造作に引鉄をひいた。乾いた鉄砲音が城内に響いた。

「次を」

鉄砲を換え、そのまま放った。

「次」

家臣一同、ざわつく中、今度は立ち上がって、鉄砲を構えた。一発、そして、一発。

最後はずかりと胡坐《あぐら》をかいた。そのまま放った。計五発。

いずれも、何気なく、そろりと引鉄をひいた。

検分役《けんぶんやく》の小姓が、的へと走った。

「穴は中央に一つのみ!」

佐久間右衛門信盛が、くわっと目を見開いた。

「的中は一発のみで、他は的にすらあたらぬとは、口ほどにもない」

他の家臣たちも、嘲笑じみた笑みを眼に浮かべた。

「よく調べよ」

信長が抑えた声で言った。

「穴の中に鉛玉《なまりだま》が、五つ！」

一同、瞠目した。

全五発、寸分たがわず中心を撃ち抜いた。しかも、撃ち方を次々と変えながら。

「見事。さすがにわが鉄砲指南役よ」

信長の甲高い声が矢場に響き渡ると、一同の感嘆のため息が、深く漏れた。


織田家で一益が鉄砲指南役としてすることはなかった。橋本一巴《はしもといっぱ》に学んだという信長の鉄砲術は十分に優れていた。そして、信長は技量だけでなく、知識も確かであった。

「火薬の量をふやせばもっととぶ」「筒をもう少し長く作れば当たるであろう」

思いつくたび、清洲城下の鍛冶に工夫をさせていた。その鋭い発想と実行力に、一益は舌を巻いた。

(いったいなんだ、この男は)

これまでみた戦国大名の姿と全く違っている。もはや呆れすら覚えていた。

一益は客分として鉄砲足軽に射撃を教えたり、信長に従って、いくさに出たりもした。

信長は自ら陣頭《じんとう》に立ち、精力的に領内の反抗勢力を駆逐していった。家中の乱れの根源であった弟信行を成敗《せいばい》し、尾張上四郡を治める織田信安《のぶやす》の岩倉城《いわくらじょう》を攻め落とすと、尾張全域をほぼ掌握《しょうあく》した。

(うつけどころか、古今まれな働き者だ)

見ていくほどに一益のなかで、織田信長という人間が鮮やかな彩りをおびてきていた。

だが、一益は、相変わらず織田に正規に仕官していない。

働き者なだけなら戦国の群雄に珍しいものではない。この乱世、戦国大名たるもの抜群の行動力を持っていなければ生きていけるものでなく、また、それでも生き残れる確証などなかった。あの斎藤道三ですらあっさり滅んだのである。

（まだわからない）

一益は客分のまま俸禄も受け取らずにいた。信長からも強《し》いることはなかった。

「一益様、どうするつもりですか」

新助と儀太夫は声を揃《そろ》えて詰め寄ってくる。

この辺りは主人一途《いちず》の武家郎党とは違う。新助も儀太夫も一益に同心しているが、お互いに思うところあれば、ずけずけと言う。各々の技に誇りを持つ忍びならではのことである。武家のような服従関係と違い、対等の意識、主従一心同体なのだ。

「我らほどの者、仕えるのなら、もっと、ふさわしき主が」

うつけ姿の残像が鮮烈なのであろう。儀太夫は信長をまったく評価していない。このように尾張一国の統一に苦闘する信長が、近隣の大国との争いに勝ち抜いていけるとは思えないのである。

「ふさわしき主か」

「ええ、ありましょう」

儀太夫はかたくうなずく。

「そのふさわしき主のもとにゆけば、どうなる」

「それは……」

一益の問い返しに、儀太夫は一瞬、言い詰まった。

「それは、千貫《かん》、二千貫の扶持《ふち》ももらい、やがては一手の将にもとりたてられましょう」

「だろうな」

素性のしれぬ卑しき一益一党が侍奉公したとしても、そのあたりが関の山であろう。

戦国乱世とはいえ、家柄や血縁、土地のつながりは大きい。いや、乱世だからこそ、それらが信じられる拠《よ》り所であった。どこの大名とて身辺は一族や譜代《ふだい》重臣が固めており、新規召し抱えも地元領地からの奉公人を贔屓するのは、当然であった。

「それはつまらぬな」

新助が横から否定した。

「その程度のことなら、これまで仕える先はあった。一益様がそれで満足する方なら、わたしもついてきませんよ」

一益とともに諸国を流浪してきただけに、さすがにもう一歩踏み込んでみている。

「まだお探しのものはみつかりませんか、一益様」

清洲に来て、早や四年がたった。そろそろ身の振り方を決めねばならない時期が来ている。

だが、そのうちに、尾張の国中を震わせる出来事が起こる。それは一益たちだけでなく、国のすべての者たちに去就を問うほどの大事であった。

永禄《えいろく》三年（一五六〇年）駿河の今川義元《よしもと》が動き出したのである。

第三章　覚醒

風雲

「去りましょう」

儀太夫《ぎだゆう》は噛《か》みつかんばかりの勢いで言った。

駿《すん》、遠《えん》、三《さん》を領する今川義元《いまがわよしもと》は、東海一《とうかいいち》の弓取《ゆみと》り、と呼ばれる戦国の覇王《はおう》であった。

そもそも今川家は、足利将軍家《あしかがしょうぐんけ》の血族《けつぞく》であり、幕府配置の駿河守護《するがしゅご》がそのまま戦国大名《せんごくだいみょう》として成長した筋金入りの名家《めいか》だった。

その今川が京で窮迫《きゅうはく》している将軍家を補佐するべく、西へ軍を起こすという。その威勢と軍事目的が見事にかち合った、まさに、昇竜が雲をつかみ天に昇るかのようなことがおきてしまったのである。

「織田《おだ》に義理はないでしょう」

どうやら堪忍袋《かんにんぶくろ》の緒が切れたようで、口から泡を飛ばして一益《かずます》に詰め寄る。

「負け馬にのっても仕方ありませんぞ」

儀太夫はいかにも忍《しの》びの者らしい思考で言いきる。一益が眉《まゆ》を寄せて、

「負けるかな」

つぶやくと、儀太夫は激しく頷《うなず》く。

「やはりうつけじゃ。信長はこの期に及んでも、国境の備えもしておらん。家中《かちゅう》はもはやお家《いえ》の最期となげき、しまいにはあきれ果てておる。こんな様で勝てようがない」

織田は数年前、領内大高城《りょうないおおだかじょう》を今川に奪われている。信長はこの大高を見張るために、付け城《つけじろ》として、丸根《まるね》、鷲津《わしづ》の二つの砦《とりで》を築いた。これが、対今川の最前線である。

確かに、信長はこれら前線の砦の兵を増員もしていない。このままでは、孤立するこの砦は、各個に攻め潰《つぶ》されるであろう。

目を三角にするばかりの儀太夫をおいて、一益は縁側へ出た。

息子の一忠《かずただ》と慶次郎《けいじろう》が短槍《たんそう》を構え、刺突《しとつ》の稽古《けいこ》をしている。一忠は八歳。慶次郎はまだ二十歳に満たぬが、上背はすでに六尺（約一メートル八十センチ）を超えている。慶次郎は上半身裸で逞《たくま》しい裸身をさらしていた。足腰の筋骨も隆々として見事な武者《むしゃ》ぶりである。

この男は一益のもとへ身を寄せたときすでに甲賀忍術《こうかにんじゅつ》は一通り体得していた。なので、一益は主に鉄砲術、刀槍技《とうそう》を教え込んだ。言うことは聞くが、相変わらず人を食った態度は変えない。ほとんど屋敷にはおらず、武術《ぶじゅつ》の稽古をしたり鉄砲《てっぽう》をいじったりする以外は、野山を駆けまわっている。尾張《おわり》

の村々を巡っては、不良連中と交わり、喧嘩相撲《けんかずもう》などにも興じているらしい。

しゅしゅっと、槍《やり》を繰り出す音のみが響く。そのたびに慶次郎の体から汗がほとばしる。

「慶次郎、お前、何を考えている」

一益は前置きなく問うた。

「信長のほうが面白い」

慶次郎は、繰り出す槍の手をとめずに言った。一益は、ふっと笑みをもらした。

若いというのは、いい。ただ、好きなほうへ向かっていける。

（それでいいのかもな）

人の一生など一夜の夢なのではないか。なら、己《おのれ》の思うままに歩めばよいのではないか。そんな想《おも》いも胸をよぎる。

「帰りました」

庭先にどこからともなく、新助が舞い降りた。

「今川義元、明日にも沓掛《くつかけ》の城に入る模様」

沓掛城は尾張に踏み出した今川の城。もう織田領は眼《め》と鼻の先である。

敵の本隊はすぐそこまで来ている。


「であるか」

信長は独り言のようにつぶやいた。改良した鉄砲の試射をしている。

一益からの情報だけでなく、国境からの報《しら》せは相次いで風雲急《ふううんきゅう》を告げている。

背後には、あの猿面《さるづら》の小男が平伏《へいふく》している。一益も、もうこの男の名を知っている。木下藤吉郎《きのしたとうきちろう》という、川並衆《かわなみしゅう》に出入りしていた元は浮浪の者らしい。信長が拾ってきて小者《こもの》に加えて以来、その眼の届くところで懸命に励んでいるので、徐々に役を得ている。

「一益、お前はどう思う」

信長の言葉は鋭く短い。鉄砲を構えたまま、一益のことを見もしない。

「難しいですな」

一益の短い応《こた》えに、信長は片頬《かたほお》だけを上げて笑った。今川軍西上の報がもたらされてから、清洲城《きよすじょう》下《か》は蜂《はち》の巣をつついたような騒ぎである。領民は不安げに囁《ささや》きあい、家臣たちは顔を合わせれば、織田家のとるべき道を叫ぶように語り合った。そんな中、信長だけが泰然としている。宿老たちは摑《つか》みかからんばかりに信長を問いただすが、相手にしない。あまりにうるさいと、こうして鉄砲場に来たり、遠乗りに出かけてしまう。

「みな、そう言う。特に、年寄りどもはな」

煩わしいのだろう。だから、信長は口応えしない小者ばかりを引き連れている。

今川の軍勢は四万ともいう。さすがにこれは誇称だが、二万五千は下らぬであろう。対する織田勢は領内すべてからかき集めても、三、四千。

「今川義元の本音は」

「信長様の首のみ」

京を目指しての進軍と言われているが、真の目的はそうではない。

今川義元は隣接する甲斐《かい》の武田《たけだ》、相模《さがみ》の北条《ほうじょう》と和睦《わぼく》し、後顧《こうこ》の憂いを排して遠征《えんせい》する。だが、信長を滅ぼしても、美濃《みの》には斎藤《さいとう》、近江《おうみ》には浅井《あざい》、六角《ろっかく》など大小の戦国大名がひしめいている。尾張を征服して地固めもせずに、上洛《じょうらく》を強行することはできない。

となれば今回は、織田討伐《とうばつ》、尾張併呑《へいどん》が目的なのである。

「働きすぎましたな」

今川義元もうつけと侮っていた信長が働きに働き、尾張を統一しつつあることに脅威を感じたのであろう。今のところ、信長は尾張南部の大高城、鳴海城《なるみじょう》に今川の進出を許していた。清洲、岩倉《いわくら》と領国統一を進める信長が、そろそろ、これら目障《めざわ》りな今川の拠点を攻めることは明白であった。今川義元は、信長が尾張を固める前に滅ぼそうと、軍を起こしたのである。

信長は、無言で引鉄《ひきがね》を引いた。弾は的を正確に貫いた。

「勝つ。余の思いのままだ」

(思いのまま、だと)

一益は内心首をかしげた。この事態を信長は予期していたのだろうか。予期したとしても勝機はあるのだろうか。

「信じていないな」

信長は一益の心を読むように続ける。

「賭《か》けるか、お前は織田の負けに」

「賭けましょうか、では」

一益はさらりと応えた。これには、後ろで片膝《かたひざ》をついていた木下藤吉郎が眼を見開いた。

(この危難のときに殿様《とのさま》の負けに賭けることなんかできるか)

そんな不遜《ふそん》なことを、とその猿面は語っている。

「いいだろう。織田が勝てばお前は余に仕えよ」

「では、負ければ」

「負ければ、余の首をやる」

「それは、ずるい」

一益は笑った。いくさに負ければ信長の命はない。それでは賭けにならない。

「我が首を持って今川に駆け込め。恩賞《おんしょう》はたんまりともらえるだろう。もらって、どこへなりいけ」

信長は声を高めた。一益は笑いを引っ込め、面《おもて》をあげて信長の顔を見つめた。

曇りない涼やかな顔だった。とても、己の命を賭けているとは思えない。

「なぜ、それほどに拙者《せっしゃ》を」

「貴様《きさま》のような奴《やつ》が仕えられるのは、この信長しかおらぬ」

「拙者のような者」

「牢人《ろうにん》であり忍びであり鉄砲使い。その年でろくな武家奉公《ぶけぼうこう》をしたこともない。いつ寝首《ねくび》をかくかもわからん。物の怪《もののけ》を抱え込むようなものだ。だが、余なら、お前を活かすことができる。お前もその才を存分に活かせる。そうでなければ、とうに殺していた」

信長は言い切った。一益は黙然と見返す。

「くだらぬ意地で時を無駄にするな。それに」

信長はまた引鉄を引く。銃声の向こうで、的が砕け散った。

「余に、これ以上、しゃべらせるな」

そういうと、信長は口元だけで笑った。透き通るような笑顔だった。

一益は頭を下げた。

「その賭け、承りました」

信長は頷き、鉄砲をおろすと、丸根砦の佐久間大学盛重《さくまだいがくもりしげ》、鷲津砦の織田玄蕃秀敏《おだげんばひでとし》に伝令する、といって使番《つかいばん》を呼んだ。

（落ちる砦になにを言うのか）

この二つの砦は、自領に突出した敵の大高城を見張る付け城である。二砦は連携してこそ意味がある。大軍に個々に攻められて、かつ、援軍もなければ落ちることは間違いない。

では、この砦への指示は撤収なのか、それとも——。

「その御役目、私が参りましょう」

一益は本能で口走っていた。どうしようもなく信長の戦略を垣間見《かいまみ》たくなっていた。

信長は意外そうに眉《まゆ》をあげ、少し間をおき、

「いいだろう」

と、頷いた。


「滝川殿」

下城しようと本丸を出たところで、後ろから木下藤吉郎が駆け寄ってきた。

猿面がくしゃりと歪《ゆが》んでいる。いつも愛想よい笑みを絶やさぬ男であった。

藤吉郎は顔を近づけて、少しだけ眉根《まゆね》を寄せた。

「貴殿はお屋形様《やかたさま》の覚えがめでたい。なのに、なぜ織田家に奉公せぬか」

元々が笑い顔のせいか、真顔でもどこか飄《ひょう》げていた。押し付けがましい言い方ではない。カラリとした秋風のような口調だった。藤吉郎は貧農の出であるがゆえに、譜代衆《ふだいしゅう》の風当たりが強い。一益のような余所者《よそもの》が織田家で出世するのが、この男にとっても好ましいことなのであろう。

「お屋形様は素晴らしい」

一益が応じてもいないのに、喋《しゃべ》りつづけた。

「今川は間抜けじゃ。三年前なら尾張をとれたものを。お屋形様のうつけ芝居に見事にだまされおっ

た」

（この男）

一益は珍しい物でも見るように、自在に伸縮する猿面を凝視していた。

まるで商人のように口がまわる。その語り口がなんとも心地よい。顔の動き、声の抑揚、身振《みぶ》り、人を引き込む力がある。

「信長様は家臣《かしん》さえも欺いた。今川などが今更攻めてこようと、織田が勝つ」

一益は無言。この男の真意を量っている。

（おなじだ）

自分と同じ匂《にお》いがする。軽快な語り口の裏で、心の動きは一様ではない。一益が寡黙にて心を見せないのなら、藤吉郎は言葉を大量に発して、己の本心を糊塗《こと》するのであろう。

「信じていないな」

藤吉郎は顔をよせ、声音を下げ、先ほどの信長と同じ言葉を吐いた。

優れた弁口者《べんこうもの》は、なにより人心の洞察に長《た》けている。この男は、これまであらゆる人の営みを見聞し、人心がどのように揺れ動くのかを量ってきたのであろう。それに応じて、己の言動を変えることを身に付けたのだ。

「まあ、いい。とにかく、お屋形様はわしが見た中で最も優れたお人じゃ。お屋形様こそがわしの運を切り開いてくれる」

藤吉郎は笑顔をすっ込めていた。

「わしは決めた。決めたとなれば、地獄《じごく》でもついていくだけじゃ」

一益には、先ほどの商人口調より、よほど真にせまって見えた。

(天性の人たらしか)

人によっては、ここまで本音をさらした藤吉郎と共鳴し、その心を開くであろう。

藤吉郎は話しつくしたようで、軽く頭をさげ、背を向けると、歩きだした。

小さいながら精気の塊のごとき背中を見送っていると、すぐ振り向いた。

「お主《ぬし》もそうではないのか?」

また、ニッと笑った。その笑顔、猿そのもの、である。

死将

一益が丸根砦についたのは、既に夕刻、五月十八日の陽《ひ》も暮れようとする頃《ころ》だった。

今川方の大高城を監視するべく、対面する尾根《おね》に峰続きで丸根と鷲津の二砦が築かれている。付け城とはいえ山麓《さんろく》に空堀《からぼり》を穿《うが》ち、柵をゆい、物見櫓《ものみやぐら》と陣小屋《じんごや》をおいているに過ぎず、籠《こも》っている兵も五百に満たない。

「お屋形様より伝令を」

もはや物々しく固められた砦門に割符《わりふ》をかざして、一益は砦に入った。

すでに、今川の本隊が沓掛城に入ったという報せは入っている。籠る兵たちの顔には、合戦に臨む気負いが張りついていた。

砦の守将、佐久間大学允《だいがくのじょう》盛重は、陣小屋の中で一益を迎えた。すでに具足《ぐそく》に身を固めて床几《しょうぎ》に座り、城砦の周囲の絵図に目を落としている。いつでも采配《さいはい》を振れる姿であった。

盛重は殺気立った視線を一益に向けると、

「これは、お主が使番か」

まだ織田家にいたのか、という顔で吐き捨てた。

佐久間家は織田家の譜代中の譜代の家柄である。一族の佐久間信盛は家老《かろう》の筆頭であり、他にも複数の血族者が家中の要職についている。この盛重も、信長旗下《きか》の猛将としてその威勢は大きい。当然ながら、新参者、どころかまだ正規に織田に仕えてもいない一益をみくだしていた。

(なぜ、この男を、この砦に)

一益は、盛重の前で跪《ひざまず》きながら考えた。佐久間盛重は、信長派の代表といってもいい男だった。決して賢い男ではない。ただ、火がでるほどに激しい気性を持っている。その武辺《ぶへん》、愚直なまでの忠義、手元に置いておけば、最後まで信長を支持し、果てるまで戦うであろう。しかも、信長に負い目がある。盛重は、かつて弟信行《のぶゆき》付きの家老であった。しかし、信長に鞍替《くらが》えし、許された。激情家ゆえに、その信長への心酔ぶりは尋常ではない。

今、信長の態度に、靡《なび》いたばかりの織田家臣たちが動揺している。そんな中、前線の砦で、この男を捨て殺してしまってよいのであろうか。

「お屋形様の御言葉を伝えに」

一益が粛然と口を開くと、盛重は、む、と口元をゆがめ、床几をおり片膝をついた。

一益のごとき余所者に、といわんばかりの不服そうな顔つきであった。

「書状は？」

「火急《かきゅう》のこと、また大事のことゆえ、直接口上《こうじょう》する」

一益は、すぅと息を吸った。

「大学允よ」

盛重はあっと顔をあげた。その甲高い声、まさしく織田信長であった。

「この丸根砦のもつ役目、甚大である」

一益にすれば、たやすい声真似であった。だが、最初の一声以外、似ていなくても支障はないようだった。

茫然《ぼうぜん》とする盛重の目が見開かれ、輝きを増した。表情がだんだんと引き締まっていく。

「この砦がいかに多くの敵を引きつけ、それを留《とど》めることができるかに、このいくさの勝敗がかかっている。こたびの勝利は、各々の命を賭《と》してこそなしうるもの、余も先陣《せんじん》きって駆ける。敵は大敵、そちを援《たす》ける余力はない」

大きな盛重の肩がブルブルと震えつつあった。

「大学允、そちの働き、この信長、今生《こんじょう》わすれぬ」

盛重は大きな眼を剝《む》いていた。

「そちをただでは死なせぬ。もしこのいくさ負けたなら、お主の死の半日後、この信長も死地に向かうであろう。そのときは冥土で会おうぞ。だが、余は勝つ、お主の死により織田は勝つ、そしてこの世の繁栄を生むのである。お主のその死、決して無駄ではない」

一益の眼には、この口上を語るときの、信長の顔が焼き付いている。

まるで、佐久間大学允盛重のいくさ場での勇戦を見終えてきたかのような、迫真の顔だった。非情の命。全幅の信頼を寄せるからこそできる、死の命令であった。

盛重は、ぐっと頭を下げた。嗚咽《おえつ》の声が漏れた。

「お屋形様、よくぞ、よくぞ、言うてくだされた。わしは、かつてお屋形様の首を狙《ねら》った者、このようにお役に立てて死ねようとは」

目に涙をためた盛重の顔は、小屋の窓から入る夕日に照らされ、真っ赤に染まっていた。

「滝川殿、お伝えくだされ、佐久間大学允盛重、およびこの丸根砦に詰める者ども、一兵たりとも臆《おく》することはありませぬ。おそらく先鋒《せんぽう》の到達はこの夜半。今川の者どもを一人でも多く冥土への道連れに、そして一刻《いっとき》でも長く、この砦に釘付けにしましょう」

一益は大きく頷いた。盛重に促され陣小屋を出ると、向かいの山腹に敵の大高城が見える。おびただしい今川の旗幟《きし》がうごめいていた。

「今日、三河勢が兵糧《ひょうろう》を運び込んだ」

盛重が指差すと、夕日の中、さかんに炊飯の煙が立ち上っていた。

「わしも鷲津の玄蕃殿も、黙って見過ごした。この意味、お主にもわかるな」

一益は頷いた。

（わかるさ）

もはや、この砦が大高城の監視をする意味はない。丸根、鷲津の二砦は今川勢の兵力を分かつための生贄《いけにえ》なのである。右手を見れば連なる尾根に鷲津砦が見えた。林立する織田の旗は、決死の気概の中、揺らめいている。鷲津砦の将、織田玄蕃も、この佐久間盛重と同じ想いに違いない。

明日、この二砦の織田勢は、今川勢を相手に、炎のごとく奮戦し、玉砕するのであろう。

わずか数百の守兵といえど、死兵と化して砦に籠れば、数倍の敵を引きつけることができる。そして、信長は――。

（勝つかもしれない）

爛々《らんらん》と輝く盛重の瞳《ひとみ》を見つめて、一益の思考は動き続ける。

熱田《あつた》の森を抜け、那古野《なごや》の城を横手にかすめて、一路清洲へ。一益は風のように駆けた。

途中、見かける家々に人影はない。

(民《たみ》は正直だ)

明日にはこの野なり、町なりに、雲霞《うんか》のごとき今川勢が満《み》ち溢《あふ》れるかもしれぬ。侵略される地の民は悲惨である。金品は略奪され、女は襲われ、家は燃やされる。だから、家財を持ち、女子供を連れ、山中に逃げ去る。いかに領主を慕っていても、仕方がない。

抜け殻のような清洲の町の入り口で、新助《しんすけ》が待っていた。

「あの殿様、なにを考えているのか」

新助は、首をひねっていた。信長は矢継ぎ早の報を聞いても、家臣たちになんらの指示もださず、早々に下城させた、という。

三《さん》の丸《まる》の濠外《ほりそと》には、足軽長屋《あしがるながや》、侍屋敷《さむらいやしき》、濠の中には重臣の屋敷が軒を連ねているが、いずれも粛と静まり返っている。一益は、眼を凝らし、耳を澄ましながら、音もなく歩いた。

誰《だれ》一人、眠ってなどいない。みな恐れおののき、不安と焦燥の真っただ中で、目は冴《さ》え、心はわなないている。なんら策を決めない信長への不満、侮りも最高潮に達しているのだろう。

「一益様」

新助が問いかけるが一益は答えない。考えている。明日はどうなるのか。

大気は重く湿って蒸し暑く、息詰まるような夜だった。空には雲が多く道は暗い。

（こんな晩の翌日は雨雲がでる）

歩く。二本の足で地を踏み、一益は歩く。眼前に清洲城本丸《ほんまる》の門が近づいている。

一益は音もなく、信長の寝所の庭に舞い降りた。庭先から声をかけると、障子《しょうじ》が開き、小袖《こそで》姿の信長が軒先まで出てきた。起きていたのだろう。一益は跪いた。

「大学允めがそう言ったか」

一通り、一益の報告を聞くと、信長は眼を閉じた。暗がりの中、浮かび上がった信長の顔は青白い。今、この若者は尾張中に充満した不安、怒り、嘲弄を一身に受け止めているのだ。そして、それを己の体内で新しい力に変え、一気に吐き出そうとしている。

雲がわれ、月が出てきていた。月光に照らされた信長の端正な顔は澄みきっている。

一益は、いつかのあの天女《てんにょ》を思い出していた。美しい。凄味《すごみ》があるほどの美しさだった。

しばらく、沈黙があった。

「出陣する」

信長は目を見開きつぶやくと、背を向けた。

その瞬間、ぞわっと、一益の背筋を冷たい感覚が走った。寒気とは違う。身震いするほど、心が動いていた。

「信長様」

思わず、口を開いた。

「明日は雨になる」

そんなことを口走っていた。もっと、他に言うべきことがあるのではないかと、自分に問う。だが、言葉が見つからない。口を開けば、何かを叫び出しそうな、そんな高揚が胸にせりあがっていた。

信長は振り向かなかった。

「わがいくさ、とくとみておれ」

その言葉の余韻だけが残る中、一益は面を伏せていた。


やがて、夜の闇《やみ》を引き裂くように、法螺貝《ほらがい》の音が鳴り響いた。それに陣触《じんぶ》れ太鼓の重低音がつづいた。そこここの屋敷や長屋から、具足を引きずり出す音が鳴り響く。まさに、清洲城が一斉に目覚めたようだった。そして、待つこともなく、数騎の騎馬武者《きばむしゃ》が大手門《おおてもん》から飛び出していった。大将みずから先駆けする信長を追いかけるのは、わずか五騎。

一益は城壁の上に座り、見る見る小さくなるその姿を目で追いかけていた。

空を見上げた。雲間の月は明るく、丸く、真白い。

極限までの、無防備、無策。そして、ここぞ、と決めたときの稲妻のごとき行動。家臣たちは、不安や恐れを極限まで溜《た》め込《こ》んでいた。その限界を見極めて、一気に敵に向かうという行動で爆発させる。兵たちは考える暇もなく、ただひたすら前進するであろう。

「一益様」

いつの間にか来ていた新助が背後から呼びかけたが、一益は振り向かない。

（ひょっとして）

少年期からのうつけぶり、あれもすべてこの一戦に勝つための遠大な仕掛けか。そして、この今川との決戦すら、これから続く大きな夢への足掛かりにすぎないのか。

今、一益の中で、これまでの価値観が音を立てて崩れつつある。

織田信長。民にまぎれ、野山の自然に揉まれて、この世を見定めた。

そんな侍、そんな武家の棟梁《とうりょう》がこれまでいたか。

（いないな）

そして、その目が見据えるもの、それは己の欲という小さなところにとどまるものではない。

「勝つであろう」

眼をしばたたく新助を尻目に、一益はつぶやいていた。


永禄《えいろく》三年（一五六〇年）五月十九日。国境を越え攻め寄せた今川の大軍勢は、一日で霧消した。

信長のとった戦術は、丸根、鷲津の二砦の攻撃に兵を割き、半減した今川勢の本隊へ向けての正面突撃であった。桶狭間《おけはざま》山《やま》に陣取った今川義元本隊は約五千、その前衛は五千。信長のもと、十分に結束し、気力に満ちた織田勢は、倍する今川勢を力押しに押し切った。

世に言う「桶狭間の合戦《かっせん》」は、あまりにも鮮やか過ぎる信長の勝ちっぷりに、様々な尾ひれがついた。一か八かの奇襲戦《きしゅうせん》、天佑《てんゆう》に天佑を重ねた幸運な勝ち戦と、諸説が流布《るふ》した。だが、信長にとっての天啓《てんけい》は、突然の暴風雨が対峙《たいじ》した今川勢に降りつけ、織田勢がその風上に立ったことだけであった。その雨に湿って今川勢の火器が使えなくなったのに対し、信長は油紙《あぶらがみ》で厚く鉄砲と火薬を守るよう徹底し、存分に合戦に使った。

また、今川兵は大軍とはいえ大半が徴募された農民兵だったのに対し、信長の兵は、兵農分離《へいのうぶんり》によって、純粋な戦闘集団として鍛え上げられていた。

夕刻、信長は、陣頭に今川義元の鉄漿首《おはぐろくび》を高々と掲げ、清洲に凱旋《がいせん》した。

この時、滝川《たきがわ》一益の織田家への正式な仕官が決まった。

同時に、儀太夫、新助に滝川の姓を与え、滝川儀太夫益重《ますしげ》、滝川新助益氏《ますうじ》として、一門の家臣とした。慶次郎は儀太夫益重の子息として元服《げんぷく》、滝川慶次郎利益《けいじろうとします》と名乗った。

一益は士卒《しそつ》と足軽《あしがる》を組下《くみした》に付けられ、織田家臣の末席に名を連ねることとなった。

三河

翌永禄四年(一五六一年)、東海の覇王今川義元を討った織田信長の名は天下に広まり、その勢威は隆盛の兆しをみせていた。

尾張領内の今川勢力は一掃され、今は隣接する三河の国境で小競り合いを繰り返している。敵は今川の跡継《あとつ》ぎ氏真《うじざね》ではなく、松平《まつだいら》家である。桶狭間の戦いまで今川の傘下《さんか》として先鋒の一翼を担っていた松平元康《もとやす》は、義元敗死の間隙《かんげき》をぬって、父祖《ふそ》伝来《でんらい》の居城三河岡崎城《きよじょうみかわおかざきじょう》を取り戻し独立した。

松平は三河土着の豪族《ごうぞく》である。小勢ながら堅実に領地を守って譲らない。また自立したとはいえ今川と絶縁したわけではなく、織田に対して頑強に抵抗していた。

「三河の松平と和を結ぶ」

清洲城での評定《ひょうじょう》にて、信長は強く切り出した。群臣は一斉に色をなす。

「和議《わぎ》、でござるか」

筆頭《ひっとう》家老《がろう》柴田《しばた》勝家《かついえ》が、思わず、という面持ちで聞き返した。柴田勝家は、信長に殺された弟信行の家老であったが、桶狭間での戦功により、重臣筆頭の地位へと躍り出ていた。

「何度も言わすな」

信長は、甲高い声でしかりつけた。

松平の三河と、衰退する今川の領土である駿河《するが》、遠江《とおとうみ》を奪えば、一気に織田の勢力は百万石《ひゃくまんごく》分も拡大する。今は、この東方を平らげる好機といえた。松平の勢力は極小、しかも自立したばかり。攻め潰《つぶ》すか隷属《れいぞく》させ、その後に今川を攻めるのが良策にみえる。

「いま一度だけいう。三河に和議の使いを出す。この和議、必ず結ぶぞ」

一同、平伏した。桶狭間の勝ちいくさ以来、信長の格ははるか雲上へとあがった。もとより独善的な主君であったが、以前のように「うつけ」や「奇矯《ききょう》」と軽視する者はもはやいない。なにせ、あの今川義元を鮮やかに打ち果たした殿様である。誰もが負けると思ったいくさを、ほぼ一人の采配で完全な勝利に変えた。いまや列臣で逆らえる者はいない。

「して、使者は誰にいたしましょう」

尾張一の猛将、柴田勝家ももう従順である。

「正使には刈谷《かりや》の水野《みずの》」

満座に異存はない。妥当な人選だった。刈谷城主水野信元《のぶもと》は、松平元康の母於大《おだい》の兄である。水野氏は三河の国刈谷を本拠とする土豪で、信長の父信秀《のぶひで》の頃に今川から織田に鞍替えした家である。岡崎の松平との所縁《ゆかり》は深く、この男以外に、この役目は考えられない。

「副使として、滝川一益」

一同、伏せた面をゆがめた。

(また、滝川。なぜお屋形様はこの者を持ち上げるのか)

(水野の副《そ》え役《やく》とはいえ、大した功もない新参者を大事な御役目に使うとは、何事じゃ)

(牢人だか、忍びだかしらぬが、素性も知れぬ者を送って、あなどられるではないか)

各々の目が語り、周囲の者と目配《めくば》せし合う。

本丸広間《ひろま》の末席に座っていた一益は、無言の批判を全身に感じていた。

（当然だな）

まだ自分は織田家の一員とは認められていない。所詮《しよせん》、余所者なのである。しかも、一益は近年の織田家最大の危難であった桶狭間合戦で働いていない。あの瀬戸際《せとぎわ》を共に乗り切ったということは、織田家臣たちの紐帯《ちゆうたい》のようになっていた。それが、一益にはない。よほど目覚ましい功がなければ、認められることはないであろう。

「は」

一益は頭をさげた。信長は頷いたが、座は冷ややかである。

半刻（約一時間）後、一益は信長の主殿《しゆでん》の庭に跪いていた。

「このほうが話しやすい」

信長は評定の間ではみせぬ笑みを漂わせていた。

「どいつもこいつも、まずは三河を我がものにだの、松平を従えて今川を攻めよ、宿敵を討て、だのと阿呆《あほう》ばかりいう。わが心中、お前ならわかるな」

「しかと」

一益は頷いた。

「言え」

信長らしい高飛車な言い方だったが、一益はもう馴《な》れている。

「武田と北条」

「む」

一益が言うと、信長は満足そうに鼻を鳴らす。

確かに今川の衰えは著しい。信長がその気になれば、松平を攻め、今川を討つこともできるであろう。だが、そうすれば、駿河の北は武田の甲斐、東は北条の相模伊豆《いず》、この二強国と接することとなる。もとより、武田・北条と、今川は同盟関係にあった。したがって、信長が駿河に進めば、格好の標的にされてしまうのである。

「武田と北条は駿河をすぐには攻めませぬ。どちらかが手を出せば、もう一方がその非を詰《なじ》るでしょう。しばらくは睨《にら》み合《あ》いかと」

「死にかけの今川はしばらくあれでよい。東は後だ。余は西へ向かう。そのためには松平と結ばねばならぬ。だが」

信長は眉根《まゆね》をよせた。

「三河の元康、手ごわいぞ」

一益は頷いた。松平との和睦が大事なだけではない。

松平元康は容易な男ではない。桶狭間の戦いの後、独立したのが十九歳、今はまだ二十歳。若くして英雄の気質を持つと伝わるが、沈毅《ちんき》で腹中を見せないという噂《うわさ》もある。

幼少から成人するまで織田、今川と人質《ひとじち》として転々とした男である。

（そんな幼年をすごした者が、単純で明朗なはずがない）

ましてや、松平家臣団も一筋縄ではいかない。幼少の主君を奪われたため、長年今川に隷属を強いられ、やっと得た自立である。元康が健在の今、また、大国に属する暮らしに戻りたくはないであろう。織田とは積年の因縁《いんねん》もある。

「わかるな。松平との和議、表のことだけでは進まぬ」

「松平お抱えの服部《はっとり》とはいささか面識があります。その筋が使えましょう」

松平家は小領主には珍しく、お抱え忍び衆を持っていた。伊賀《いが》の上忍《じょうにん》服部家が頭領《とうりょう》として召抱えられているのは、忍びの間では知れ渡っている。

信長は、うむ、と頷いた。


「元康のことは、万事わしにまかせておけ」

同行する水野信元は、健康そうな赤ら顔の中年男であった。一益には、いたって親しげな態度である。この男も織田家では外様《とざま》であった。織田家譜代の重臣が来るよりも、一益のように実績のない者とのほうが、のびのびとやれるのであろう。

（この男には、喜ばしい成り行きだろう）

その水野信元は、にまにまと自信ありげな笑みを隠さない。

水野家は、元康の祖父松平清康《きよやす》が三河を席捲《せっけん》すると、信元の妹於大を差し出し和を求めた。松平家は世継ぎの広忠《ひろただ》の嫁として迎え、両家は結ばれた。やがて、清康が家臣によって殺害されるというお家騒動で松平の勢力が衰えると、信元はさっさと見限って織田信秀に肩入れした。離別された於大は刈谷に返され、幼い元康は母と切り離された。今川に隷属することになった松平家がとった、やむを得ぬ措置である。

しかし乱世《らんせ》は時をおかず変転する。信秀も早く逝《い》き信長の代となると、今川は尾張を狙《ねら》い西へ侵攻した。信元はさすがにもう裏切れない。津波のような今川義元の進軍を茫然《ぼうぜん》と見ていた。できたのは、今川の先鋒となった甥《おい》の松平元康に友好的な使いを出すことぐらいだった。織田が滅びて信元が降伏したなら、命乞いぐらいしてくれるであろう。そんな藁《わら》にもすがるような思いだった。滅亡も覚悟していたが、なんと、信長が勝った。しかも、その勝利の後に三河の松平と和睦するという。

「わしの出番だ」

信元は勇躍した。和議の使者、さして難しい仕事とは思えない。松平家の若き君主である元康の伯父である自分は、今もその母於大を大切に保護している。主《あるじ》を失い迷走する今川家、そこから独立したばかりの松平、日の出の勢いの織田。条件は揃《そろ》いすぎている。

(元康など、すぐ懐柔できる。条件も織田にずいぶん良くできよう)

その功により、信元の織田家での地位も飛躍的に向上しよう。そして、今まで敵対勢力の狭間《はざま》で、いくさの脅威にさらされつづけた刈谷城も、東に松平、西に織田という勢力を置き、安泰となる。

運が向いてきた――水野信元は脂ぎった笑みを浮かべ続けている。

岡崎城

岡崎へは刈谷から東へ四里（約十六キロメートル）。すぐに松平領の安城城《あんじょうじょう》を横目にみながら進む。敵城だが、事前に使いが走っていて、一益らをさえぎることはない。

安城城下には辻々《つじつじ》や農道で、「南無阿弥陀仏《なむあみだぶつ》」のさらしを手元に説法する僧と、拝みながら念仏をとなえる農民の姿がみられた。

（一向宗《いっこうしゅう》か）

本願寺《ほんがんじ》を総本山《そうほんざん》とする浄土真宗《じょうどしんしゅう》と深く関わるこの教えは、「阿弥陀仏を信仰し、極楽浄土《ごくらくじょうど》を求めよ」というわかりやすいもので、弱者救済の色が強い。戦乱期に特に虐《しいた》げられる農民を中心に信仰が広がり続けていた。特に、三河のような農耕国では盛んであった。

ほどなく矢作川《やはぎがわ》に行き当たる。このころの渡河《とか》は舟である。対岸に迎えが出ていた。

「本多作左衛門《ほんださくざえもん》」

岩のような顔をした男は、ぶっきらぼうに名乗った。

用意された城下の屋敷に通されると、その晩は迎宴であった。

（贅《ぜい》を尽くしているな）

水運が発達し様々な商産業が盛えて豊かな信長の尾張に対して、三河は質朴な国である。それでも、精一杯の心づくしがみえる膳《ぜん》であった。

ただ、雰囲気がいけない。接待役は例の本多作左衛門重次《しげつぐ》。巌《いわお》のような表情を崩さず、ただ黙々と盃を重ねるだけである。水野信元は懸命に笑顔を作りながら、妹の於大のこと、元康の幼少のころのことなど、とめどなく話すが、対面する作左衛門は、仏頂面《ぶっちょうづら》のままだった。

信元は、そんな愛想のかけらもない作左衛門に言った。

「本多殿、すぐにでも三郎《さぶろう》（元康）に会いたい。目通りはいつになるか」

作左衛門のこめかみが、少し張り詰めたように見えた。そして、押し潰したように低い声で答えた。

「先《ま》ずはごゆるりと」

茫然とする信元を残して、本多作左衛門は去った。

（難儀だな）

一益は軽く息を吐いた。三河の家臣団のことも調べあげている。

本田作左衛門。その名に鬼がつく、三河の名物男である。この鬼作左《おにさくざ》が接待役であることからして、松平家の和議に臨む姿勢が窺《うかが》い知れた。

松平元康への謁見《えっけん》がかなったのは、なんと五日後である。その間、食膳だけは丁重に運ばれてくるが、幽閉されたも同然だった。さすがの水野信元も自信をすっかり失っていた。

（巧妙な）

おいそれと会わぬことにより、馴れ合いを排除した。したたかな外交戦術である。

謁見の場は岡崎城本丸主殿。まず中年輩の男が裃《かみしも》姿《すがた》で現れ、上座《かみざ》から一段下がって座った。

「松平家臣、酒井《さかい》忠次《ただつぐ》でござる」

信元は顔見知りなのであろう。なにか語りかけたそうだったが、酒井が視線を合わせることはない。

これも信元にはつらいことのはずだった。

やがて、松平元康が姿を現した。その面貌《めんぼう》は下膨れでまだあどけなさを残していたが、瞳の力強さは尋常ではない。

ようやくの謁見に水野信元も気合いを入れ直していた。

「これは、三郎殿、なつかしい。何年ぶりかのう。わしが前に見たときは、まだまだ童《わらべ》であったが、立派に、立派になられたのう」

いきなり切り出した。情誼《じょうぎ》あふれる挨拶《あいさつ》であった。元康は動かない。やや沈黙があった。

(元康、どうでる)

一益は面《おもて》を伏せ上目遣いに見ていた。

「伯父上、お役目大儀です」

明朗だが、抑揚のない声だった。信元の顔にかすかに狼狽《ろうばい》が浮かぶが、気丈につづけた。

「於大も息災じゃ。三郎殿のことを忘れたことはないぞ」

「水野殿」

元康の声は相変わらず、乾いている。

「われは、もはや二郎三郎《じろうさぶろう》ではない。三河守《みかわのかみ》松平元康である。ご使者の用件、申されよ」

信元の喉仏《のどぼとけ》が、ぐっと動き、苦しそうに顔をゆがめた。そして、唾《つば》をごくりと飲み込むと、和睦の件を語りだした。桶狭間を境とした今川家の凋落《ちょうらく》、織田の勢い、そして織田は西北の美濃斎藤と戦わんとしていること、松平は三河を固め、やがては今川を討つべきであること、両者の利害は一致しているとのこと。

元康はつぶらな瞳を見開き、時折《ときおり》頷きながら聞いていた。

「ついては、元康殿にも清洲に出向いていただき、織田上総介様とお会いいただきたい」

信元が、そこまで述べたときである。

「わしは清洲へはいかぬ」

元康は毅然と言った。信元はあんぐりと口を開いた。

「今川家とは袂《たもと》を分かったというものの、恨みはない。わしは駿河で育ち、亡き義元公はわしにとって父とも思えるお方。長き恩義もある。討《う》ち死《じ》にしたとて、すぐ手のひらを返して織田と結ぶわけには参らぬ。わしは、義元公のあだ討ちを今川氏真殿に進言しております。それに」

凛《りん》と背筋を伸ばし、息を吸い込み、口を開いた。

「和議の申し入れをするなら、上総介殿こそ、この岡崎に参るべし」

そのまま、席を立った。愕然《がくぜん》として肩を落とす水野信元と一益は、そのまま捨て置かれた。

（立派だ）

一益は、心底、感心していた。まだ二十歳の殿様であるが、臆するところがない。

「い、いかがすれば良いのか」

信元は激しく動揺し、額に玉の汗を浮かべ、渋面をなでるばかりである。

「水野殿、ま、ひとまず、宿におさがりくだされ、追ってお呼びすることもありましょう」

声をかけたのは、酒井忠次であった。一益も促し、とりあえず主殿をあとにした。

なんにせよ、今、この場に残っても仕方がない。

もう一人の英雄

「一益様」

その日の深更。岡崎城下の一益の寝所にどこからともなく呼ぶ声がある。

一益はもちろん起きている。

「新助、都合はついたか」

「益氏と呼んでください」

一益は小さく笑みを漏らした。新助はよほど滝川新助益氏という名を気に入ったらしい。儀太夫益重のほうは、儀太夫のままでいいと言い張るのだが。

「まずは、服部殿の屋敷へ」

一益は起き上がると忍び装束《しのびしょうぞく》をまとった。障子をあける。月もない暗夜だった。音もなく、屋敷の庭から跳躍した。どこからともなく、黒い影が現れ先導する。先に三河に忍ばせていた新助益氏である。

岡崎城三の丸にある侍屋敷の一軒。その裏門から益氏、一益と続けて入った。中に若い侍風の男がいて、一礼すると屋敷内へと案内する。

灯《あか》りをおさえた屋敷内は薄暗い。案内の侍の先導で、益氏、一益はひたひたと屋敷の深部へと入っていく。奥の間に通された。灯火の光が一つ、細く灯されているだけである。

男が一人座っている。彫りの深い顔に鋭い眼光、年嵩《としかさ》すらさだかではない。尋常ならざる顔つきであった。一益がその向かいに座り、益氏は少し下がって控えた。

「服部殿、お初にお目にかかる」

服部半蔵保長《はんぞうやすなが》、松平家お抱え忍びの頭領である。

服部家は伊賀忍びの大家である。伊賀は甲賀と違い、忍びを上忍、中忍《ちゅうにん》、下忍《げにん》、と明確に位分けしていた。その伊賀上忍の中でも、服部は百地《ももち》、藤林《ふじばやし》と並んで三家に数えられた大実力者であった。半蔵保長は家長自ら里を出て、松平に仕えた。これは、当時、極めてまれなことである。一勢力、しかも松平という地方勢力にその家を託したのである。よほど決断のいることだった。

ここまで案内してきた若い侍が、薄暗い部屋の隅に四《よ》つん這《ば》いのような姿で平伏した。置き石のように身動きをしないが、なにかあれば飛びかかってきそうな気配である。

半蔵は頭を下げながら、その若侍を振り返った。

「倅《せがれ》の正成《まさなり》でござる。まだ若輩ですが、殿の近くにあげております。今宵は甲賀一の手練《てだれ》といわれた滝川殿のお顔を仰ぎたいと申しましてな」

正成と呼ばれた若者は、少しだけ面をあげると、床に押しつけるように礼をした。服部家は当主が代々半蔵を名乗る。後に鬼半蔵と呼ばれ、徳川家《とくがわけ》で伊賀同心《どうしん》を束ねる服部半蔵正成である。

「その滝川は父のこと。わしは甲賀を捨てている」

「家は絶えたと聞いておりましたが、織田家でお使者を務めるほどのご身分とは。織田様の覚えも目出たいと聞いておりますが」

半蔵は半蔵で、一益の素性を調べたのであろう。

「追従《ついしょう》はいらぬ。本題にはいろう」

一益は切り出した。半蔵はささくれた荒地のごとき恐ろしげな顔に、薄く笑みを浮かべた。途端に、それまでの慇懃《いんぎん》な態度が解け、瞳が怪しく輝きだす。

「ククク、ちょうどよい。こちらもお屋形様より、織田の使者を見張るように言われていたのです。滝川殿なら話が早い」

「三河は織田と結ばねばならぬ。異存あるまい」

一益は、いきなり核心をついた。

「安城周辺の一向門徒《もんと》をそろそろ抑えねばなるまい。そうすると、大きな一揆《いっき》となろう。これで東西に敵を迎えてはたまらぬ。織田と結ぶが唯一の生存の道」

三河一向宗は安城の本證寺《ほんしょうじ》を始めとする三つもの寺が守護不介入の特権を持ち続けていた。自立した松平家としては、これを従属させねばならない。でないと、領国の民に国主として示しがつかない。ただ、この特権をもぎ取るとなると、一向門徒の総蜂起《そうほうき》がおこる恐れがあった。門徒は家臣の半数にすら及んでいる。半蔵は緩やかにうなずいた。

「さすがに耳が早い」

「今川に義理などないはず。いや、もはや、それどころではない。信長様はあくまで対等の同盟を望んでおる。松平家の言い分は、十分わかっている」

元康の態度は、松平家はもうどこにも屈しないという意思表示だった。

いままで織田と今川の間で翻弄されつづけた小勢力から脱皮したい。そのためには、簡単に和議を受け入れるわけにはいかないのである。独立したものの、松平家がこのまま細々と生き延びるのか、強国として成長するかの、分かれ道なのである。

「いちいちごもっとも。ただ――」

「人質か」

半蔵はコクリと頷いた。元康の妻瀬名《せな》と三歳の嫡男竹千代《たけちよ》、長女亀姫《かめひめ》は義元時代より今川の本拠、駿府《すんぷ》に住まわされている。元康が独立しながらも、今川に対して忠心を見せ続けているのは、この人質のためなのである。これで、織田と正式に結ぼうものなら、妻子は間違いなく害される。妻の瀬名は今川義元の姪《めい》なので簡単には殺せまいが、息子の竹千代の命の保証はない。

「連れ戻せばよい」

「難儀なことをいう」

半蔵は嘆息交じりにいった。忍びが単独で敵中を出入りするだけではない。女、子供を連れて厳戒態勢の中を突破するのは、至難の業である。

「盗み出そうということではない。堂々と戻すのだ」

「はあ」

一益の言葉に、半蔵は首をひねった。

「今川にとって大事な者を奪えばよい」

「なんだと」

「三河に残る今川方の城は上の郷《かみのごう》。これは松平にとっても目障《めざわ》りな城であろう。城主は鵜殿長照《うどのながてる》。鵜殿の母は義元の妹。鵜殿一族は氏真にとって血族である」

「それとて、容易なことではない。できるのか」

半蔵は用心深く目を細めた。

一益は顔色も変えない。上目づかいに半蔵を見つめ、ゆっくりと頷いた。

「策があるのだな」

半蔵の問いに一益は再び頷き、視線を奥の襖《ふすま》へと移した。

半蔵は目を伏せ黙考すると、唸《うな》るように口を開いた。

「さすがは滝川殿、われら忍びの者では思いもつかぬ。その策こそ、我が主に捧げるべき」

半蔵が目配せすると、控えていた半蔵正成がおもむろに立ち上がり、奥の間の襖を開けた。

一人の男が仁王《におうだ》立ちしていた。一益の後ろで益氏が、あっ、と声なき声をあげた。

その男、松平元康は敷居をまたいで入ってきた。

次の間にただならぬ気配があることは感じていた。が、堂々と現れるとは思わなかった。

「滝川殿、このような形であいすまぬ。水野の伯父御《おじご》の手前もあるゆえな。それにこのほうが腹をわって話しやすい」

元康の表情に、城中でみせた頑《かたく》なさはない。

「教えてくれ。上の郷はなかなかの堅城。それに、鵜殿はたやすく縄目の恥辱は受けまい」

一益は面を伏せ、丁重に礼をしたあと、応じた。

「そのために、拙者や半蔵殿がおりましょう」

当時、忍びを合戦に使った例はほとんどない。いくさは侍が行うもの、忍びは諜報《ちょうほう》に使うという暗黙の了解があった。その慣習を破る秘策を一益は語った。

目を輝かせながら聞き終えた元康は、少し思案すると、強く頷いた。

「あいわかった。ただし、滝川殿、これだけは言っておく」

元康は声に力を込めた。

「人質の一件だけではない。松平はどこにも屈することはない。この元康、志のためには我が妻、我が子の命を惜しむこともない」

「は」

頷く一益の顔に自然と笑みが出た。そうであろう。この若殿《わかどの》は己の私情で道を間違えるようなことはしない。

だが、家臣たちは違う。虜《とりこ》となっているのは松平家の世継《よつ》ぎなのである。家臣は主君《しゅくん》を失い続けた苦難が身に沁《し》みついている。彼らは人質を失うことをなにより恐れているはずであった。

一益は威儀を正し、声を改めた。

「三河守元康様に、我が主君織田信長の真意をお伝えしましょう」

元康は言葉を発せず、つぶらな瞳に鷹《たか》のように鋭い眼光を宿した。隷属するような盟約《めいやく》は決してせぬ、という意思表示である。

「信長は貴殿《きでん》と手を取り合い、この戦乱を鎮め、新しき世を築く」

「む」

元康は頷く。異論はないであろう。父祖伝来の家を守る、己の領分を増やす、当時の戦国大名の思考はそうであった。が、信長も、この若殿の器も、その程度のものではない。

そんなところを、一益はますます気に入った。

（この若者の力がほしい）

どうあっても信長と結ばせねばならぬ。一益は思案した。

「この盟約がなったのち、織田家より人質をこの三河にいれます」

「まことか」

元康の瞳が大きく見開かれた。服部親子、そして益氏が息を飲み込む音が、室内に響いた。優勢である織田家から、松平へ人質を差し出す。これは、誠意が厚く伝わることであった。松平家の面目《めんぼく》も充分に立つ。

「上の郷の城攻め、この一益も参りましょう。松平家には憂いなく、織田と結んでいただきたく」

「かたじけない」

元康は一礼すると、

「滝川殿、織田殿の御心が真《まこと》なら、先ずはわしが清洲に行こう」

と、言った。雄々しく顔をあげた松平元康の顔は、灯火に照らされて紅潮していた。

（ここにも一人、英雄がいる）

一益は頼もしい思いでその顔を見つめ、語気を強めた。

「かたじけなし。両家のため、天下のために、この滝川一益、一命を賭してこの盟約を結ばん」

一益は清洲城へ帰還し、信長に拝謁《はいえつ》した。

「大儀《たいぎ》。首尾《しゅび》は」

信長は短く言った。相変わらず、信長らしい単刀直入な言いざまである。

見方を変えれば、尊大、不躾《ぶしつけ》。礼儀にうるさい者なら、気分を害すであろう。

「松平元康公は年明けには清洲へ来訪し、和議の会合に臨みます」

「祝着《しゅうちゃく》」

「ついては、一つお願いしたき儀が」

「なんだ」

「五徳姫《ごとくひめ》を元康公のご嫡男竹千代君の花嫁として差し出すこと、お願いしたく」

「聞いていない」

信長の目元がひくついた。一益は頭を下げた。

「対等の盟約を望むなら、それぐらいはしなければなりませぬ」

「出過ぎたな、一益」

信長は切れ長の眼を大きく見開いていた。こめかみは細かく痙攣《けいれん》している。

一益は怯《ひる》まず声を大きくした。

「それがしが見ますに元康公は一廉《ひとかど》の男。織田にとって盟を結ぶは一時の利ならず。ならば今、優勢にある当家が三河に姫を差し出すことにより、元康殿のみならず三河者すべての意気があがること間違いなし」

「五徳も元康の子もまだ三つ、その場しのぎであろうが」

「両家の同盟は末長くあるべきです。今、駿河に人質となっている竹千代君に姫を与えるには、すなわち、取り戻すことが必要。この意がわかれば、三河国衆あげて、今川との手切れと織田との盟約に力を尽くしましょう。元康公に会われれば、お屋形様も左様になされるはず。そのために先走ってのこと。もし、間違っておりましたら、この命差し上げます」

「お前は、織田の者か、松平の者か」

信長の目が鋭く光っていた。返答次第では斬《き》り捨《す》てられかねない。

「どちらでもありませぬ。わたくしは天下にこの身を捧げるもの」

一益は力強く言った。

「信長様が天下を取られるとみましたからこそ、我はここにおりまする。そのためにこの盟約は必ずならせるべきと考えております」

「元康がこの信長に叛《そむ》きしときはなんとする」

「姫は、元康殿のお世継ぎの正室《せいしつ》となります。そのうち和子《わこ》もなされましょう。そうなれば、おいそれと殺せませぬ。また、御正室としていく以上、多くの従者《じゅうしゃ》を三河に送れまする。これにて、松平家の内に織田の手の者、多数送り込めることに相違《そうい》なし」

信長の顔からじょじょに怒気が薄れている。一益は低いが、よく響く声で続ける。

「竹千代君は未《いま》だ人質として駿河にありまする。取り戻した後としても、お互い年少の身なればお輿《こし》入《い》れは数年先。松平と盟約せし後、その価値なしとお思いなら、ただちに約定《やくじょう》を破棄し、攻めればよし。そのとき、拙者もお断りくだされ」

一益は最後に面をさげた。

「貴様が、かようによくしゃべるのも珍しい」

信長はもういつもの澄んだ瞳に戻って、

「よかろう。五徳はくれてやる。元康と会うぞ」

と言った。

甲賀ふたたび

永禄五年（一五六二年）正月、松平元康は清洲に赴き、ここに織田、松平の和議、同盟はなされた。

元康が清洲へ引連れたのはたったの百人。この無防備すぎる訪問を、信長は自ら清洲城二《に》の丸《まる》まで出て迎えた。お互いの誠意を尽くした、まさに赤心《せきしん》の同盟であった。

取次役として元康を迎え、和議の盟約と饗応《きようおう》がすむと、一益は単身、西へ向かった。

（勝負はこれからだ）

駿河に人質となっている元康の妻と二人の子供を、早急に取り戻す。これが成功せねば、和議は成立したとはいえない。

織田の宿老《おとな》の中には、この同盟を理由に今川が人質を殺すもよし、それにて松平は怒りをもって今川と断交する、すなわち織田家の得となる、と嘯《うそぶ》く者もいた。

（それでは禍根《かこん》を残す）

信長と一益の考えは一致していた。織田と松平は貸し借りがないようにせねばならない。

松平が今川を憎み、両者が即、合戦となってはいけないのである。元康は一益の示唆《しさ》どおり、帰国後早々に三河上の郷に兵を出し、鵜殿長照を攻める。このいくさは難しい。迅速に勝利し、しかも鵜殿一族を殺さずに生け捕るのである。そうしなければ、人質交換ができない。すでに今川氏真は、駿河に留めた松平家臣たちの家族を殺し始めていた。元康の妻子はまだ無事だが、この清洲会見の報、さらに鵜殿攻めを機にどう変心するかわからない。殺さぬまでも、松平を脅すことはするであろう。

（尋常ならざるいくさをせねばならぬ）

そのために、一益の働きが必要であった。


尾張から伊勢《いせ》の北端を経て、鈴鹿の山々を越える。

（久しぶりだ）

油日岳《あぶらひだけ》から見渡す甲賀《こうか》。かつて、甲賀滝川家の世継ぎとして、この山野を駆けめぐり忍術の修行、武芸《ぶげい》の鍛錬をした。そして、あの日。苦い想いをかみしめて後にした甲賀の里。

あれから、二十年以上の月日がたっている。里は戦国乱世の余燼《よじん》を感じさせず静かであった。この静かな里に住まう者たちが、一皮むけば闇《やみ》に跳梁《ちょうりょう》する忍びとなる。

「堂々としているな」

一益が見渡していると、不意に頭上から声がする。

別に隠れるつもりもない。見上げると、木の枝に烏《からす》のように止まっている黒装束が一人。

「久しぶりだな、孫兵衛《まごべえ》」

「慶次郎の面倒をみていただき、ありがたいことで」

慶次郎を先に走らせ、孫兵衛をここまで呼び出した。

ここから先は甲賀忍びの結界が張られている。余所者はおいそれと里へは入れない。

「若」

「若ではない」

「そうか、もう若ではないな。滝川久助《ひさすけ》は死んだ。ではこの目の前の男を何と呼べばいい」

憎々しいが懐かしい悪口が、眼前にすとん、と降りてきた。

「今更この甲賀になにをしに」

あの乱で滝川一益は死んだ。里ではそうなっている。もっとも本当に死んだと思っている者もいないが、少なくともこの里に現れては困る存在なのである。

「わしは、言いましたよ」

里を捨てる。すべてを捨てる。もう二度と戻らぬということ――あの日、孫兵衛は鋭い目つきで迫った。

　そもそも、織田家の滝川一益が、甲賀の滝川久助であると世に知れるようになり、里では不穏な空気が流れ始めている。

「殺されにきたようなものだ。面倒じゃ。このまま帰ってくれ」

　孫兵衛は、吐き捨てるように言った。どうやらこの男も、一益を許していないようだ。

「伴左京介《とものさきょうのすけ》に会いたい」

　一益は、孫兵衛の言葉に応じず言った。孫兵衛は今、甲賀伴家に仕えている。伴家は代々左京介を名乗り、甲賀《こうか》五十三家《ごじゅうさんけ》の中でも上役の二十一家に名を連ねる実力者である。

「わしが言ったこと、聞いておりましたか」

　孫兵衛は、心底呆《あき》れたように、首を振った。

「里のすべてが敵なんですよ。死ぬ気ですか」

「殺すなら、わしの話を聞いてからでも良いであろう」

　一益は歯切れよく言い切った。

　孫兵衛は肩をすぼめたが、一益は斬りこむように続けた。

「過去の話を蒸し返すつもりはない。この乱世を鎮めるのに甲賀の力がいる」

「乱世を、鎮める？」

　孫兵衛は顔をしかめ、まじまじと一益の顔を見つめた。まるで物の怪でも見るような目つきであった。一益はもう語らず、静かな目を向けつづけた。

孫兵衛は視線をおとすと、

「よいでしょう。慶次郎が世話になっている借りもある」

憮然《ぶぜん》とした顔でつぶやいた。


油日から甲賀伴屋敷まで、里の者に知られずたどり着くのも一苦労だった。さすがの一益でも、孫兵衛ら伴忍びの助力がなければ、到底なせなかったであろう。

当代伴左京介は、八十にもなろうかという翁《おきな》であった。上座でゆっくりと白い顎鬚《あごひげ》をしごく。中国の故事にでてくる仙人《せんにん》のような趣《おもむき》である。

「滝川の若僧も随分と立派になったものだ。なぜ、この甲賀にいまさら」

訥々《とつとつ》とした語り口だが、冷たく迫るものがあった。返答次第では生きて帰れぬであろう。

一益が左京介と対峙したのは、屋敷内の一室である。伴屋敷には大小様々な忍びからくりがしかけてある。この部屋には窓など一切ない。一見入口もないのだが、床《とこ》の間《ま》の壁の一部を外して出入りできる。外からはわからぬ秘密の小部屋であった。

「しかも、いまや日の出の勢いの織田家ときた。三河との盟約に一役買ったそうではないか。大そうなものじゃな」

「仰々しく結界をはらずとも、争いにきたわけではない」

一益は左京介の追従に応じず言った。この部屋、そして屋敷の周囲を多くの忍びが張っている。クックッ、と左京介は低く笑った。

「山中《やまなか》なら、話す間もなく殺されておるぞ」

甲賀五十三家筆頭格の山中家は、滝川家取り潰しの首謀者と目される。ただ、山中家とこの伴家とは五十三家の中でも仲が良くない。権力者たちの派閥《はばつ》、勢力争いはどこにでもあるのだ。

「だから、伴左京介殿のもとへ、わざわざ忍んできた。もはやわしは甲賀滝川の久助ではない。織田家臣滝川一益として、今日は仕事の話できた」

伴左京介の皺《しわ》に押しつぶされた細い眼が、少し開いたように見えた。甲賀の里は近江六角の庇護下《ひごか》にあるが、各地の大名から依頼をうけて忍びを出している。今、まさに隆盛の織田との間に、つながりを持つのは悪いことではない。

「里に旧怨《きゅうえん》はないというのだな」

「父を殺して滝川の城を潰したことを怨《うら》むなら、高々と旗を揚げ、軍勢を率いて攻めよせる。織田と結んで甲賀に損はあるまい。それに、こたびは織田だけでない」

「なんじゃと」

左京介のにぶい表情が動いた。

「三河松平家」

「松平は伊賀者を使っておろうが」

一益は頷いた。伊賀服部が松平のお抱え忍びなのは、当然甲賀にも知れている。

「左京介殿、忍びもしたたかに生きねばならぬ。これから戦国大名どもも生き残りをかけた勢力争いになる。縄張りになどかまっておられぬ。甲賀が頼む六角にしても、いつまでも安泰といえようか。いま日の出の勢いの織田が三河の松平と和を結んだ。織田は西へ、松平は東へ向かう。そこに甲賀が一役買っておく。悪い話ではあるまい」

六角氏は北近江に勃興《ぼっこう》した戦国大名浅井氏と激しく競り合い、一進一退を繰り返していた。領土を保っているものの浅井程度の新興勢力も駆逐《くちく》できぬようでは、その前途は暗い。

「六角の庇護のもと安穏としていて良いのか。甲賀五十三家としてだけでなく、伴家としての道を開いておいて損はないはず」

伴左京介は皺深い顔を少し傾けて、黙考した。この世の清濁を知り尽くした、里の生き字引のような老人である。さすがに、軽々しく話にのるようなことはない。

「なにを望む」

「忍びを貸していただきたい。三河でいくさがある」

左京介は無言のまま、なかば瞼《まぶた》を閉じた。

「この話にのれぬとあれば、わしを殺して山中に差し出すがよい。だが、それでは甲賀の内での功名を得るのみ。今、山中家に追従して、二十年も前の出来事を消し去ってどうする。明日のためになすことではない」

沈黙が続いた。一益は微動もしない老人の顔を直視しつづけた。

お互いの呼吸すらとめたような沈黙が、四半刻《よんはんとき》ほども部屋を支配した。

長く重い時が流れた後、老忍《ろうしの》びはゆっくりと頷いた。


伴家が織田、松平に加担するということは、甲賀の里がこの仕事を認めたことを意味する。山中家もまさかこれを害することはできない。

一益と甲賀五十三家の遺恨も終わったといえよう。

談判《だんぱん》が終わった一益は、孫兵衛に送られて帰路についた。二人は油日越えを目指して速足で歩いた。事の次第を知らぬ他家の忍びに見つかってはいけない。一益に危害を加えることもありうる。孫兵衛は黙然と前を歩いていた。一益も無言で続く。

「小夜《さよ》は死にましたよ」

油日岳の麓《ふもと》まできたところで、孫兵衛は、おもむろに口を開いた。

一益は目を合せなかった。孫兵衛は低い声で続ける。

「若が里を抜けた翌年、病でな」

そんな気がしていた。

甲賀に入るとき、油日岳から里を見おろしたあのとき、もう、ここに小夜はいないと感じていた。

ずっと脳裏で封印していた小夜の面影。あの日から意識して耳を塞《ふさ》ぎ、思い出すこともないようにしていた。益氏たちにも、小夜の話をさせなかった。

（怖れていたのだ）

無意識に小夜へ想いを馳《は》せていた。そんな自分を認めるのが怖かった。

その小夜がいない。一益のただ一つの甲賀への執着がこの世から消え去った。

今、ここに、一益の道が、はっきりとした。

（進むだけだ）

戻る場所どころか、己の過去すらも、この甲賀にはない。たとえ遺恨が晴れようとも。

「わしは三河になんて行きませんよ」

不機嫌そうに孫兵衛は言った。この男は妹を愛していた。自分のことには全く無頓着なのに、小夜のことになると感情を露わにした。その小夜を、一益は捨てた。

一益は言葉もない。いまさら言い訳をするつもりもない。孫兵衛は生涯、許すことはないだろう。その遺恨は決して終わることはない。

「孫兵衛、こたびは世話になった。この取次の恩賞は望むままに」

「恩賞？」

孫兵衛は眉《まゆ》をひそめて押し黙った。まるで二十数年前のあの日のようだった。

もっとなにか言葉はないのか、そんな憤懣《ふんまん》が顔に浮かぶ。

「滝川一益様」

孫兵衛が初めて一益をそう呼んだ。

「言うことはそれだけか」

一益は顔をそむけ、油日岳にむけて歩きだした。

「そんなことしか、言えぬのか」

背中に孫兵衛の声が突き刺さった。

同盟成る

松平元康は清洲より帰国後、直ちに兵を進発、上の郷城を囲んだ。

桶狭間合戦の後、三河の小豪族はほぼ松平になびき、上の郷は唯一残った今川の城として孤立していた。しかし、城将の鵜殿長照は今川家きっての猛将である。まして、今回は城を落としつつ、敵将を生け捕らねばならない。そして、なにより時がない。

焦るものの、城攻めは進んでいない。守りは固く、勇将鵜殿長照に率いられた城兵の士気は高い。時に逆襲もあり、手痛い打撃を被《こうむ》っていた。

城を見渡す名取山《なとりやま》に敷いた松平元康の本陣には、重苦しい空気が満ちている。

「早く落とさねばならぬのに」

誰かのつぶやきが静まった陣幕の中に響いた。元康は腕を組み、黙然と城を見つめている。

「駿河の奥方様《おくがたさま》と御曹司《おんぞうし》が危うい」

次の言葉は重臣筆頭酒井忠次だった。苛立《いらだ》ちもあらわに拳《こぶし》を握りしめている。

その時だけ元康はわずかに口元をゆがめたが、すぐに表情を改めた。

「みな、人質の命を惜しんで、今川と手切れはできぬぞ」

元康は瞳の陰りを払うように、微笑さえ宿した顔で言った。二十一歳とは思えぬ毅然とした態度であった。

老臣たちは一様に頭をさげた。この主をあおいでこそ、三河武士《みかわぶし》の結束がある。

(この城、必ずおとす。そして鵜殿一族を生け捕る)

改めて死力を尽くして戦うことを、心中誓うのである。

「しかし、力攻めではいかぬのでは」

酒井忠次は、苦虫を嚙《か》み潰すような顔で言った。力攻めでは損害も大きく、敵将鵜殿一族を討ち死にさせたり自害させる恐れが大きい。それでは今回の城攻めの意味がなくなる。

その時、具足《ぐそく》の草摺《くさずり》をカチカチと弾かせて、一人の武者が幕内に駆けこんできた。

元康付きの旗本《はたもと》である服部半蔵正成が小走りに元康に駆け寄り、跪いた。

「織田家の使いが参りました」

「誰が来たか」

元康はせがむように応じた。まるで想い人との逢瀬《おうせ》に臨むような面持《おもも》ちであった。

「滝川一益殿」

半蔵正成が言うや、元康の顔がぱっと明るくなり、

「この城、おちたぞ」

高い声で叫んだ。老臣たちが呆気《あっけ》にとられる中、元康はまた、城を振り返った。

その顔にはもう一点の曇りもない。


城は、その晩、おちた。

「改正三河後風土記《かいせいみかわごふどき》」は、松平元康はこの合戦に大量の甲賀者《こうがもの》を使い、火攻《ひぜ》めにより落とした、と伝える。参戦した甲賀者には、甲賀伴家の伴与七郎《よしちろう》、伴太郎左衛門《たろうざえもん》、鵜飼孫六《うかいまごろく》らの名がみえる。戦史でも珍しい、忍びの活躍による城攻めであった。

城主鵜殿長照は討ち死にしたものの、その子氏長《うじなが》、氏次《うじつぐ》は捕らえられ、この落城により、最後の拠点を失った今川氏真は、三河からの撤退を決めた。そして、鵜殿氏長、氏次兄弟と元康の妻瀬名、嫡男竹千代、長女亀姫の人質交換が行われた。

松平元康は松平家康《いえやす》、次に徳川家康と名乗りを変え、名実ともに今川氏から独立したのである。

相変わらず鉄砲の稽古に余念がない信長の前で、一益は平伏した。

「一益、甲賀忍び、何人使った」

その問いはいつもどおり短い。

「三百人」

一益の返事に、信長は眉をひそめた。

「甲賀の手練が三百人か。さすがの鵜殿もひとたまりもないな」

「三河殿お抱えの伊賀者も加勢しましたゆえ」

ふ、と笑うと、信長は一発放った。もう百発百中といっていいほどの腕である。

「伊賀者と甲賀者がともにいくさ働きか、さすがだな、一益」

「甲賀五十三家への恩賞、過分なほどに約された殿のお力かと」

「これで三河との小競り合いがなくなるのなら安い。これから甲賀の力も使える」

「やつらは表裏定かならぬ者ども、決して心は許せませぬ」

「知っておる。だが、お前のおかげで使う道も開けた」

信長は小姓《こしょう》が弾込《たまご》めした鉄砲を受け取ると、軽やかに身構えた。

「これで東はいい。次はいよいよ美濃だ」

一益は少しだけ首をかしげた。

「美濃は強国、時を要しましょう。これを攻めるなら、尾張、美濃と接している伊勢の地侍《じざむらい》の動きは見過ごせませぬ。伊勢は古く実《じつ》なき者どもが割拠《かっきょ》しておりまする。また伊勢を攻めんとすれば、美濃が動きまする」

信長は、面倒くさそうに口をゆがめた。わかっている、といわんばかりである。

「美濃は余がやる。お前は伊勢を攻める地ならしをしておけ。蟹江《かにえ》に城を築き、北伊勢の者どもを飼いならせ」

一益は平伏した。

「それとな、一益」

言いだした信長の頬が、少し緩んだ。


翌日、清洲城下はある噂でもちきりとなった。

（なんじゃ、妙に騒々しい）

木下藤吉郎は城下の浮ついた空気を敏感に感じ取った。

あの小者の藤吉郎も、今や信長の命を受け、他家の調略《ちょうりゃく》をするほどの身分となっている。

信長は尾張最後の敵対勢力である犬山城《いぬやまじょう》の織田信清《のぶきよ》討伐に取り掛かっていた。このため、藤吉郎もこのところ尾張北部を転々としている。久しぶりの帰宅だった。

先年まで足軽長屋住まいだったが、城下に屋敷を与えられている。しかも、昨年、嫁も得た。織田家の下位家臣とはいえ、れっきとした武家、杉原《すぎわら》家の娘ねねである。

足軽組頭《くみがしら》まで出世した木下藤吉郎。溝鼠《どぶねずみ》のように地べたを這いまわっていた己に、暖かい陽の光があたってきた、そんな溌剌《はつらつ》とした気分である。

「帰ったぞ」

家の前で新妻《にいづま》ねねが、隣家の女房《にょうぼう》おまつと声高に話している。

「おや、おまつどの、麗しいお顔がなにやらこわいぞ」

藤吉郎は、いつもの軽口で声をかける。

「お前様、しらないのですか」

まだあどけない顔のねねが、振り返った。

信長が親族の娘を自分の養女としたうえで、滝川一益に与えた。すなわち、一益は信長の婿《むこ》となった、と、ねねは早口の尾張弁でいった。

「信長さまの娘様を娶《めと》るとな」

藤吉郎は眼をむいた。

「それだけではございませぬ」

今度はおまつが喋り出した。いつも和やかな顔が強張《こわば》っている。

おまつの亭主《ていしゅ》は前田《まえだ》利家《としいえ》。尾張荒子城主《あらこじょうしゅ》前田氏の四男である。前田氏は、織田家傘下《さんか》の有力土豪《どごう》である。現当主は利家の兄前田利久《としひさ》だが、これには子供がいない。信長の命で養子をとることになった。

この養子が、一益の又甥、滝川慶次郎、ということである。

(なんたることじゃ)

滝川一益は信長の婿となり、そして荒子前田家とも養子縁組をした。もはや、滝川一益一党を余所者と侮る者はいなくなるであろう。それどころか信長の恩寵第一の者として仰ぎみねばなるまい。ついこの間まで、藤吉郎と同じ足軽屋敷に住んでいた滝川一益は、家老たちの住む二の丸内に屋敷を与えられ、宿老の一員に加えられたとのことだった。

あまりの厚遇である。藤吉郎は内心、唖然《あぜん》としていた。

(尋常ならぬことじゃ)

が、そんな動揺を面に出す男ではなかった。ハ、ハ、ハ、と藤吉郎は笑い、

「新参でも、器量のあるお方は違うものよな、いや、あやかりたい、あやかりたい」

というと、両手で顔を覆った。頓狂《とんきょう》な声で騒ぐ藤吉郎を、ねねが柔らかくたしなめた。

(油断ならぬ奴)

覆った指の間から覗《のぞ》く藤吉郎の眼に、冷たい光が宿っている。

上洛

一益が蟹江城に入り北伊勢の小豪族を調略する間、信長は宿願の美濃攻略を果たした。稲葉山城《いなばやまじょう》を追われた斎藤龍興《たつおき》は伊勢長島《ながしま》へと逃げたが、北伊勢一帯は一益によって、すでに織田に通じていた。信長が大軍を率いて来たるや、北伊勢の諸豪は一斉に屈服し、龍興は近江へと走った。

美濃の攻略は桶狭間から七年。その間に伊勢も地ならしをしておき、稲葉山城を落とすや一気に併

呑した。そして、信長は隣国《りんごく》北近江の浅井氏と縁組し同盟を結ぶと、流浪する足利義昭《あしかがよしあき》を迎えいれ、上洛準備を始めた。美濃を得てよりわずか一年。すべて信長の頭に描かれていたかのように、すらすらとことは進んだ。

織田軍は上洛途上で抗する南近江六角氏を、揉《も》み潰さんとした。当主の六角義賢《よしかた》・義治《よしはる》父子は堅城観音寺城《かんのんじじょう》に籠るかと思いきや、城を捨てて逃げた。源氏《げんじ》の名門、近江守護の誇りのかけらもなく、いともあっさりした逃げっぷりであった。逃げた先は甲賀であった。

織田軍は湖南の地に充満した。濃尾の兵に、徳川家康の三河勢、浅井長政《ながまさ》の北近江勢、平定した北伊勢の兵、合わせて総勢六万。堂々たる上洛軍であった。

古豪《ここう》六角氏を一蹴《いっしゅう》した兵たちの胸には、輝かしい気概が満ち満ちている。ここは逃げた六角父子を追い、甲賀の地も一気に平定するべし、という声がそこここに上がっていた。

観音寺城に入るや、信長は一益を呼んだ。

「わかるか」

相変わらず短い問いであった。仕えて日の浅い者なら戸惑うほどの短さである。

この上洛戦の中で、信長が言を求めるのは初めてであった。一益だけでない。信長は、家臣の誰にも助言を求めない。織田家には、戦略戦術を練る軍配師《ぐんばいし》も勝敗を占う祈禱師《きとうし》も存在しなかった。家臣たちは信長の指示を受け、それを忠実に遂行する将校であった。

「鈎《まがり》の陣《じん》ですな」

一益は即座に答えた。鈎の陣。甲賀では伝説の合戦である。あのときも六角の当主は甲賀に逃げ込んだ。甲賀忍びも変幻自在の戦術で支え、足利幕府の大軍を撃退したのである。

「故事に頼るか」

信長の面に冷たい嘲りが浮かんだ。六角という名門守護大名が、過去にすがる。その因循《いんじゅん》さが気にくわないのであろう。そんな旧習こそ攻め潰す、と言いだしそうな顔である。

「殿、甲賀忍びが地の利を得て戦うなら侮りがたし。甲賀衆は旧来の誼《よし》みにて、六角父子を匿《かくま》ったまで。奴らに甲賀から出て戦う力はありませぬ。ここは捨て置いて、京を押さえるべし。さすれば甲賀にも時勢を見ている者はおります。六角など、やがて立ち腐れましょう」

一益が述べると信長は切れ長の目を微《かす》かに細めた。無言で頷き、そのまま去ろうとする。

「殿、畏れながら、拙者を伊勢へお戻しくだされ」

一益は膝を進めた。信長は珍しいものでも見つけたように、眉をあげた。

「共に都へ行かぬというか」

織田勢は次期将軍を奉じての上洛という輝かしい行為に、上から下まで沸き立っていた。そして京はもはや目の前、阻む敵もいないのである。都を根城としていた三好《みよし》一党も、すでに河内《かわち》方面へとおちていた。

数日のうちに都大路《みやこおおじ》を堂々とのし歩ける。誰もがその栄華を共にし、浸っていたい。

「甲賀への根回し、南伊勢の調略こそ我がなすべきこと」

一益がそんな華やかな舞台に焦がれることはない。

（その先こそ大事だ）

もはや上洛はなし遂げられる。むしろ京を押さえてからこそが真の戦いと思えていた。

信長は珍しく少し考えると、

「であるか」

と、口癖ともいえる言葉で切り出した。

「ならば行け、伊勢を切り取りせよ」

比叡山焼き討ち

元亀《げんき》二年（一五七一年）九月十二日、笹岡平右衛門《ささおかへいえもん》はその日、生まれて初めて僧を、民を、そして、女を殺《あや》めた。

織田家に仕え、滝川一益の馬廻《うままわ》りとして侍奉公《さむらいぼうこう》して数年がたつ。平右衛門は、大小、数多《あまた》の合戦にでた。尾張、美濃から畿内《きない》へと織田信長の領土拡大は続き、織田家臣、中でも滝川一益の部隊はいくさに明け暮れていた。やがて、平右衛門は抜擢《ばつてき》され、徒士《かち》と騎馬侍《きばざむらい》を任される侍大将《さむらいだいしょう》となった。そして、数え切れない敵と戦い、討ち、倒してきた。

いくさ、である。殺すか、殺されるか。平右衛門に躊躇《ちゅうちょ》はない。己が殺される前に殺す。それだけが戦場の掟《おきて》であった。そして、平右衛門はすぐれた戦士、職人といっていい、いくさ人であった。それだけに敵兵以外、殺したことはない。

乱世である。戦地で女を犯し、物盗りをする者もいた。この行為は、乱取《らんど》りと呼ばれ、いくさの勝利軍の特権として公認する武将さえいた。だが、平右衛門は興味がない。まして織田軍の軍律は厳しく、占領地における狼藉《ろうぜき》は一切禁じられていた。中でも特に滝川隊は統制がとれていると評判であった。そんなところが、平右衛門の性に合っていた。

敵兵以外の殺生《せっしょう》は禁ずる――だが、この日は違っていた。

はなから迷いがなかった、といえば、嘘《うそ》になろう。

前年、比叡山延暦寺《ひえいざんえんりゃくじ》は、京目前まで攻め入った朝倉《あさくら》・浅井連合軍と結び、その軍勢を山内へ引き入れ、織田軍と対峙した。三カ月に及ぶ長陣となったこのいくさは、極寒の冬の到来を機に、朝廷《ちょうてい》、将軍足利義昭が仲介し和睦、両軍撤退して、終わった。

翌元亀二年の九月に入ると、織田軍は南近江に集結。じょじょに比叡山に対する囲みを狭めていた。今や、朝倉・浅井の敵勢は山上にいない。今回は前年の遺恨を晴らすべく、叡山を脅そうと囲んだのだ、と兵は口々に言い合っていた。まさかに、攻めることはないであろう、というのが兵たちの内心であった。

都を北から見下ろす比叡山に、平安時代初期に最澄《さいちょう》が創建した天台宗《てんだいしゅう》の古刹《こさつ》。王城《おうじょう》の鎮守《ちんじゅ》と呼ばれ、時の権力者に対しても隠然《いんぜん》たる力を誇示《こじ》しつづけた。比叡山延暦寺という存在は、それだけ荘厳重鎮《そうごんじゅうちん》であった。

元亀二年九月十一日の夜半、織田全軍にでた下知《げち》は、

「敵は比叡山。生ける者すべてなで殺し。全山焼討ち」であった。

平右衛門も滝川家の物頭《ものがしら》への発令にて、それを聞いた。

一糸乱れぬ統率が自慢の士卒たちは、低くざわついていた。

「皆殺しだと」「山ごと焼くのか」

ぼそぼそと聞こえたつぶやきも、徐々に静まった。主、滝川一益は粛然と正面を見据えていた。その姿がいつもと全く変わらないことに、士卒は心を静め、落ち着いていった。

翌早暁、比叡山延暦寺の門前町《もんぜんちょう》ともいえる坂本《さかもと》の街を焼いた織田勢は、日吉大社《ひえたいしゃ》を攻めた。織田軍先駆けの滝川勢は、真っ先に攻めよせた。平右衛門はその最先鋒を駆けた。

眼前に現れたのは、大柄な法師武者《ほうしむしゃ》の形《なり》をした僧兵《そうへい》の群れであった。十人ほどで群れをなし、隊形をつくって薙刀《なぎなた》を繰り出してきた。その行いは、僧のそれではない。完全に兵、しかもかなりの調練を経た強兵の動きであった。

平右衛門は、自身の槍で僧兵の重い切っ先を受け止めた瞬間、感じた。

（これが延暦寺の僧か）

そう感じるほどに、その切っ先は、ギラリとした殺意と憎悪に満ちていた。

平右衛門はそれを払うや、法師武者の喉元《のどもと》を貫き、引き抜いた。

法師武者の血は噴流のように飛び散った。平右衛門が浴びた生温かいその返り血は、見慣れた色よりどす黒く、拭《ぬぐ》うとドロリとしたぬめり気を指先と頬に残した。

（僧ではない）

平右衛門が知っている僧とは、現世の欲を恨み、苦しむ民を救う、そんな存在であった。

だが、この血の色、この粘り気は、僧どころか人でもない、なにか腐臭すらする液体だった。そう思ったとき、なにかが平右衛門の頭の中で爆《は》ぜた。

これは僧ではない。俗世間《ぞくせけん》に巣食う、そして宗教という権威を被《かぶ》った魔物だ。

（殺すべし）

ただ戦った。矢を射かけ、刀槍で追い込み、堂舎に火を放った。

紅蓮《ぐれん》の炎を見詰めていくうち、平右衛門の中に一切の迷いはなくなった。

火炎の中から、飛び出してくる民もいた。坂本の街から逃げ込んだ町衆であった。

平右衛門は一刀に斬り捨てた。避難の触れは、とっくにでている。民は十分逃げられたはずだ。なれば、ここにいるのは、魔物たちと共存し、魔物たちにすがった者どもである。あるいは、魔物たちとともにいれば攻められぬと、嘯《うそぶ》いた奴もいよう。

（比叡山とともに迷いなく滅びよ）

平右衛門だけではない。織田兵すべての迷いは、殺戮《さつりく》のなか、霧消していた。

殺しながら山を駆けのぼった。何人殺したのか。数え切れない。数える気もない。

むろん、僧兵だけではない。無抵抗の僧侶《そうりょ》、明らかに権威がありそうな高僧、まだあどけない学僧も殺した。魔物を許し、共にある者も罪人だった。遊女もいた。この聖地にいるはずもない女たちであった。平右衛門は見つけるや即座に、胸を突き、首を落とし、殺した。無駄な恐怖を与えないことが、せめてもの慈悲であった。

気づくと、目の前で根本中堂《こんぽんちゆうどう》の大堂が燃えていた。開祖《かいそ》最澄が灯《とも》した灯火を絶やさず灯し続けていた延暦寺の総本堂。比叡山の象徴ともいえる根本中堂が、今その不滅の灯火もろとも紅蓮の炎に焼かれている。ここだけでない。周囲の杉林もあちこちからぶすぶすと煙をあげ、山腹には焰《ほのお》を上げている伽藍《がらん》や堂舎が多数あった。見上げても空は黒煙に満ちてその青さは見えず、足元を見れば、そこここに僧衣をまとった死体が転がっていた。四方から、救いを乞う泣き声と、断末魔《だんまつま》の悲鳴、抵抗する怒号が聞こえてくる。

「地獄《じごく》だな」

一緒に登ってきた同僚の津田治右衛門《つだじえもん》が、ボソリといった。

違いない。平右衛門は心でつぶやいた。地獄以外のなにものでもない。

だが、この乱世で侍として生きていく、それこそが修羅道《しゅらどう》ではないか。

平右衛門は、阿鼻叫喚《あびきょうかん》の地獄絵図となった根本中堂前を後にした。

比叡山にある堂塔坊舎《どうとうぼうしゃ》は四百とも五百ともいわれる。織田軍は山麓《さんろく》の逃げ道を断ち攻めのぼってきたため、まだ多数の者がこの山中に身を潜《ひそ》めているはずであった。

陽があるうちに、出来る限り掃討《そうとう》をしなければならない。

「いたぞ」

林道を平右衛門が進んでいると、大きな声が響いた。

木立の合間から見ると、数名の足軽が堂の中に潜んでいた者を引《ひ》き摺《ず》りだしていた。

「あれは、木下勢だな」

津田治右衛門が後ろからつぶやいた。

山にいるのは滝川勢だけでない。木下秀吉《ひでよし》、明智光秀《あけちみつひで》ら、比叡山の各攻め口から登ってきた織田家の軍勢が滝川勢と同じく、全山を見回っている。

堂内から引き出されたのは、僧ではない。

女であった。それも、今まで見てきた遊女ではない。なにか下働きでもしていたのか、質素な小袖《こそで》を身にまとった女中や女房らしき者が数名、まだ年端もいかぬ子供もいた。

「これはどうしたもんじゃ」

足軽たちは明らかに困惑しているようだった。組頭と思しき者二、三名とさらにそれを束ねる将と見える侍が話しあい、時に声高に言い合いを始めた。

「あやつら、なにを思案しとるか」

動くものはすべて殺せ、が全軍に課せられた命であった。

せっかちな治右衛門が身を乗り出そうとしたその時、後方から大きな声が響いた。

「どうしたあ」

ザクザクと進んでくる多数の鎧武者《よろいむしゃ》、旗持ちの従者をかき分けて、大将と思しき小柄な男が姿を現した。

一度見たら忘れぬ強烈な猿顔だった。そしてまるで甲冑《かっちゅう》に着られているかのようなか細さ、不格好さも、織田家の中では有名である。木下藤吉郎秀吉、あの藤吉郎も累進出世を繰り返し、今や一手の大将であった。

女子供を引き立てていた足軽たちが、一斉に跪き頭を下げた。侍大将が秀吉の前に進み出て何事か報じ始めると、秀吉はいちいち大きく頷いた。そして侍大将を間近まで手招きで呼び寄せ、小声でなにか指示をした。秀吉はそのままふいと横を向き、軍勢とともにその場を去った。後には、先ほどの侍大将と数名の足軽のみが残る。

侍大将は、女子供に近づくと、小声でなにかいった。

侍が顔をこちらに見せたために、平右衛門には口の動きがみえた。

「平右衛門、奴らなにをしとるのか」

治右衛門の言葉に、平右衛門は軽く唇をなめた。

逃げろ。侍はそういったように見えた。

（逃げろ、とは）

「平右衛門」

具足の草摺を引っ張られ視線を戻すと、前方からぞろぞろと軍兵《ぐんびょう》の群れが現れた。

「我らは木下秀吉殿の一手、蜂須賀《はちすか》党である。お主ら滝川殿の手勢か」

この顔も知っていた。蜂須賀小六正勝《ころくまさかつ》。濃尾でも名の知れた野武士《のぶし》集団の頭であり、その配下を引き連れて木下秀吉の寄騎衆《よりきしゅう》となっている。

（気づかれたか）

平右衛門たちが林越しに木下隊の動きを見ていたのに、感づいたのか。

そんな平右衛門の内心を知ってか知らずか、小六はいかめしいひげ面に似合わず、愛想が良い。滝川勢はすでに山頂を制したのか、どの道を辿《たど》ってここまできたのか、他家の者を見なかったか、などと、妙に饒舌《じょうぜつ》に語りかけてきた。

しまいには、まだまだ残党が潜んでいるゆえ、くれぐれも気をつけるように、などといって、小六たちは去った。その後ろ姿を見送り、視線を林間へ戻してみる。

すでに女子供も足軽たちも消えていた。あるべき屍《しかばね》もそこには転がっていない。

平右衛門たちが根本中堂前に戻ったのは、すでに夕刻も近い頃だった。

主の滝川一益は焼け落ちた堂前に幔幕《まんまく》を拡げ、馬標《うまじるし》を置き、陣を敷いていた。

床几《しょうぎ》に腰かけた一益は、返り血と灰と泥にまみれた物頭たちの報告を受け、ねぎらいの言葉をかけていた。

「殿」

跪いた平右衛門は顔を上げ、一益を見た。

極端に口数の少ない主であった。滝川一益は、甲賀の卑しい武士だったとか、元は忍びだとか、人を殺めて浪々したとか、そんな噂があった。織田家では余所者であり、そんな暗い話が漂うだけに、仕官先としてはいまひとつ人気がない。仕えるなら、柴田勝家や丹羽《にわ》長秀《ながひで》のような尾張の出の譜代家臣のほうが、安心なのである。

だが、平右衛門は気にしない。己のごとき武骨者には、一益が合っていると思う。そして、滝川の家臣には、似たような男が多かった。

言うか――木下勢の行為は、本日の織田軍においては、軍律違反である。平右衛門は、声を低く抑えつつ、己の見てきたことを語りはじめた。一益が目を閉じて聞き入り始めたその時、ガチガチと具足をすり合わせつつ、大勢の足音が響いた。

「やあやあ、滝川殿！」

その大声を聞くだけで、織田家の者たちは、誰であるかわかった。

「そこに控えるは、武名《ぶめい》名高き、笹岡平右衛門殿じゃな、いやこれは都合がよい」

木下秀吉は、あたりに笑顔を振りまきながら、歩み寄ってきた。従う武者の中には、先の蜂須賀小六の顔も見える。そして、秀吉は、軽く会釈《えしやく》をする一益に近寄ると、

「ちと人払いを願いたい。いや、笹岡殿には、ぜひ、いていただきたい」

と、囁《ささや》いた。その顔から笑顔が消えている。秀吉は一益の床几の横にしゃがみこんだ。

「わしは、もとは百姓《ひやくしよう》じゃ」

夕焼けに照らされて、秀吉の顔は赤黒く輝いている。

「滝川殿もよっくご存じよな。今でこそ、このような綺羅《きら》を羽織っておるが、諸国を流れ物売りなどしておったこともある。寺に奉公《ほうこう》しておったこともある」

その物言いは、真に迫る。だが、顔が瓢《ひよう》げているため、どこか愛嬌がある。

「この比叡の山には罪なき奉公人《ほうこうにん》もおるわい。偶然ここに居合わせた民まで、殺すこともなかろう。この想い、生まれながらのもののふにはわかるまい。いや、決してわかるまい」

暗に信長のことをいっているのかと、平右衛門が微かに首をひねると、

「わかってくれるな」

秀吉がいきなり振り返った。まさか心の内を読まれたのかと驚く。

「滝川殿、貴殿ならわかるであろう。民を殺してはならぬ。そうは思わぬか」

秀吉は跪き一益の手をとり、頭を下げた。一益は無言で見返していた。

「なあ」

秀吉の声に、懇願にも似たものが混じった。

平右衛門は面を下げ、視線を外した。見てはいけないものを見ている気がしていた。

同時に、主滝川一益はいかに振舞うのか、興が湧《わ》いてくるのを止められない。

「いくさには思いがけぬこともある。別に見聞きしたことを余さず告げるつもりはない」

一益の声に抑揚はない。秀吉の動きが止まった。ゆっくりと息を吐く音が周囲に響く。

「かたじけない。かたじけないぞ、滝川殿」

それだけ言うと、秀吉は立ち上がった。去り際にチラと平右衛門を見ると、口を開け白い歯をみせ、軽く頷いた。思わず惹《ひ》き込まれる、無邪気な笑顔であった。これで、平右衛門まで口外せぬことを約させられたようなものだった。

平右衛門が頭を下げると、秀吉の足音は軽やかに去った。

魔王への謁見

滝川勢は日が落ちると同時に山を降りた。まだ、夜、山上にとどまるのは危険である。麓《ふもと》をくまなく包囲し、大篝火《おおかがりび》を明々《あかあか》と焚き上げる。山上からの逃げ場はなくしたうえで、夜営するのである。総大将織田信長は比叡山麓の坂本に陣取っているとのことだった。

「供をせよ」

一益に呼ばれ、平右衛門は信長の本陣へ伺候《しこう》した。

（木下秀吉のこと、どうするのか）

平右衛門の心中には、先ほどのことがわだかまっている。それは、己でどう処置してよいかわからぬ、いびつな想いである。

「滝川一益殿、信長様にお目通りを」

小姓が幔幕の外から呼びかけると、入れ替わりに武将が一人でてきた。

出てきた男は、虚《うつ》ろな視線が定まらず、口元を歪《ゆが》め思いつめた顔をしていた。

「明智殿」

一益が呼びかけたのも聞こえないのか、本日の一手の将、明智十兵衛《じゅうべえ》光秀は暗い顔をそむけて去った。

幔幕をくぐって一益、平右衛門が入っていくと、信長は床几にも座らず、比叡山を見上げていた。

平右衛門は一益の斜め後ろで跪き、頭を下げた。ここまで織田信長に近づくのは、初めてだった。陪《ばい》臣《しん》の身では、特別な声掛かりでもなければ、信長の顔を見ることすらできない。ただ、殿中《でんちゅう》ではないため、上目遣いに信長の姿を窺《うかが》うことはできた。

「一益、大儀」

甲高い信長の声が響く。平伏する一益を見ることもなかった。平右衛門など、まるで存在すらしていないかのごとき態度である。

視線の先の比叡山は、坊舎の焼ける火炎で山腹を赤々と彩られている。ここから見るのもまた地獄絵図であった。

お気に入りの黒甲冑に南蛮渡来《なんばんとらい》の猩々緋《しょうじょうひ》のマントを羽織って、赤黒く燃える山々を見上げる信長。その立ち姿は篝火に染められ、赤々と浮かび上がっている。

そのいで立ちを見て、平右衛門は思わず息を止める。

（閻魔《えんま》――）

幼き頃より聞いた、死者の地獄行きの沙汰《さた》を決める閻魔大王を思い出していた。

想像上の閻魔は、もっと猛々しく、おどろおどろしく、獰猛《どうもう》な面体だった。眼前の信長は違う。氷のように澄んだ涼やかな顔をしている。だが、この日、比叡山に籠っていた人たちにとって、この男こそ正しく閻魔なのである。すべての生けるものを、迷いなく地獄に送り込む。そんな絶対なる閻魔大王が、ここにいる。

本日、平右衛門たち織田兵がなしてきた未曽有《みぞう》の大殺戮を、信長はこのように眉ひとつ動かさず指揮したのであろう。平右衛門の瞼の裏に、己を見て、泣き、怒り、詰《なじ》りつけた顔たちが次々と蘇《よみがえ》る。そのすべてが、この男の一声であの世へと送られた。すなわち、すべての命を信長は背負ったのだ。

全身が粟立《あわだ》つ。こんな男に仕えるとは、どんな心持ちなのか。背後から主一益の横顔をうかがいみた。一益はいつもと変わらず、少し眉根を寄せた顔を信長に向けていた。

「山上の様子をいえ」

耳を塞いでも入ってくるほど高い声で、信長が言う。

一益が報告を始めても、信長は頷きもせず、山ばかり見ていた。

平右衛門はひたすら畏怖《いふ》していた。全身から汗が噴き出している。尋常ならこの様子をみて、あまりに尊大な態度に憤るかもしれない。ただ、その尋常を信長という男ははるかに超えていた。閻魔に尋常など通じはしない。

「諸将の指揮ぶりは」

信長は短い問いを鋭く投げつけた。一益が口を開く前に、信長が言う。

「猿あたりが勝手に女子供を逃しておろうが」

平右衛門は内心、ぎくりとした。心の臓を鷲摑《わしづか》みにされたような驚きだった。

(知っているのだ)

「十兵衛はこの期《ご》に及んで、もうやめてくれ、と言ってきた。あげく、やるなら攻め手からはずしてくれ、などと」

先ほどの明智光秀の渋面のわけはこれなのか。予想はしていたが、織田家きっての知識人であり、故事慣例を重んじる明智光秀の苦悩のほどが知れた。

「わかるな、一益」

信長はここで初めて一益のほうへ向きなおり、鋭く見つめた。一益は相変わらず表情を変えていない。

(どうするつもりだ)

織田軍の軍律は峻厳《しゅんげん》である。信長の命令は絶対。そむいたものは死罪であった。

平右衛門は恐々《こわごわ》と身を固めていた。張りつめた空気に、もはや呼吸すら憚《はばか》られた。

「木下殿の所業、上様に知られずにすむと思ってのものではないでしょう」

一益が低く声を発した。信長は表情を変えない。しばし沈黙が流れる。

篝火の焚《た》き木《ぎ》がばちりと音をたてて弾けた。そんな音にすら、平右衛門は反応してしまう。

信長は片頬を歪めて、語り出す。

「猿は、民だ。健気に、懸命に生きている民だ。ひたすら利を求めてな。だが理想はない。光秀は、理想の塊だ。だが古臭い。あれは比叡山の古坊主と同じ。よいだろう。わが元には様々な奴輩《やつばら》がおる。それを慕う者もいる」

信長は知っている。己の理想と現実の間にある、大きな壁を。

前人未到の天下布武《てんかふぶ》に挑む信長のすべてについていける者などいない。そして、信長はどんな形にも当てはまらない。だからこそ、海千山千の家臣たちを従え、束ねていけるのだ。

(大きい、巨大なのだ。そして、恐ろしすぎるお方だ)

平右衛門は顔を少し上げ、信長の顔を見ようとした。

ギクリとした。信長は自ら一益の肩先に顔を寄せていた。

「お前ぐらいだな、顔色も変えぬのは」

そのまま、一益の二の腕をぐいと摑んだ。

その仕草は、村の悪童が仲間を小突くような、そんな親しさに満ちていた。

（信長様の目に一益様はどう映っているのか）

平右衛門は、内心つぶやく。

この二人の間には、主従の間柄を越えたなにか特別な縁でもあるのだろうか。

「明日は余も山へあがる」

信長は口元から白い歯すら見せ、言った。

「笹岡平右衛門！」

突然の呼びかけと、投げられた鋭い眼光に、またも平右衛門は度肝《どぎも》を抜かれる。

（わが名も知っている）

喜びと驚きと畏れ、ないまじった感覚で全身がしびれている。

「いっそう、はげめや」

地に額を擦《す》りつけた。臓腑《ぞうふ》が喉からせりあがるようである。

信長への謁見はそれで終わった。

長い一日が、終わろうとしていた。

思えば、いつもと変わらぬ比叡山を見上げながら、出陣したのも今日であった。それももう何年も前のように思えるほど、様々なことがあった。平右衛門の体は朝からのいくさ働きで、ぼろ布のように疲れきっている。にもかかわらず、神経は異常な興奮に研ぎ澄まされていた。本日、眼前で起こったさまざまなことが、頭の中を目まぐるしく駆けめぐっている。今までの合戦とは違う、明らかに異常な一日であった。

「平右衛門」

滝川の陣屋に着く手前で一益は馬をとめた。平右衛門は馬前にひざまずき見上げた。

月が上がり、樹林の間から青白い月光が漏れていた。その明りが、時折、一益の顔を照らす。穏やかな顔だった。なぜか、平右衛門はその顔を見ているだけで落ち着いた。

進むも滝川、退くも滝川。昨今、ちらほらと聞く、織田軍団の中でも抜群の働きと結束力を持つ滝川勢についたあだ名だった。最も危険で最も誉れ高い先鋒も殿軍《しんがり》も、滝川勢なら見事に務め上げてきた。その軍勢をゆるぎなく束ねる一益は、どんな時も厳然としていた。今はその静かな佇《たたず》まいが、平右衛門の心を癒す。

「明日も頼むぞ、平右衛門」

低く、しみとおるような声だった。

「はっ」

深く息を吐きながら、平右衛門は頭を下げた。全身に張りつめた力が、抜けていく。

斬られ、炎にまかれ死にゆく人々の地獄絵図、洪水のように押し出す軍勢、人心を蕩《とろか》すような秀吉の笑顔、孤高の信長の立ち姿。質朴な平右衛門は、そのすべてに理非を求めることなどできない。もとより、合戦につぐ合戦の乱世に、些事《さじ》を思い詰めても仕方がない。

(この主と歩めば、悔いはない)

人の縁とはそんなものだろう。そう思えば、平右衛門の心は晴れた。

ようやく、ゆっくりと休めるであろう。

第四章　天下布武

武田

元亀《げんき》三年（一五七二年）秋、一益《かずます》は信長《のぶなが》の召喚を受け、岐阜城《ぎふじょう》にむかった。

金華山《きんかざん》の山麓《さんろく》に、壮麗な信長の居館がある。宣教師《せんきょうし》フロイスをして、ゴア（印度《インド》）の宮殿にも勝《まさ》る、といわしめたほど広大な広間《ひろま》に、二人の男が先に着座している。

「滝川殿《たきがわどの》か」

一段後ろに座った一益に、佐久間信盛《さくまのぶもり》は強張《こわば》った顔を振り向けた。信盛は信長が織田家《おだけ》を継ぐ前から付家老《つけがろう》として従い、今も柴田勝家《しばたかついえ》、丹羽長秀《にわながひで》と並ぶ重臣《じゅうしん》筆頭格である。

「武田《たけだ》が動いている」

いつもは人を食ったような喋《しゃべ》り方をするこの男が、暗く顔をゆがめて言った。

この年、織田家は危機に瀕していた。どころか、もはや滅亡、という声すらあった。

桶狭間《おけはざま》合戦《かっせん》以降の信長の躍進は、華々しい。諸大名《しょだいみょう》が成しえなかった武力上洛《ぶりょくじょうらく》を堂々成し遂げると、朝廷《ちょうてい》と幕府《ばくふ》の支持を得て、畿内《きない》を制圧した。その勢い、破竹《はちく》といっていいほどであった。が、出る杭《くい》はその出方がめざましいほど、強く激しく打ち返される。

強行した越前朝倉《えちぜんあさくら》攻めの途中で、同盟国近江《おうみ》の浅井長政《あざいながまさ》に裏切られたところから陰りが見えはじめた。傀儡将軍《かいらいしょうぐん》足利義昭《あしかがよしあき》は蠢動《しゅんどう》を始め、朝倉・浅井、石山本願寺《いしやまほんがんじ》、伊勢長島一向一揆《いせながしまいっこういっき》といった近隣の敵対勢力は激しい抵抗をはじめた。近江姉川《あねがわ》での合戦で朝倉・浅井連合軍を破り、比叡山延暦寺《ひえいざんえんりゃくじ》は全山焼き討《う》ちという苛烈《かれつ》さで攻め潰《つぶ》したものの、信長の周りは敵だらけであった。そして、もっとも恐れていた男が、立ち上がってしまった。

甲斐《かい》の武田信玄《しんげん》は本拠府中《ふちゅう》に大軍勢を召集。別働隊を東美濃《ひがしみの》と奥三河《おくみかわ》方面へ進ませ、信玄自身は本隊約二万二千を率いて遠江《とおとうみ》を攻めると宣言した。織田領美濃、そして信長の唯一の同盟者徳川家康《とくがわいえやす》の領国三河、遠江を同時に攻めようという、大規模な宣戦布告《せんせんふこく》であった。

武田信玄。その名を聞いただけでも諸大名が戦慄《せんりつ》する、戦国一の名将であった。その采配《さいはい》、兵の統率、どれをとっても天下一。配下の部将も練達の猛将ぞろい。さらに兵も鍛え上げられ、幾多の激戦を経た強兵である。いわば、日《ひ》の本《もと》最強の軍団がついに動き出したのである。

信長でさえ、武田とは極限まで触れることを避け、献物《けんもつ》を捧《ささ》げ婚姻の縁をつなぎ、友好を保ってきた。だが、信長の勢威の拡大と、それを阻まんとする趨勢《すうせい》はついに両雄を相食《あいは》ませることとなったのである。

「こたびは都をめざしておるらしい」

佐久間信盛は、心底こわいのであろう。慄《おのの》きを隠すため何か喋らずにいられないのか、ぶつぶつと念仏のように唱え続けた。越後《えちご》上杉《うえすぎ》が背後をついてくれぬか、などと、どうしようもない言葉ばかりが、その口からこぼれおちた。

一益は、目をそらして横のもう一人のほうを見た。こちらは前を睨《にら》んだまま微塵《みじん》も動かない。沈鬱《ちんうつ》な横顔は死人のように青い。平手汎秀《ひらてひろひで》、という謹直が取り柄の青年だった。この男は先代織田信秀の家老で信長の守《も》り役《やく》であった平手政秀《ひらてまさひで》の子であった。

佐久間も平手も、織田家では名門といえる譜代《ふだい》の家臣である。

どうやら呼ばれているのは一益と併せて三人。その用向きで呼ばれたのなら、この三名が遠江へ出陣するということだろう。徳川家康と合力して武田に備えるのだ。もはや生きた伝説ともなっている武田軍団とのいくさが嬉しい者はいないであろう。

信長が足早に入ってきて、上座《かみざ》に胡坐《あぐら》をかいた。

「武田の話は聞いておるな」

前置きなく語り出す。信長の呼出の際は事前に用向きを察し、内容を把握しておかねば直臣《じきしん》は務まらない。その面前で知らないなどと言おうものなら、厳しい叱責《しっせき》にあう。

「貴様《きさま》ら、徳川殿の援兵として、浜松城《はままつじょう》へ入れ」

「お屋形様《やかたさま》、援兵はいかほど」

佐久間信盛は不安に堪え切れないらしく、間髪いれずに問いかけた。

「そちらの手勢のみでいけ」

「与力《よりき》はありませぬか」

「ない」

信長は当然のごとく言い切った。信盛はあきらかに落胆し、肩を落とした。

織田家では、組頭武将《くみがしらぶしょう》に与力武将数名を付け、その総兵団をもって軍団を成している。信盛は家臣団《かしんだん》の中では大身《たいしん》であるが、与力武将の兵がないとなると、動かせる兵は多くない。まして、その佐久間勢も今は石山本願寺攻めに釘付けなのである。

今、信長は内外に敵だらけで、徳川へ援軍を送る余裕がない。そして、徳川の動員兵力も一万に満たない。この寡兵の援兵は、武田軍総勢三万との合戦には焼け石に水であった。

信盛の気落ちも無理はない。だが、信盛には織田家の筆頭家老という面目《めんぼく》もある。腹は決めたようで、気丈に面《おもて》を起こした。

「かしこまりました。して、こたびはいかに動きましょうや」

「徳川衆へは籠城を勧めよ。堅く守って動くな、とな」

信長の言葉に無駄はない。家臣にはただ命ずるのみである。

「しかと」

信盛は三名を代表するかのように、仰々しく頭をさげた。

異論はない。大兵力の武田に対するのである。徳川勢と城を死守して、時を稼ぎ、更なる援兵が来るか、武田が退《ひ》くのを待つのである。

続いて、平手も平伏《へいふく》した。両人とも安堵《あんど》したのだ。守りに徹するなら、生きて帰る術《すべ》もある。一益も頭を下げたが、そんな佐久間と平手の心の動きが手に取るように見えた。

(相変わらず、小心者だ)

佐久間信盛の振舞いの尊大さは、その胆の小ささを糊塗《こと》するためである。そう思えば、内心、吹き出すほどに可笑《おか》しい。

笑いを嚙《か》み殺しながら面をあげると、信長と眼《め》があった。その瞳《ひとみ》の色は変わっていた。なにかある――その眼は、あきらかに一益を呼んでいた。

半刻後、岐阜城の天主《てんしゅ》に信長と一益の姿はあった。

「一益、信玄の真の目的をいえ」

信長は眼下の濃尾平野《のうびへいや》に目をやりながら言った。

山頂の天主からは、山麓とは違う絶景が望める。長良《ながら》、揖斐《いび》の大河は滔々《とうとう》とうねり、その向こうに黄金色の平野が拡がっていた。肥沃《ひよく》な土地の彼方には鈴鹿《すずか》の山脈が霞んでいた。

信長はここからの眺めが好きらしく、よく天主へと上がった。信長だけではない。織田家の諸将はこの岐阜城に登るたびに、眼前に広大な未知の世が拡がるのを感じた。まさに、天下を望み、心が湧《わ》きたつ景色であった。

「あの時の今川と同じ」

一益の即答に、信長は小さく頷《うなず》いた。

先年、今川を攻め滅ぼし駿河《するが》までを領国としたものの、武田領は京から遠い。しかも本拠が山国の甲斐である。物資は乏しく、遠征の兵站《へいたん》線は長大となる。遠江、三河の徳川を駆逐《くちく》し、さらに尾張、美濃の織田領を掃討《そうとう》して、一度に京まで攻めることはできない。上洛を吹聴し、畿内の反織田勢力を鼓舞しつつ、先ずは隣の徳川領を奪うことが目的であろう。

いかに強大とはいえ、武田の今の動員兵力は三万が限界。長期にわたり領国を留守にすれば、越後から上杉勢が乱入する。まずは領土を拡げ、都への足がかりとしたいのだ。

「となれば、こたびは家康の首を守らねばならぬ」

「しかし、徳川殿はおとなしく籠城はせぬでしょう」

一益はそう言い切った。信長は一益の応《こた》えが心地よいのか、目尻に笑みを浮かばせた。

「奴《やつ》も家を背負う者よ。こののちも武田と戦わねばならぬ。得たばかりの遠江を渡したくないであろう。織田への意地もある。右衛門《うえもん》（佐久間信盛）ごときでは抑えられぬ」

「御意。それは拙者《せつしや》でもなしえませぬ」

まして、佐久間信盛という上役と同道して、徳川の意志をひるがえすのは筋違いであった。今回は清洲《きよす》同盟《どうめい》のときと勝手が違う。

信長は、乾いた笑いを浮かべ、

「だが、今は、援兵は出せぬ」

と、言った。いつもと違う、どこか沈んだ重い声音である。

(何を考えている)

この援将として自分が呼ばれた時から、特異な用向きがあることは分かっていた。どうせ意味のない援軍なのである。織田家代表として老臣筆頭格の佐久間信盛が行けば、あとは平手程度の、いや、もっと小身《しょうしん》の将でもよいのである。

だが、信長がこれから何を言うつもりなのか、一益にも読めない。

「家康は城を出て、負ける」

「御意」

籠城を口説くわけでもなく、野戦で奇策を演ずるわけでもない。もとより、そのようなことができる状況でもない。では、自分に何をさせようというのか。

「一益、お前に久々に忍《しの》び働《ばたら》きを頼みたい」

信長は顔を寄せてきた。

「信玄、殺せるか」

む、と一益は口元をゆがめた。信長らしくない言い方であった。

信長の言葉は常に断言であり、家臣への絶対命令だった。そこにあいまいな憶測や、その者の能力を測りかねるような探りの色はない。そして、家臣の返答にも躊躇《ちゅうちょ》を許さない。

信長は、眉根《まゆね》をきつく寄せ、珍しくつぶやくように、

「信玄、あの古坊主さえおらねば」

と、言い捨てた。

武田信玄は、足利幕府体制の中で英雄というべき存在であった。将軍から任ぜられた甲斐の国の守《しゅ》護大名《ごだいみょう》であり、源氏《げんじ》の名流、階級への造詣も深い。そして仏門への信仰心にあつく、自身も入道《にゅうどう》している。それがさらに名声となり、信玄の存在を大きくしている。

畿内の反織田勢力は一時的に気焔《きえん》をあげても、信長を滅ぼすまでの力はない。やがて、比叡山のように各個潰されていくであろう。頼みの綱が信玄であった。

すべてはその動きにかかっている。織田家の前途も、足利幕府、反織田連合の余命も。

信長は暗殺を好む男ではない。暗殺という行為が残す禍根《かこん》と暗い印象が、後にどのように跳ね返ってくるか知っている。そもそも、信長の強敵となるほどの男が、刺客の暗殺などで討たれるはずがない。

ただこの状況は、そんな信長の思考を飛び越えた。もはや理屈抜きの危機なのである。

(よほど、困っているのだ)

信玄を亡きものにする。それをいくさで成すには、数万の兵を用いても困難。ならば暗殺しかないのだ。

だが、一益も即応できない。

武田信玄を殺す。容易なことではない。いかな一益といえ、酷な話である。

信玄は、忍び使いのうまさも日の本一。数多《あまた》の練達の忍びが身辺を固めている。甲斐に忍び入って、帰らぬ者は数知れない。さらにその用心深さ。影武者《かげむしゃ》が何人もおり、家臣でも本人に会えるのがまれであるという。そして、影武者ですら、複数の屈強の武者が常に傍《かたわ》らに侍《はべ》る。

「やってみましょう」

断言できない。信長が嫌いな応え方である。だが、このような言い方しかできないほどの難役なのは確かだった。

信長は陰を宿した顔で頷いた。一益は、こんな信長の顔をみたことがなかった。

信長は、この最大の危難の中、超然と織田家を引っ張っている。未《いま》だ中央における織田家の政権は確立しておらず、各地の勢力からも出来星《できぼし》としかみられていない。今、信長が弱腰を見せれば、外敵に脅える織田家は内からも崩壊し、雲散霧消するだろう。この男の常人離れした存在感だけが、今の織田家をまとめ上げているのだ。

その信長の顔が、かつてないほどに物憂い。これは一益だけに見せる顔である。佐久間信盛のごとき軽佻《けいちょう》な小心者に見せれば、それだけで家がゆらぐであろう。

信長は視線を落とし、口を真一文字に結び、しばらく黙考した。これも信長にしては珍しいことだった。そして、おもむろに口を開き、言った。

「ただし、一益。お前は死ぬな。必ず生きて帰れ」

「信長様――」

一益は、言いかけてやめた。

(それは、なにより、難しいこと)

心中つぶやき、面を伏せた。

命を張らねば、信玄ほどの男の首は狙《ねら》えないであろう。

浜松評定

十二月、浜松城本丸《ほんまる》大広間での軍評定《いくさひょうじょう》は、重苦しい空気に支配されていた。

武田勢の先鋒《せんぽう》は、すでに遠江に乱入、徳川方の二俣城《ふたまたじょう》を包囲していた。

二俣城は徳川の本拠浜松から北へわずか四里(約十六キロメートル)。天竜川《てんりゅうがわ》沿いにあり、遠州の防衛、浜松城の前衛として最も重要な拠点だった。ここが落ちれば、徳川領は武田勢に蹂躪《じゅうりん》される。

そして、間違いなくあと数日の命であった。

あの武田が来る。恐れていた現実に直面し、徳川老臣《ろうしん》の面々は一様に沈鬱に曇っている。

上座の徳川家康は評定の開始よりじっと眼を閉じたまま、一言も発しない。家康、時に齢《よわい》三十一。

肉付きよく、丸みを帯びた顎《あご》を引き、人形のように微動もしない。

一段下がって、筆頭家老の酒井忠次《さかいただつぐ》と石川数正《いしかわかずまさ》が並ぶ。左手に徳川の老臣たち、一益、佐久間信盛、平手汎秀の織田の援将は右手に並んでいた。

「織田殿のご意向はいかに」

低い声を発したのは、進行役の酒井忠次であった。

「我が主《あるじ》は、徳川衆は堅く城を守って時を待つべしと」

織田援将では最も上座にいる佐久間信盛が、下腹から絞り出すように言った。

「我らが知りつくしたる尾三《びさん》の山河《さんが》に武田を引き込み、地の利を得て戦えば勝ちたること必定《ひつじょう》。やがては、我が主信長も出陣し、迎え討ちます」

こういう場では押し出しの利く男である。また、信長の代理という自負があるのだろう。精一杯、冷静さと威厳を装っている。

徳川の家臣団も異存はない。固い表情の中に、無言の頷きがあった。籠城。これが強大な武田軍団に対する唯一の戦術であった。

「待った」

沈黙を破った者がいる。一斉に皆、振り返った。

徳川群臣の中でも末席に近い場所で、大男が憤りに震えていた。本多平八郎忠勝《ほんだへいはちろうただかつ》。まだ二十五歳ながら、鬼のような形相《ぎょうそう》と長大な体軀《たいく》を持った侍大将《さむらいだいしょう》は、太腿《ふともも》のうえに置いた大きな手を堅く握りしめていた。

「今、天下の名将とよばれる男が、我が領国に攻め入らんとしている。それをなんの手出しもせず、見過ごせ、というのか。それで武門《ぶもん》の意地はたつのか」

眼球から鮮血がにじみ出すかというほどの怒りの形相だった。

一同は静かに慄いた。それほどの胆力を若き猛将は全身から発散していた。

「平八郎、若い。それでは……」

酒井忠次は顎を引き、この猛《たけ》り狂《くる》った手負《てお》い獅子《じし》のごとき若者を窘《たしな》めるべく、口を開きかけた。これも家中《かちゅう》を代表する者の役目、といったところだろう。

武門の意地を保って、家が滅びてはなにもならない。

「ようういうた。平八郎!」

その声を遮ったものがいる。誰《だれ》もが、ビクリと身を震わすほどの大声だった。

「我ら、岡崎《おかざき》にて立ちしより十年あまり、父祖《ふそ》伝来《でんらい》の三河の地を固め、ようやくこの遠江の地を得るにいたった」

徳川家康は閉じていた瞳を張り裂けんばかりに見開き、正面を睨みつけて叫んでいた。

「今、この遠州《えんしゅう》、参州《さんしゅう》の地を信玄どもに蹂躙されんとするに、貝のように城に閉じこもりて、なんの面目が立とうか」

重臣たちが瞠目《どうもく》し、視線を泳がせる中、家康は鋭く続けた。

「三河武士《みかわぶし》の意地、天下の武田勢にみせてくれようぞ」

佐久間信盛は畳に目を落とし、肩を小刻みに震わしていた。もう織田の援将に発言の余地はない。どころか、この場の誰にも反論の余地はない。

(なかなかの殿さまだ)

一益は家康の紅潮《こうちょう》した横顔を見つめ、改めてその将器に感嘆していた。

「滝川殿なら、わかりましょう」

服部半蔵保長《はつとりはんぞうやすなが》はニヤリと笑った。焚火《たきび》のほの灯《あか》りを受けて顔の彫りが一層深まり、幽鬼のごとくみえる。その面貌《めんぼう》は、怪しいことこのうえない。

浜松城の東を流れる天竜川の河原に浮浪者の住まう薄汚い小屋が、数軒点在している。その一軒で、一益と半蔵は落ち合っていた。

薄暗い。炉の焚《た》き木《ぎ》は最小限にくべてあるだけである。

「徳川もいろいろとありましてな。殿も苦労が絶えませぬ」

「家康殿は家中を変えたいのだな」

徳川家は複雑な家であった。家康を支える三河武士団の結束は、一見、盤石の堅さに見える。家臣たちが全身全霊で徳川家を支えていることに間違いはない。だが、譜代家臣の中にはどうしても家康を軽んじてしまう者もいる。長期に渡り主君《しゅくん》不在が続いたせい、といってよいだろう。人質《ひとじち》だった家康がいない間、家を保ったという自負と、代々仕えた家に対する想《おも》いが強すぎるために、年若の主君が頼りなく見えるのである。そんな傾向は、特に酒井忠次ら重鎮《じゅうちん》たちに顕著であった。

「先代様も、清康公《きよやすこう》もお命が短すぎましたわ」

家康の父松平《まつだいら》広忠《ひろただ》は齢二十四、祖父松平清康は二十五歳で早世した。主君として家臣や民にしっかりと根を下ろす前に、逝《い》ってしまった。

「英雄というべきお方でしたのに」

半蔵は柄にもなく、寂しげな嘆息を漏らした。松平清康に惚れこんで小国三河に身を寄せた半蔵としては、その早逝がよほど無念なのだろう。そして、それだけその孫、家康にかける想いは強い。譜代の武家家臣とはまた違う思考である。

だが、酒井や大久保《おおくぼ》といった家臣重鎮たちは、家康が消えても家を切り盛りできるよう、無意識にそなえている節を感じる。この複雑な御家事情は、家康にはやりづらいであろう。

「世代を変えて、殿の力を強くせねばなりませぬ」

家康は、子飼いの本多平八郎、榊原《さかきばら》小平太《こへいた》ら若手を引き上げ、己の求心力を高めたいのである。一益は頷き、焚き木を入れた。清洲同盟以前から徳川と絡んできた一益は、その辺の事情を察していた。

ただそれは徳川家の事情であって、一益が介入することではない。

「気苦労だな。ところで」

それより今は、大事がある。

「武田ですな」

「む」

こうして河原小屋に忍んで密談していると、一益も半蔵もすでに一介の忍びである。

半蔵なら武田に忍びを放ってその動きを摑《つか》んでいよう。

「こたびは特に警護が厳しく、容易に信玄に近づけぬ」

これまた半蔵らしくない、困窮の苦顔が橙《だいだい》の炎に浮かび上がった。

「お主《ぬし》でもか」

「うむ。それに、気になることが」

炎に半蔵の顔が揺らぎ、微《かす》かに震えたように見えた。

「飛《と》び加藤《かとう》が武田陣におると」

半蔵の言葉に、一益は全身の肌が粟立《あわだ》つのを感じた。

飛び加藤。正しくは加藤段蔵《だんぞう》。その名は、忍びの間ですでに伝説となっている。

その昔、上杉謙信《けんしん》に仕え、その忍術《にんじゅつ》で謙信主従に珍重された。だが、やがて謙信はその術のあまりの凄《すさ》まじさ、禍々《まがまが》しさを懸念し、段蔵を殺そうとした。敵にまわすと厄介、とあの謙信が言ったという。軍神《ぐんしん》と崇《あが》められた謙信が、忍び一人を恐れたのである。段蔵は出奔《しゅっぽん》し、武田に身を寄せた。忍び使いの名人である信玄の元で大いに暗躍すると思われたが、その信玄すら段蔵の技を恐れ、密殺した。

そう伝わっている男である。

「生きていたのか」

「姿をみたものなどおらぬが、それと感ずる節が」

半蔵曰《いわ》く、武田勢が甲斐を出るころから、配下の忍びを放って追い続けているが、信玄本人に全く近寄れないどころか、下忍《げにん》が何人か戻ってこないという。

毎度のこと、信玄の警護は厳しいのだが、半蔵配下の伊賀者《いがもの》も手練《てだれ》である。忍《しの》び除《よ》けの仕掛けがしてある敵城に忍びこむわけでもないのに、これは尋常ではない。

「飛び加藤ならありえるのだな」

「奴の技でこそ。それにしても、この遠征、用心が過ぎる気がするが」

「なんにせよ、やらねばならぬことに変わりはない。織田のため徳川のためだ」

一益が言い切ると、半蔵は苦々しく顔をしかめた。半蔵ほどの者が、大事な配下の伊賀忍びを何人か失っている。難しい。信玄、飛び加藤、この組み合わせ。一益もそう思う。

「いくさの間に狙う。それしかない」

合戦中だからといって備えを怠ることはない。だが、戦況によっては陣中の防備が甘くなることもあろう。負けいくさなら敗走の乱れ、勝ちいくさなら束《つか》の間《ま》の油断が生じる。そこを狙う。合戦の勝利の望みは限りなく薄い。あの武田軍団が相手なのである。

「我らも試みますが、さてどうでしょうかな」

半蔵はゆるく笑った。伊賀の大上忍《だいじょうにん》らしく、彼我の実力を冷静に見極めているのである。勝ち目がないことに、あたら犠牲を払えぬ。そんなあきらめを含んだ口ぶりであった。

一益は全身に吹き出てくる嫌な汗を止められない。

（飛び加藤――）

三方ケ原

十二月十九日二俣城陥落、十二月二十二日武田勢、西へ進発。

その報が飛びこむと、浜松城に陣触《じんぶ》れ太鼓が鳴り響いた。

徳川、織田の連合軍は黙々と城を出た。寒風吹きすさぶ中、全軍に重苦しい緊張がみなぎる出陣であった。いよいよあの武田軍に相対する。徳川勢に恐れはないのかもしれないが、その面持《おもも》ちは硬く、足取りは泥沼にはまった様に重い。

別働隊が合流し三万に膨れあがった武田勢は浜松城の北、三方《みかた》ケ原台地《はらだいち》の高台を横切って西へ進軍する。徳川勢は追いかける形となった。当然、援軍である一益も手勢と供に続く。家康本陣からの指示はなにもでない。後方から奇襲《きしゅう》するわけでもない。おずおずと様子を見るかのような追尾であった。

「一益様、日が暮れてしまいます」

従軍している益氏《ますうじ》がうめくように言った。連れてきた手勢は約一千。伊勢の一向一揆の抑えに儀太夫《ぎだゆう》たちは残している。この一益の兵を含めて織田からの援軍三千、徳川家康の兵八千、総勢一万一千の連合軍は、粛々と武田勢を追いかけていた。

三方ケ原台地に近づくころ、すでに冬の日が西に傾きだしていた。このまま追尾した状態で野営もないであろう。無論、すごすごと帰るわけにもいかない。

「武田勢は三方ケ原にて陣を構えているとのこと。陣形は魚鱗《ぎょりん》」

「三方ケ原入口にて陣を敷きます。当方の陣形は鶴翼《かくよく》。滝川様は左翼の二番隊を」

相次いで駆けこんでくる徳川の使番《つかいばん》により決戦が告げられたときは、すでに夕刻である。

鶴翼の陣。一益と益氏は顔を見合わせた。鶴が翼を拡げたような形で敵をつつみこむ鶴翼の陣。高台に魚鱗の陣形で分厚く密集した三万の敵に対して、三分の一の兵力で鶴翼。

「分が悪いです」

益氏がつぶやいた。この薄い一枚羽の翼では、最初から全兵力を投入するしかない。

「益氏、よく聞け」

一益はいくさの陣立《じんだ》てに取りかかろうとする益氏を呼びとめた。

「この兵力の差、徳川のいくさ仕立て、家康に勝つ気はない。すぐに日も暮れる。総力戦でぶつかった後、闇《やみ》にまぎれて逃げるのだ」

「なんのために、そのような」

益氏は狐《きつね》につままれたような顔をした。

「意地だ。ここであの信玄と一戦交えた。これだけで良いのだ。武田にも、遠州の諸侯《しょこう》にも、そして織田にもその意地は通した」

それだけではない。徳川の家臣、領国の民、そして日の本の諸勢力にも本日の家康の気概は語り継がれるであろう。

「では、我らは」

「そこそこでいい」

益氏は目を丸くして見返した。

「そうせねば、命をおとす」

一益は吐き捨てるように言った。

徳川・織田連合軍は、最左翼一番に酒井忠次、二番目からは織田の援軍、滝川、佐久間、平手と並び、右翼は一番から石川数正、本多忠勝、松平家忠《まつだいらいえただ》、小笠原信興《おがさわらのぶおき》と徳川勢のみが陣を連ねる。家康本軍は翼の要、中央に陣取る。

開戦は鉄砲足軽《てっぽうあしがる》の射撃戦、というのが昨今の合戦の常である。

だが、このいくさは少し違っていた。武田勢の前面に、鎧《よろい》もつけない軽装の男たちが走りでてきた。

徳川、織田の連合軍は定石《じょうせき》どおり、鉄砲隊が折敷く。武田勢は、それを無視した。軽装の男たちは陣前に散らばると、素早い動きで、礫《つぶて》を投げはじめた。

水俣の者という武田独特、練達の投石兵である。鉄砲のように、弾込《たまご》め、発砲、筒の掃除などの手間はない。投げて摑み、投げて摑みで、用意していた礫を投げ込んでくる。射程は鉄砲よりも短いが、狙いは正確。しかも豪雨のように激しい。命を落とす者こそ少ないが、当たると手負いとなる。投石兵はこの時代、珍しいものではない。が、鉄砲を重視する織田、徳川家ではその数は減っていた。

たちまち連合軍の前線が乱れた。鉄砲隊は弾込めもできない。槍組《やりぐみ》、騎馬組《きばぐみ》は乱れ隊列も組めない。自由に動きながら、ありったけの礫を投げ込んでくる武田勢はじょじょに押し出しつつある。

「なんだ、この攻め方は」

益氏は頓狂《とんきよう》に叫んだ。

さすが、信玄——一益は感嘆の吐息をもらした。武田の弱み。海港をもたない山国の甲州《こうしゆう》では、鉄砲のような新兵器、そして弾薬の仕入れは困難である。結局のところ、堺《さかい》など畿内の商人に高額をはらって、さらに運搬の危険を覚悟して買わねばならない。

しかし、石なら山ほどある。しかも、ただである。兵を鍛え、投げるということに集中させることで、石投げを侮れない戦術に昇華させる。

見事である。だが感心している場合ではない。武田は既に槍組ができていた。連合軍左翼先手酒井忠次隊はその進軍をもろに受けて、押されている。長柄槍《ながえやり》は最初の一叩《ひとたた》きの効果が大きい。隊列が整っているほうが有利なのは、いうまでもない。

さらに武田勢は動きをとめない。押しているのに槍組が散開した。

「いかん、益氏、でるぞ」

どどう、と土煙をあげて騎馬隊が突出してきた。その勢いをみただけで、酒井隊は逃げ腰になっている。

「このままでは酒井殿がやられる。いいか、もはやなるようにしかならぬ。よく聞け」

一益は、益氏の肩を摑み引き寄せた。

「これからお前が采《さい》をとれ」

「な」

「酒井勢を救うたなら、陣を下げよ。あとは受け身で戦い、そこそこで逃げろ」

「いくさはこれからではございませぬか」

益氏は眼を剝《む》いた。一益は、顔をしかめて前方を指差した。その先に敵の二陣の軍勢が粛々と隊列を作っていた。はためく「大」の字は信玄の息子勝頼《かつより》の旗印《はたじるし》だった。

「武田の二陣だ。敵の本隊がくる。いいか、これは徳川のいくさ。殿軍《しんがり》はまかせて逃げよ」

「一益様は？」

益氏の問いに、一益は兜《かぶと》を脱ぎながら、彼方をにらんだ。その方角、分厚い魚鱗の陣の向こうに武田本陣、日の本六十余州で恐れられている孫子《そんし》の旗が翻っているはずであった。

「信玄を狙う」

一益は切り裂くように言った。だが、密林のごとく立ち並ぶ旗幟《きし》と、黒々と地を埋める軍兵《ぐんびょう》の人垣《ひとがき》にはばまれて、風林火山《ふうりんかざん》の旗は見えない。

飛び加藤

一益は鎧兜を脱いだ。小具足《こぐそく》姿に鉄砲をかつぎ、陣を抜け出す。疾走。その姿は常人の目にとまらない。黒い疾風のごとく戦場を抜け、樹林にまぎれ、道なき道を駆けた。やがて、武田の本陣が見渡せる小丘まできた。林の中から遠視《とおみ》にて信玄を探した。

本陣は整然としている。前方でのいくさなど感じさせない、堂々とした陣構えである。

(風林火山の旗に、諏訪法性《すわほっしょう》の兜だ)

目を凝らす一益が、ピクリと固まった。同時に忍《しの》び刀《がたな》に手を掛けている。

「わしですよ。滝川殿」

背後に音もなく、黒衣が飛び降りた。服部半蔵保長である。鼻まで覆う覆面をしている。半蔵はあたりを憚《はばか》り、ほとんど聞き取れないような小声でささやく。

「信玄がおらぬ」

「なんだと」

一益は本陣を見返した。信玄の形《なり》をした男は二人、陣内にいる。

「あれは、影か」

「おそらく。遠目にてさだかではないが、一方は弟の信廉《のぶかど》、一方は穴山《あなやま》入道梅雪《ばいせつ》」

「では信玄はどこだ」

「今も手の者を放って探しておるが」

覆面のためわからないが、半蔵の顔は苦悶《くもん》にゆがんでいるのであろう。

「おらぬ。このいくさ場に信玄の姿が見えぬのじゃ」

「馬鹿な」

「二俣の城を出てから張り続けているが、影しかでていない」

信玄は影武者を使う。しかも一人だけでなく、常日頃《つねひごろ》から数人用意している。実戦でも影が采配をとり、本人は不在だった、ということもある。

それにしても、この徳川・織田連合軍との決戦に臨んで、そこまで余裕があるのだろうか。

(なめられたか)

一益は背負った鉄砲をおろすと、立ち撃ちにて構えた。半蔵が慌てて、

「なにをする。こんなところから種子島《たねがしま》で撃てるはずがない」

呆《あき》れ混じりの声で言った。

武田本陣まで、二町(約二百メートル)ほどある。種子島鉄砲の有効射程距離はおよそ一町。武田側も伏兵《ふくへい》の狙撃《そげき》を警戒しており、物陰からの鉄砲の射程内に本陣を置かない。

「並みの鉄砲と思うな」

筒を特に長く厚めに造り、使った鉄の量も通常より多い。普通の倍の火薬を装塡《そうてん》しても筒が破裂す

ることはない。一益が特に考えて造らせた狙撃用長銃である。

ただし、連射できないのはむろんのこと、数発しか弾を放てない。

「影でも殺さねば、本物の居場所がわからぬ。徳川殿とてここに長居はせぬだろうが」

一益は焦《じ》れていた。まもなく合戦が終わる。戦況は予想通りである。連合軍は二度、三度は武田先手の鋭鋒《えいほう》を退けたものの、本軍の騎馬突撃を受け、早くも潰走《かいそう》寸前の状態となっていた。今日のいくさで敗れればもう徳川に余力はない。となれば、大合戦の機会は二度とないのである。一益は狙いをつけた。

(無理だな)

一益ほどになれば、その射撃の結果すらわかってしまう。

この距離。風もある。あたらないであろう。

「駆けよ。家康殿のところへ戻れ」

どうせ半蔵たちは徳川勢が敗走を始めれば、家康を守りに走るのである。

「無謀じゃ」

半蔵は風のように消えた。一益は引鉄《ひきがね》をひき、火縄《ひなわ》を落とす。乾いた銃声《じゆうせい》が響いた。

武田本陣を固める旗本《はたもと》たちが、一斉にこちらを振り向いた。

弾は一方の法師《ほうし》武者《むしや》の足元に落ちた。旗本たちが駆け寄り、二人の信玄の周りを固める楯《たて》となった。

が、両の信玄は微動もしない。どちらも堂々とした武田信玄であった。

（立派だ）

小さく舌打ちしつつ、一益はまた敵を褒めていた。気づけば、さきほどから武田に感じ入ってばかりいる。そして、肝心の信玄を捕捉することすらできない。思わず苦笑しそうになるが、のんびりとしてはいられない。

戦国一とよばれた武田忍びの組織力。合戦中も曲者《くせもの》が本陣に近づかぬよう潜伏して見張っている。一益がこの鉄砲を放ったことにより、そこここに散らばった忍びたちが急速に迫りつつあるはずであった。

包囲されたら、さすがにきつい。一益は鉄砲を背負い、駆けだそうとした。

と、一益の呼吸がとまった。背筋から、ぞおっと、悪寒が走った。

（しまったな）

後ろを取られている。まだ至近ではないが、十分に飛び道具の射程内に入っている。前方に気をとられていたとはいえ、こうも簡単に死角を取られるとは。

加藤段蔵、本当に生きていたのか。余裕をもって背後から窺《うかが》っている。吹き矢でくるか、手裏剣《しゆりけん》でくるか。動けない。先に動いてはいけない。一益が動くほうへ、凶器が飛ぶ。

こうなっては仕方がない。向こうが動いたら、飛ぶ。左か、右か、上か。当然、そちらにも二撃目はくる。当たれば命はない。一益は、石のように微動もせず。様子を窺う。読みあいである。振り向くこともできない。その瞬間を狙われる。呼吸すら止めている。相手も動かない。激しい読みあいが続いている。後ろを取られたまま、時が過ぎる。

そのとき、周囲の空気が、動くのが感じられた。

（よし）

一益の五感がさらに研ぎ澄まされる。殺気の群れが急速に近づいてくる。他の武田忍びが集まってきたのだろう。他の者は、背後の忍びより数段劣るようで、荒い息を吐きつつ駆け寄ってくる。

この際、場が乱れてくれたほうが、逃げる隙《すき》ができる。

と、思ったとたん、来た。

瞬間、一益は消えた。同時にその場に、吹き矢が三本突き立った。

次の瞬間、頭上の木の枝に飛び乗った一益の背に、吹き矢が突き立った。シュッ、シュッと、同時に四方から無数の手裏剣と吹き矢が飛ぶ。背がたちまち針鼠《はりねずみ》のごとき有様と化した。

そして、周囲の樹林から、灰色装束の忍びが次々と飛び出し、忍び刀を構えた。

「やめろ」

林の中で低い声が響くと同時に、ぬっと白髪瘦身《そうしん》の忍びが姿を現し、音もなく跳躍した。

木枝にとまると、獲物を確かめる。

肩衣《かたぎぬ》と籠手《こて》、脛当《すねあて》だけに飛び道具が十数本突き刺さっている。

「変わり身の術だ。おのれら、気が利かぬ。おかげで逃したわ」

老忍びは舌を鳴らした。その顔中をくまなく大小の皺《しわ》が覆い、目は落《お》ち窪《くぼ》み、頰骨《ほおぼね》は突き出て、さながら木乃伊《ミイラ》のようである。

読みにくい顔色の中で、その目じりは下がり、にやけていた。もはやこの男に怒りの感情などないのであろう。すべてを達観し、俗世《ぞくせ》から超越している。

加藤段蔵、と、世にそう呼ばれているが、名などどうでもいい。それだけ絶対無二の存在の忍びであった。

「飼われた忍びは、つまらぬのう」

段蔵は苦笑まじりの吐息を洩《も》らしつつ、部下の面々を見渡した。


「曲者、曲者！」

怒号が湧き上がる中、一益は疾風のごとく、走っている。

先ほど、一益は頭上に小具足だけ投げ上げると、自分は前に跳躍した。

前方は武田の陣があるが、足軽たちの目ならかすめて逃げられる。追われても、追いつかれることはないと断じた。大胆に敵陣に身をさらして逃げたのだ。

仕方がない。他に逃げ場がなかった。しかも、小袖《こそで》に括《くく》り袴《ばかま》の丸腰に鉄砲だけ背負っている。これだけは敵に渡したくなかった。

流れ弾が耳を掠《かす》め飛び、矢が雨のように降り注ぐ。

右へ左へと走りながら、一益の顔は苦虫を噛み潰《つぶ》したように渋い。

（近寄ることすらできん）

武田軍団の恐ろしさ、そして飛び加藤。滝川一益ともあろう者が半裸で逃げている。

跳び、体を翻して敵の矢弾をかわす。そんな自分の姿は滑稽《こっけい》としか言い様がない。

（逃げるのに精いっぱいとは）

「ふふ」

ついに、笑った。一益は笑いながら、ひたすら、逃げる。

野田城

俗に三方ケ原の戦いと呼ばれるこのいくさで、徳川・織田連合軍は惨敗した。

家康は辛《から》くも浜松城へと駆けこんだ。その悲惨な逃亡劇は若き家康の苦闘として戦記に残された。

が、それを援けた伊賀者の暗躍が記《しる》されることはない。

織田の援軍のうち、平手汎秀が討ち死に、佐久間信盛はそのまま三河まで逃げた。益氏にゆだねた滝川勢もそれに続き、浜松を去っている。

一益は一人忍び姿で遠州に残り、服部半蔵保長と供に武田勢を追尾した。

大勝の余勢を駆って、浜松城を攻めるかと思われた武田勢は、そのまま西へと進軍した。

（なぜ浜松を攻めぬ）

徳川勢は動員できる兵すべてを催して三方ケ原で負けた。その兵が四散した合戦の直後に城を囲めば、絶対的に優位である。

武田の遠征の目的は二つ。一つは京へ向かうと喧伝《けんでん》し反織田勢力の側面を援助すること。もう一つは、遠州の攻略。すなわち徳川を攻め滅ぼし、己の領土を遠江まで拡げることである。

ならば、浜松城を攻めるべきであった。だが、信玄はそれをせず、浜名湖《はまなこ》北岸の刑部村《おさかべむら》で年を越し、正月やっと三河へと進軍。野田城《のだじよう》という城兵五百ほどの小城を囲んだ。

この悠長な進軍に痺《しび》れを切らしたのか、近江に出兵していた朝倉義景《よしかげ》は、越前《えちぜん》に撤退し、畿内の信長包囲網は緩和された。

「おかしな動きだ」

一益がこの疑念をぶつけると、半蔵は、

「確かにそうだが、助かったことに変わりない。我が殿《との》も、織田殿も」

と、仏頂面《ぶつちようづら》で言った。

今、一益は、半蔵とともに武田勢の重囲に陥った野田城に忍びこんでいる。

(なぜ、こんな小城)

戦略的価値があるとは思えない。しかも囲んだだけで、一切力攻めをしない。遠巻きに囲んで、金堀衆《かなほりしゆう》が井戸を潰すための坑道を掘り始めている。

野田城の物見櫓《ものみやぐら》からは、周囲の山々をうずめつくした武田菱《たけだびし》の旗が見える。この包囲陣をかい潜《くぐ》って城に入るのは容易なことではない。半蔵と一益だからこそできたことである。

「それにしても徳川殿もなかなか」

一益は半蔵の薄黒い横面に向かいつぶやいた。

「あまり勘ぐらんでくだされ」

半蔵は目を合わせず、ボソリと言った。

家康は三方ケ原で果敢に戦ったかとおもうと、その後は浜松城に逼塞《ひっそく》し頑《かたく》なに動かない。余力がないといえばそうだが、それにしても三方ケ原で見せたあの狂乱じみた壮気はなんだったのか。そして孤立無援で放置された、この野田城の有様は。

(やはり家康は信玄とまともに戦い、身を滅ぼす気はない)

三方ケ原での合戦で、もう充分なのだ。

「まあ、武田のほうがもっとわからんよ」

一益の疑念をそらすように、半蔵がつぶやいた。

この山間の小城になんの未練《みれん》があるのか、そして、この悠々とした攻め。

「信玄、病んだか」

一益は独り言のようにつぶやいた。信玄は数年前から肺を患っているという噂《うわさ》がある。それにあの影武者も気になる。半蔵は顔をしかめた。

「それなら、その姿、しかと押さえねばならぬ」

ここのところ、半蔵はしかめ面ばかりであった。さすがの半蔵も、己《おのれ》の手に負えない敵に、気が滅入っているのであろう。

「あれが本陣」

一益は前方を指差した。城に対峙《たいじ》する山の中腹、風林火山ののぼり旗を掲げた旗持ちの武者が数名小走りに現れると、陣幕が周囲に張られ、床几《しょうぎ》が中央に置かれる。総大将の本陣が作られたのだ。法師武者が二人、ゆっくりと姿を現す。

「日に何度かは、こうして本陣に現れる」

あやしい。督戦《とくせん》か、威嚇《いかく》か。わからぬが、信玄とはこのように敵城から遠望できるようなところに己の身を置く男であったか。

「遠くてわからん。どうせ、影じゃ」

半蔵は吐き捨てた。

「かといって近づけぬ」

一益は抑揚なくつぶやいた。武田忍びの恐ろしさは、体感したばかりである。

(飛び加藤めが)

一益は軽く舌打ちをした。本陣の近くまで忍べれば、あれが偽者かわかる。だが、影武者だとしても本物の信玄はどこにいるのか。

なにか手がないか。正攻法では手詰まりである。

（なら、なにか――）

一益は、武田本陣をにらみつけた。寒風の中、風林火山の旗が雄々しくはためいている。


その晩遅く、野田城内の何処《どこ》からか、笛の音色が響きだした。

笛の音は、低く忍ぶように城の内外に響き渡った。

城兵は城内へ押し込められて一カ月、武田勢は国を離れてはや四カ月にならんとする。籠城、攻城という異常な状態でも、時が経ち大きな戦闘もなければ、緊張が緩んでくる。そんな中、この笛の音色は、兵に一服の清涼をもたらした。

「油断するな。夜襲《やしゅう》の策かもしれんぞ」

武田の侍《さむらい》大将《だいしょう》はがなりたてて陣を叱咤《しった》する。しかし、城兵が動く気配はない。野田城は闇の中、静かに屹立《きつりつ》していた。

武田兵も警戒しながら聞き耳を立て、しばし余韻に浸った。

吹いているのは、城兵の中から半蔵が探してきた笛の名手である。

一益と半蔵は、相変わらず物見櫓にいる。

「滝川殿、これは意味があるのか」

胡散臭《うさんくさ》そうに聞いてくる半蔵を横目に、一益は武田陣をにらみ続けている。

（小細工だが）

この籠城は間もなく終わってしまう。もはや武田の金掘り人夫たちにより、野田城の水の手は断たれた。戦況も膠着《こうちゃく》し、降伏の使いも行き来し始めている。この状況では小競り合いの戦も望めない。開城してしまえば、この後、めぼしい機会もなくなるであろう。

新たな動きを起こさねば、この行き詰まりは打破できない。

信玄が、日中、陣を視察するのはわかった。ならば、夜はどうか。

「見えるか」

一益は笛の合間に、半蔵に問いかけた。半蔵は昼間本陣が設けられるあたりをにらんでいる。忍びはみな夜目が利くが、半蔵は特に優れている。

武田陣はところどころに篝火《かがりび》が焚《た》かれ、半蔵ほどならば、充分に敵陣の動向がわかる。

「なにもない」

半蔵はかぶりを振った。

信玄は時を決めて陣中に現れる。影かもしれぬが、その意味はなんなのか。

この陣中視察は、敵である徳川勢に対する行為ではない。武田の兵たちに己の姿を見せるためなのだ。主人の体調に敏感なのは、むしろ敵より味方であろう。兵が動揺せぬよう、いつになく陣中に姿を出すのである。だとしたら、昼のみならず夜も動くであろう。

(笛の音を聞きにでる余裕を見せるはずだ)

次の日も、その次の日も、笛の音色は野田城内外に響いた。

もはや、武田勢の中でこの笛を知らぬ者はいない。夜警の兵以外にも、一時の癒しをもとめて笛を聴きに出てくる者もいた。

「いい音色じゃな」

半蔵がポツリと言った。

「幼き頃《ころ》を思い出すわい」

哀愁すら漂わせる笛の音は、敵味方なくすべての者が持つ郷里への想いをあおった。

郷里。誰《だれ》しも生まれ育った土地があり、帰りを待つ人がいる。そのために懸命にいくさ働きをする。

一益は半蔵のつぶやきには応じず。目を閉じ、腕を組み、笛の音色を追っている。

だが、その音色は一益の心には沁《し》み入《い》らない。

(俺に故郷などない)

里を思うと一益の胸中は、漆黒《しっこく》の闇に閉ざされる。

「お」

拍子抜けしたような半蔵の声が響く。

「でてきた。いつもの場所じゃ」

「よし、手筈《てはず》どおり頼むぞ」

一益は櫓の梯子《はしご》を下りると途中から、ふわりと飛び降りた。降りた地はすでに城柵《じょうさく》の外である。野田城程度の小城に白壁の城壁《じょうへき》などない。そのまま疾風のように駆ける。

川を引き込んだ三《さん》の丸《まる》の外濠《そとぼり》を走り越える。武田勢が上流を堰《せ》き止めたため、干上がっている。対岸はもう武田陣である。ここからは、篝火の当たらぬ木陰を縫って走る。一益の脚力と灰色の忍び装束は闇に溶け込み、兵の眼には入らない。

陣の中央まで進んだところで、足を止める。これ以上は近寄れない。武田兵だけではない。武田忍びの結界が張られている。一歩でも踏み込むや、四方から複数の忍びが駆けつけてくるであろう。本陣はまだ遠い。

(半蔵、やれ)

心でつぶやくや、野田城から、パアンと鉄砲の音が響いた。

「敵襲か」

そこここで、叫びがあがった。武田陣のいたるところから、鎧具足が擦れ合う音が細波《さざなみ》のように響く。この鉄壁《てっぺき》の陣をくずすのはこれしかない。さらに、パアン、パァンと乾いた銃声が響くと、武田全陣が色めきたった。

伝令が各陣を走り出る。その兵たちの騒擾《そうじょう》が、忍びの結界をわずかに動揺させる。

(今だ)

一益は駆けだした。すぐに左右から忍びがわき出るのを感じる。が、一歩遅い。一益が疾風のごとく駆けゆく後に、空を斬《き》り裂《さ》き、棒手裏剣が飛ぶ。

「曲者」

と叫んだのは、他ならぬ一益である。林間を哨戒《しょうかい》する武田兵は、その声に騒ぎ出す。

「敵だ」「刺客だ」

狙い通りだ。怒号がそこかしこに響くと、松明の火もいたるところに、明滅しだす。

忍びには、この騒ぎは迷惑である。張った結界が完璧《かんぺき》なほど、その乱れは大きい。

一益がいきなり林間から飛び出すと、哨戒の足軽二人が振り向いた。

跳んだ。目にもとまらぬ速さで二人の頭を蹴《け》り飛《と》ばし、そのまま飛び去る。

一益は、止まらない。いや、止まれない。止まれば武田忍びが追いつき、武田兵の刃《やいば》が迫る。一益はもはや、闇を縫って走ってもいない。

木をつたい、眼前にでてくる兵を蹴り飛ばし、走るうちに武田本陣の前まで来ている。

(さすがに武田よ)

感嘆するほどに、本陣は落ち着いていた。陣を見渡しても、兵の壁の中にもはや信玄らしき武者はいない。一益は背負ってきた長銃を構え、本陣の大篝火を狙い、引鉄を引く。

途端、轟音《ごうおん》と闇を裂く火柱が天へと吹き上がった。鉛に薬草を配合し作った特殊弾である。焙烙玉《ほうろくだま》のような効果がある。

火柱が上がると、辺りは昼間のように明るくなり、また武田陣は騒然とする。

「であえ、であえ」

怒声が響く中、一益は横はねに跳んだ。あとは本陣の前面を突っ切るように駆ける。警護の足軽らは片っ端から蹴散らした。あっという間に武田勢の群れを抜け、闇の林間へ飛び出す。後ろも見ず、一目散に駆ける。しばらくは、忍びが追《お》い縋《すが》る気配があった。が、それもやがて疎《まば》らになっていく。一益の脚力に誰もついてくることができない。

追手の気配が消えても一益は足を止めない。そのまま山中を疾走し続けた。

忍び小屋の夜

野田城から山を三つほども越えた山中に、粗末な山小屋がある。このあたりは既に三河と美濃、そして信州木曽郡《しんしゅうきそぐん》が接する辺りである。

この山小屋は忍び小屋である。国境近くの山中、鬱蒼《うつそう》と茂る樹林の間に、人知れず点在し、各地の忍びが訪れる。ここで各々の情報を持ち寄り、他家の忍びと交換したりもする。

忍びは武家から雇われることはあれ、束縛はされない。仕事には忠実だが、恩やら義理やらの、侍《さむらい》のごとき足枷《あしかせ》はないのである。この忍び小屋は、そんな忍びが集う場である。ここでは諍《いさか》いはない。それが忍びの掟《おきて》だった。

一益は一旦小屋の前に立ち止まり、様子を窺うと、木戸を開け中に入った。

誰もいない。土間《どま》から板敷きにあがり、石を打ち、炉に火を入れた。

さすがに疲れている。ごろりと横になる。

（来ている）

ここまで追手の気配はなかった。だが、本能で感じている。武田陣にあの男がいるなら、追尾してくるはずである。

そのうちに、来た。いつの間にか小屋に入っていた。

先ほどまで完全に気を消していた。それが土間に立つや、凄まじい気を発し始めた。一益の全身が凍りつくかと思うほどである。

「なんのまねだ」

低くざらついた声が響いた。怒鳴っているわけでもないのに、板敷きが微かに震えていた。炉の炎も消え入らんばかりに揺らぐ。

「加藤段蔵、お前と話したかったのだ。俺を覚えているだろうが」

一益は身を起こし、向き直る。そこにいたのは強烈な気配とは裏腹にまるで枯木が忍び装束をまとったかと見まがうような、老いた忍びであった。

三方ケ原で背後を襲われたあの時、一益は気づいていた。

（こんな気を放つ奴に出会うのは、あれ以来だ）

甲賀《こうか》の里。十六歳のあの日、油日岳《あぶらひだけ》。

飛び加藤は、その顔に数え切れぬほど刻み込まれた皺を、ゆっくりとゆがめた。

「滝川一益。甲賀の抜け忍び、しかも一族を殺《あや》めてな。それが、今や信長の懐刀《ふところがたな》といわれるほど大身のもののふとは。さすがの立身だな」

段蔵の声は、小屋内の空気を震わすように響く。

「だが、まさか侍に飼われるとはな。お主はもっと気ままに生きるかと思うたが」

そのまま炉端に座りこんだ。落ち窪んだ眼は焚火の灯りを受けても輝くこともなく、黒く淀んでいる。

「あの飛び加藤が己の身を隠してまで守らんとする信玄。いかな男か」

一益は鋭く言った。

「この加藤段蔵と問答するつもりか」

段蔵は、少し不快そうに口元だけを微かに震わせて吐き捨てるように言った。

「信玄を殺すつもりであろう。だがな、それはできんぞ」

「だろうな。できぬわ」

一益は声に力を込めた。

「信玄はもうこの世におらぬからな」

いきなり核心をついた。段蔵は無言で見返した。歯のない口の暗い空洞が、底なし穴のように見える。見ているだけでも悪寒が走る禍々しい顔だった。だが、一益は直視した。

「で、さっきの仕掛けか。信玄ではなく、わしの気をひくための」

ククッ、とくぐもった笑いが段蔵の口から漏れた。

「忍びが雇い主のことを語ると思うか。いくら甲賀を離れて日がたつとはいえ、忍びの掟を忘れたか、一益」

「勘違いするな、おれは信玄の生き死にのことなど、尋ねる気はない」

一益は語気を強めた。炉の炎がゆらりと揺れ、二つの影が震える。

「飛び加藤ほどの者を、陳腐な忍びの掟の虜《とりこ》とするほどに、武田信玄という男は大器だったのか、それを聞きたい」

段蔵は、また無言で見詰めた。思わず、その金壺眼《かなつぼまなこ》に吸い込まれるかと思うほどの、不思議な眼力であった。輝きすらないその眼に、油断すれば心が奪われそうになる。一益は一段と気を込めた。

重苦しい沈黙が訪れた。無言のまま、二人の忍びは対峙した。

そのまま四半刻《しはんとき》もすぎたか。炉の焚火は小さくなり、チラチラと明滅しはじめた。

「謙信に追われて武田に逃げ込んだとき」

つぶやくように、段蔵は語り出した。

「上杉の軒猿《のきざる》（謙信お抱え忍びの呼び名）どもの追尾がうるさくてな。さすがのわしも辟易《へきえき》しておった。そんなわしに信玄は『死んだことにすれば、楽になる』といいおった」

少し間があく。やがて乾いた笑みすら漏らして、

「ふ、ふ。わしはなにもしとらんぞ。信玄が勝手に話をつくって、忍びにばらまかせおった。わしはまた自由を手に入れた」

段蔵のざらついた声は低く小屋内に響く。

「武田信玄。やつはな、悪党じゃ。悪なのに日の本一の武人と呼ばれ、領民に慕われ、朝廷や将軍にまで望まれる。これは悪も悪、大悪党じゃ」

ついに炎が途絶え、小屋内は漆黒の闇に支配された。段蔵はゆるゆると続ける。

「そんなところが、妙にわしに合うたぞえ」

声の調子が変わり、妙な響きを語尾に残した。

「わしが他国に忍び働きに出ておる間の話じゃ」

信玄

武田信玄は、肺を病んでいた。五十を過ぎたころから、時に容態がすぐれず、寝込むこともあった。

将軍足利義昭から信長追討の御教書《みぎょうしょ》が来た元亀三年春も、信玄は折悪しく、病の床にあった。

そんなある晩、信玄の寝所に宿老《しゅくろう》の山県昌景《やまがたまさかげ》、馬場《ばば》信春《のぶはる》、信玄の娘婿で一族の重鎮穴山梅雪、そして信玄の実弟武田信廉の四人が呼ばれた。

四人は武田家の最高首脳といっていい。その面々に暗い悲愴《ひそう》の陰が漂っていた。

信玄の病が重い。無論、家中《かちゅう》には厳秘とされているが、いつもに輪をかけて重い。そして、密《ひそ》かにこの四人が呼ばれている。よもや、とは思うが、よからぬことも頭をよぎる。

「よくきた」

わずかに傾けた信玄の顔を見て、一同、息を飲んだ。

眼球の周りを黒々とした隈《くま》が縁取《ふちど》り、頬《ほお》がこけ、生人というより明らかに死人に近い。

「お屋形様、お体を楽に」

四人を代表して穴山梅雪が応《こた》える。

「お前たち、ここにくることを誰にも明かしておらぬな」

みなが平伏《へいふく》すると、信玄は頷《うなず》きつつ、二、三度咳《せき》をした。

「わしの体はもういかぬ。薬師《くすし》もはっきりと言わぬが、己の身。誰よりも己がわかる」

信玄がそういうと、一同がぐっと奥歯を嚙みしめる音が響いた。

「だが、死ぬわけにはいかぬ。今の上方《かみがた》の情勢、そしてあの信長の勢い。このままでは日の本の国は、すべて信長に飲みこまれる」

「お屋形様、なにを言われる。この武田がある限り、決して、信長ごときに好き放題はさせませぬぞ」

穴山梅雪が眉《まゆ》をつりあげて言ったが、信玄は空を睨んだ。

「せめて我が命があと数年もあれば」

一同、激しく頭を振った。この四人、いや武田家すべての家臣、そして領国の民にとっても、信玄は唯一無二、絶大なる主君なのである。その死など、想像もできない。

「しかし、武田は生きねばならぬ。そのために聞け。わし亡き武田のことを」

信玄は激しく体を震わし、咳き込んだ。思わず四人が身を乗り出すが、信玄はそれを片手で制した。息を整えると、充血した眼を大きく見開き、爛《らん》と輝かせた。

「武田は出陣せねばならぬ。今、武田が動かねば、信長は身辺の敵を討ち滅ぼし、都を固め、やがて怒濤《どとう》のごとく攻めよせる。その時には、いかな強兵を以《もっ》ても敵《かな》わぬであろう。今だ。この時をおいて信長を叩く時はない」

この時期、信長も苦しかったが、反信長勢力も苦しい。まさに今、武田が大鉄槌《だいてっつい》を信長に下しておかねばならぬ。この機会は逃せないのである。

「しかし、兄上、その体で出兵などできませぬぞ」

武田信廉は、いつもは「お屋形様」と呼んでいるのに、思わずそう口走った。弟だけあって、誰にもまして信玄の体を気遣うのか、膝《ひざ》をにじり寄らせていた。

「良いか。我が死は堅く秘すべし。そしてこの秋の刈り入れが終わり次第、遠江へ出兵せよ。将軍家には、上方まで攻めのぼり織田信長を駆逐《くちく》、幕府を再興すると言え。素波《すっぱ》を使い、日の本全州へこの噂をばらまけ」

一同、瞠目《どうもく》した。

「遠江へ出れば、徳川とあたる。信長も援兵をだすであろう。必ず、家康と信長の兵を野に引きずり出せ。決戦し、完膚《かんぷ》なきまで叩きのめす。今なら、難しいことではない」

信長は徳川への援軍に力を割けない。相手が徳川勢主体なら物の数ではない。平野での合戦に持ち込めれば、完勝も間違いない。

「家康を破りしのちはゆるゆると兵を進め、尾張に入る手前で兵を返せ。信長も家康も追うてこれまい。あとは数年、領国を固めるべし」

「兄上なしで、ですか」

武田信廉の声が震えていた。この篤実《とくじつ》な弟は信玄の影武者として何度も戦場にでていた。時には自らも采配を振り、充分といえる働きをしている。

だが、さすがに本人がいないとなると不安なのだ。偉大な兄の後ろ盾があるからこそ、ということを、痛いほど知っている。それが信廉の賢明さであり、弱さであった。

「信廉だけでなく、複数の影を立てよ。常に複数のわしを置き、敵も味方も欺け。なに、これまでもやっていたことだ」

「しかし、敵に見破られはしませぬか、家中にもしれれば兵の士気が」

「飛び加藤を使え。奴に武田忍びを束ねさせ、本陣を守らせよ」

「あの者、信じられますか」

梅雪は眉間に皺を寄せた。もとより、信玄がなぜあのような魔性の者を飼っているのか不思議でならない。

「信じて使うのだ。良いか、あの者の心を離すな。充分な恩賞《おんしょう》を与えるのと、奴の気位《きぐらい》を損じるな。

わしの死ともなれば、そう長く秘せるものではない。だが、この出兵中は、敵だけでなく、味方にも知られるようなことがあってはならぬ。そのために加藤段蔵の力が必要なのだ」

　鬼気迫る信玄の声音に、一同頷くばかりである。

「そうすれば、わしの死後、武田は十年、保《も》つであろう」

「十年」

　またも反応したのは、梅雪である。

「十年とはなにゆえ。わしらが四郎殿《しろうどの》を盛りたて、お家《いえ》のために死力を尽くし、武田の繁栄のためつとめまする。御家を永代も保たせましょうぞ」

　世継ぎは武田四郎勝頼と家中で決まっている。梅雪の言葉は、信玄を安堵《あんど》させるためか、梅雪の自負もあるのか、気概に満ちたものだった。信玄は、口元に微笑を浮かべた。

「四郎は随分立派な武人である。だが、奴はわしではない。お主らも実に優れたまたとない家臣たちよ。しかし、わしに仕えるごとく四郎には仕えられまい。それが人というものよ。わしが見渡せる家の行く末など十年がせいぜい。物事を永代などといいきれるものか。あとは知らぬ。家を継ぐ者、そしてそれを助ける者次第だ」

　凄《すさ》まじい笑みであった。一同、頭をさげ、面を強張らせるだけであった。

「よいか、武田は天下を目指した。そして日の本最強の甲州兵は織田、徳川など物の数ではない。信玄なくとも武田はうかつに攻められぬ。一度で良い、それを日の本中に知らしめよ。それが今できる唯一のことなのだ」

そこまで言うと、疲れたのか、安堵したのか、武田信玄はゆっくりと目を閉じた。

段蔵は一息ついた。その訥々《とつとつ》と繰り出される言葉の余韻だけが、闇の中、物《もの》の怪《け》のように漂っていた。

「柄にもなく語りすぎたわ。この話、信じるも信じぬも勝手にせい」

幻術《げんじゅつ》を使う忍びは、催眠術を用いて人に過去の記憶を語らせることがある。その場におらずとも他人のやりとりを知ることができるのだ。

(武田信廉あたりか)

篤実でしられた実の弟信廉に偉大な兄の死は大きな打撃である。そして、影武者としての重責ものしかかる。その心の隙間に段蔵が忍びこむのは難しくなかったのであろう。

(しかし、おそるべきは、信玄)

一益は言葉が出ない。武田信玄、まさに英雄と呼ぶにふさわしき男であろう。

その執念、武田軍団の力。信玄はもはやこの世にはいない。死してなお、信長、家康を脅《おびや》かし、連合軍を一蹴《いっしゅう》した。

「何度か試したが、あのときのように幻術にはかからぬな。もし、お前がまた術にかかるようなら、有無を言わさず殺した。たとえここが忍び小屋だろうとな」

その言葉を最後に、段蔵の気配が掻《か》き消《き》えた。

「一益、言っておくが、武家なぞに縛られるとろくなことにならぬぞ。もうそろそろ、やめておけ」

声だけが、闇に響いた。

「信長はいかんぞ。生き急ぎすぎだ」

最後の言葉は、妙に余韻を残した。

明朝、一益は野田城をあとにした。もはやこの小城がどうなろうと大勢に影響はない。

武田は早晩、この城を降し、甲斐へと帰参するはずであった。

岐阜城にて対面した信長は冷えた顔で、一益の報告を聞き終えた。

(いかに)

この報《しら》せをいかに受け止めるのか。そして、信長は何を思うか。

信長はいかんぞ——段蔵の声が、一益の鼓膜に絡みつくように残っている。

だが、一益は予感していた。信長の思考は常人をはるかに超えている。それは、段蔵のような世間の裏側に潜《ひそ》み暮らす者には、ひどく気障《きざわ》りな、まるで異物を飲み込むような違和感を覚えることなのであろう。

(それが、織田信長なのだ)

一益は期待すらしている自分を感じていた。

「信玄はこの世におらぬのだな」

信長は言った。その声音に変わりはない。一益は頷いた。

「よし。ありったけの諜者《ちょうじゃ》を使って、その話をばらまけ。国中あますところなくだ。金に糸目をつけるな」

一益の腹の底から胸へ、むずむずと想いがせりあがってきた。それは喜悦であった。

信長には信玄への畏怖《いふ》も憧憬《しょうけい》もない。苦しめられ続けた宿敵が死んだ、という感慨もない。あるのは、すでに信玄がこの世にいない、という事実。そして、それをどう生かすかという明確な方策であった。

信玄が現世の英雄ならば、信長こそ、新しい時代を切り拓く未来の覇王《はおう》であろう。これこそ一益が求めた信長の姿であった。

一益も、もう脳内の思考を次の戦略へ切り替えた。

「信玄の死は、労咳《ろうがい》、あるいは野田城で流れ弾にあたったため、とします。死に場所は甲斐への帰参途中、信州駒場《こまば》としましょう」

死因が諸説あるほうが、その死に真実味がでる。死んだ場所が特定されたほうがよりよい。信長は、口元だけで笑みをつくり頷いたが、すぐ真顔に戻った。

「一益、武田のいくさについて語れ」

「は」

一益は、三方ケ原での武田軍とのいくさ、そのあきれるほどの強さを語った。機略縦横《きりやくじゅうおう》な戦術、将兵の強靱《きょうじん》な戦闘力、精神力。そして信玄亡き後も、その強さは変わらぬであろうこと。信長は小さく鼻を鳴らした。

「右衛門（佐久間信盛）も、うわ言のように言っていた」

「まともに打ち合っては三倍の兵でも敗れましょう」

一益は真顔で言ったが、信長は間髪をいれず、

「勝つための方策をいえ」

と、切って捨てるように言った。

（こうでなければ）

高圧的な物言い。もういつもの信長である。これが一益には心地よい。

「鉄砲」

信長は頷いた。

「どれほどいる」

「まず二千は」

鉄砲は高価な武器であった。天文《てんぶん》十二年（一五四三年）、種子島時尭《ときたか》が漂着したポルトガル商人から二丁の火縄銃を買ったときには、実に二千両もの大金を支払った。それから三十年余。飛躍的な生産技術の進歩はあったものの、まだまだその入手に、手間と金がかかる。それを実に二千丁。容易なこ

とではない。

（だが、鉄砲しかない）

一益は確信していた。あの武田兵と衝突すれば、いかな大兵《たいへい》を擁《よう》しても大損害を被《こうむ》る。鉄砲を大量に揃《そろ》え、工夫して使うしか、ない。

「信玄の死の噂が広まれば、しばらく武田も大きな動きはできますまい。こちらからも合戦を避け、その間に……」

「一益」

言いかけた一益の言葉を、信長がさえぎった。

「三千五百、用意しよう」

一益は瞠目した。三千五百、尋常ならざる数である。しかも信長の敵は武田だけではない。周囲すべてが敵の中で、武田戦に三千五百の鉄砲を用意するというのか。

だが、信長はいままでことごとく、不可能と思えることを実現してきた男だった。

「三千五百の鉄砲足軽、自在に操れるよう策を練り、調練しろ」

一礼して見上げた信長の顔には、もう一点の曇りもない。一益は信長の革新ぶり、気宇《きう》の大きさを、改めて思い知った。そして、織田信長という圧倒的天才に果てしなき未来を感じた。それは、信玄への畏敬《いけい》とはまるで違う感情であった。

（もはや、信長様の行く手を遮る者はいないいか）

両雄並び立たず。信玄は天命《てんめい》儚《はかな》く世を去った。時代が、変わろうとしている。

武田はその後も隠秘《いんぴ》し続けたが、信玄病死の報は瞬く間に諸国へと伝播《でんぱ》した。結局、天正《てんしょう》四年（一五七六年）四月、甲斐恵林寺《えりんじ》にて信玄の葬儀を催すこととなる。

信長の動きは速い。三方ケ原合戦の僅《わず》か半年後に、再挙兵した将軍足利義昭を都から追放、足利幕府十五代二百三十余年の命脈を絶っている。

長島城

伊勢長島城は、西に長良、揖斐、東に木曽の三川が伊勢湾に流れ込む輪中《わじゅう》にある。三方を水に守られたこの城は、まさに天然の水上要塞《ようさい》といっていい。

「よくこんな魍魎《もうりょう》の住家のごとき城におれるものだ」

その天守で、前田慶次郎《まえだけいじろう》は滔々と流れる大河を見渡して言った。

慶次郎は荒子城主《あらこじょうしゅ》前田家の三男安勝《やすかつ》の娘を娶《めと》って、当主利久《としひさ》の養子となったが、家は四男利家《としいえ》が継いだため、相続権を失った。その後は、妻子も前田家に預け放しで、滝川家に入り浸っている。少年の頃から体は大きかったが、今や上背だけではない。六尺（約一メートル八十センチ）を超えたその身に隆々とした筋肉をつけ、見事な武者振《むしゃぶ》りである。槍技も凄まじく、家中随一の武人が許される皆朱《かいしゅ》の大槍を堂々と使っている。そんな無頼《ぶらい》なところが、滝川の水に合うのだろう。前田利家も後ろめたさがあるのか、なんの文句も言ってこない。

「俺には物の怪の叫び声が聞こえるよ」

慶次郎の言い様は荒いが、語尾に愛嬌があり憎めない。

「ま、鬼と呼ばれる一益様には、よい添《そ》い寝唄《ねうた》かね」

振り返って、乾いた笑いを放った。


信長自ら率いる織田軍は、天正二年（一五七四年）この長島に籠る一向門徒《もんと》を攻めた。四年前、信長の実弟信興《のぶおき》を攻め殺して以来、北伊勢の一向一揆の反抗は頑強であった。執拗《しつよう》な蜂起《ほうき》は三度に及び、織田軍に大損害をあたえていた。

長島に一揆勢を追い詰めた信長は力攻めをせず、八万の兵力と伊勢志摩《しま》の海賊大将《かいぞくたいしょう》九鬼嘉隆《くきよしたか》率いる大船団を以て海と川を封鎖し、兵糧《ひょうろう》攻めをすべく取り囲んだ。

飢餓《きが》に耐え切れず降伏を申し出てきた一揆勢を囲んでいた織田軍は、信長の「攻めよ」という一声で動いた。滝川勢は織田水軍の先陣を切って、一斉射撃を一揆勢に見舞った。

一方的な虐殺は凄惨《せいさん》を極めた。織田勢は、海に落ち、波間に漂う一揆衆を弓で射殺し、槍で突いた。同時に、中江城《なかえじょう》、屋長島《やながしま》城に残った一揆衆は、城を覆った柵内に押し込められ、城ごと焼き殺された。

、

実に二万の人間が灰燼《かいじん》に帰したのである。

人肉の焼ける異様な臭《にお》いの中、長島を検分《けんぶん》した信長は一益にいった。

「お前が滅ぼした地だ。お前が興せ」

北伊勢五郡を与えられた一益は、焼き尽くされた長島に城を築き、拠点を移した。

数万の民が命を落とした長島の地に住まうのは、気持ちの良いことではない。

だが、滝川一党は一向に気にかけていない。もともと化生《けしょう》と呼ばれた忍びなのだ。

「しかし、殿がこのような城持ちになるとは」

益氏の若々しさは変わらない。一益と過ごした時間が長い分、その感慨も人一倍深い。

「いやあ、まだまだ、殿の器量はもっと大きい」

儀太夫が頷きながら言った。はや、頭髪に白いものが混じり始めているが、この男も快活さに衰えはない。

「ま、でも良い気分でしょう。我らも鼻が高いわい」

「鶴の周りで餌《えさ》を啄《つい》ばむ雀《すずめ》のようなことを言うな」

慶次郎の毒舌は、義父の儀太夫にも一切遠慮がない。

「なにをこら」

一同に笑いがあがる。一益はそんなやり取りを聞きながら、一人、海を見つめていた。

(思いもかけず、このような身代《しんだい》となった)

従五位下左近将監《じゆごいげさこんしようげん》という官位まで得ている。もう一益のことを余所者《よそもの》、忍びあがりと謗《そし》るものはいない。

信長に仕えてからは、合戦、合戦の連続であった。そして、己の総力を発して戦った。まさに脇目《わきめ》もふらず駆けてきたと言ってよい。信長との出会いがなければ、一益の才も花開くことはなく、生涯、日蔭者《ひかげもの》として終わっていたであろう。

信長と一益の才の相乗は、長島一揆平定の翌年、天正三年（一五七五年）に結実した。

織田信長、徳川家康の連合軍三万八千は武田勝頼率いる武田勢一万八千と奥三河設楽《したら》ケ原《はら》にて決戦、勝利した。武田勢の討ち死には、実に一万とも、一万二千ともいわれる。その中には、山県昌景、馬場信春、内藤昌豊《ないとうまさとよ》ら信玄以来の名将も多数。完膚なきまでの大敗、武田軍団の壊滅であった。信長はその日まで鉄砲の生産、輸入を急がせただけではない。浅井、朝倉、伊勢一向一揆などを各個撃破し、四面の敵を鎮めると、各地に散らばった織田軍団より、鉄砲足軽だけを三十、五十と引き抜いた。こうしてできあがった三千五百の大鉄砲兵団のうち三千の鉄砲足軽（五百は別働の後方奇襲隊に回した）が、設楽ケ原に築いた長大な馬防柵《ばぼうさく》の内側から、攻め寄せる武田の強兵たちを狙い撃ちした。

合戦の全容を描いた「長篠合戦図屏風《ながしのかつせんずびようぶ》」には、信長の本陣の前面で采配を振る、滝川一益の姿がみえる。

かつて、木曽川大良口《おおらぐち》の退き陣で、一益は数丁の鉄砲を替えては放ち続け、信長に迫る斎藤義龍《さいとうよしたつ》の兵を撃った。二十年たった今、鉄砲も兵も充分すぎるほどにあった。

信長の独創と一益の技は、戦国最強の武田軍団を粉砕した。

最大の敵、武田を甲斐に逼塞させると、信長をさえぎる障害はなくなった。

琵琶湖畔《びわこはん》に壮大な安土城《あづちじょう》を築き、岐阜から本拠を移すと、各方面に大兵力を派遣した。明智光秀《あけちみつひで》は丹波《たんば》を攻略、北陸は柴田勝家《しばたかついえ》が越中《えっちゅう》まで攻めとり越後上杉へと迫り、山陽道《さんようどう》は羽柴秀吉《はしばひでよし》が播磨《はりま》まで平定、備前宇喜多《びぜんうきた》氏を降し、あとは毛利領《もうりりょう》へ攻め込むばかりとなった。

一益は、北陸への援軍をはじめ、石山本願寺との合戦では水軍として毛利の船団を撃破、摂津《せっつ》の荒木村重《あらきむらしげ》の謀叛《むほん》の鎮圧、伊賀一揆《いがいっき》の討伐と、八面六臂《はちめんろっぴ》の働きをした。

もはや、信長と互角に渡り合える敵は潰《つい》えた。

「いよいよ、甲斐攻めですな」

気負った声をあげたのは、息子の一忠《かずただ》である。一益が織田家に仕えた時にはまだ幼童であったのが、いまや三十路《みそじ》に近い青年となっている。

「あの武田も、ついに滅びるか」

慶次郎は耳を掻きながら、やや乾いた声で言った。

(武田か)

武田との戦いに臨むたび、一益は飛び加藤のことを思いだした。その後の加藤段蔵の消息はしれない。あの男は急速に衰退する武田を見ながら、今どこで、何を考えているのか。

信玄亡きのち、坂道を転がるように堕《お》ちていく、武田。

思えば、この戦国乱世、そんな運命は武田に限るものではない。

（物事に永久などない）

一益は、笑い語らう家臣たちを、静かに見つめていた。

武田征伐

天正十年（一五八二年）二月、信長は武田討伐を発令、甲斐へ向け大軍を進発させた。総大将は嫡男織田信忠《のぶただ》。副将として軍を率いるのは、一益と河尻秀隆《かわじりひでたか》であった。

真っ先に織田に寝返った木曽義昌《きそよしまさ》が領する木曽路《きそじ》から五万の軍勢が乱入するや、名門武田家は一気に崩壊を始めた。

唯一といっていい抵抗をした高遠城《たかとおじょう》をおとした一益は逃げる武田の総領勝頼を追い、甲斐盆地を横断した。最後まで勝頼につき従ったのは、わずか四十名。遅咲きの山桜が舞い散る天目山《てんもくざん》の麓田野《たの》で、悲しいほど微弱な抵抗の中、勝頼とその子信勝《のぶかつ》は自決した。

首を挙げたのは、滝川儀太夫《たきがわぎだゆう》、笹岡平右衛門《ささおかへいえもん》。武田勝頼の首は、この甲斐征伐《せいばつ》で最大の手柄といえた。首は一益から総大将織田信忠へと送られ、さらに信長へと渡った。三月十四日、信州飯田《いいだ》まで出陣してきていた信長は、首実検《くびじっけん》を行い、それを京に送り、一条大路《いちじょうおおじ》で晒《さら》すように命じた。

天下万民《てんかばんみん》の目に武田家滅亡は焼きつけられた。

一益は甲斐の戦後処理を行い、上諏訪《かみすわ》へと向かった。信長は三月十九日に上諏訪へ着陣。法華寺《ほっけじ》に本陣を置いている。一益は信長に謁見《えっけん》し、武田征伐の始終を報告するとともに、各地からの献上品を信長に引き渡した。

「北条《ほうじょう》からは、たびたびの戦勝祝賀の使いと献物が」

一益は、当初より関東の北条氏の取次役をしている。

今回の武田攻めは、織田、徳川、北条、三方からの連携作戦であった。

越後上杉の跡目争いで武田と決裂し、相駿《そうすん》の国境で競り合っていた北条にとって、織田との同盟は渡りに舟であった。だが、実戦での北条の働きは鈍かった。織田軍が武田領深く侵攻し、駿河《するが》の穴山梅雪が徳川に降るころになってようやく動き出し、駿河国境付近の小城を攻めるぐらいしかしていない。

「事の大きさがわかっていないいな」

眉根を寄せた信長の中では、すでに次の構想が動き出している。

「北条の進物を受けるのは、そろそろやめる。あとは返せ」

不服なら兵でもよこせと、いわんばかりである。

地方勢力は連合してこそ、その領国を保てるのである。武田は消えた。越後上杉も早晩同じ運命をたどる。中国の毛利もしかり。北条は己の首をしめたのだ。しかも信長に与《くみ》するのに腰が引けている。

この武田滅亡で、信長の天下はゆるぎないものとなった。もはや、他の戦国大名は、絶対服従か、徹底抗戦して滅びるか、このどちらかしか道はなかった。

「いつかお前と語ったな」

一益は頷く。桶狭間《おけはざま》に今川義元《いまがわよしもと》を討った直後、強大な武田・北条連合に触れぬよう、あえて東は放置した。しかし、今や今川はなく武田も消えた。次は北条であった。

「北条は褒美《ほうび》を望んでおるようですが」

「ずうずうしい」

「上野《こうずけ》あたり、を」

上野国（群馬県）は、小豪族が乱立し、確たる領主がいないうえに、北条、武田、上杉に挟まれ、長く三勢力の草刈り場だった。北条氏康《うじやす》が降したかと思えば、上杉謙信が南下するたびにその傘下《さんか》に靡《なび》き、信玄も西から盛んに侵食した。氏康、謙信、信玄の三英傑の抗争の末に武田勝頼が支配していたが、北条としては、やはり自国領という思いが強い。武田が倒れた今、この地を望むのも無理はない。

「上野はお前にやる」

「それがしに」

「お前のこれまでの功に見合う。ほかに望みでもあるか」

信長は浮かれぬ一益を、不思議なものでも見るように眺めて言った。

一益は平素と変わらぬ低い声音で返した。

「それがしには茶器をくだされ」

「茶器だと」

「珠光小茄子《じゅこうこなす》を」

信長はのけ反って笑った。珠光小茄子。安土名物ともいわれた名器であった。

室町末期に生まれた茶の湯の文化は、戦国時代が終焉《しゅうえん》に向かうにつれ、全国に拡がり始めていた。天下人《てんかびと》信長が特に尊んだことでその価値は飛躍的に向上し、優れた茶器は一国に値する、といわれ始めていたほどである。が、真の上野一国と比べられるものではない。

「国をやるといって、そんな戯言《ざれごと》をぬかすのはお前と猿ぐらいだ。いいか、一益」

信長は一益を招くと、肩を摑《つか》んで引き寄せた。

「一益、お前は俺だ」

信長は澄んだ目で見つめていた。

「関東管領《かんとうかんれい》として、東国を治めよ」

「関東管領」

「北条はいずれ潰す。家康には駿河までしかやれぬ。東国を治めるのはお前だ」

「拙者が長島におらずして、誰が上様を援けましょう」

信長はこれまで一益を、東に西に使い続けた。それは、一益が伊勢長島にいたからこそ、なせたことだった。信長の元の本拠である尾張と京をつなぐ東海道《とうかいどう》途上の伊勢は、岐阜にも近く、織田政権の中心といっていい。さらに一益の居城長島からは、陸路だけでなく、伊勢湾、木曽三川という水路を使い軍勢を送ることもできた。上野を与えるということは、その要衝から一益を外す、ということであった。

「もはや上方に我が敵はない」

　信長は言い切った。

（そうかな）

　一益は考える。確かに畿内の敵は潰えた。対抗勢力は地方に散在するばかりである。

　だが、なぜか一益は、信長のその言葉に言いようのない危うさを感じた。

「上様、おそれながら」

「なんだ」

「この上諏訪の陣に来て、気になる話を聞きました」

　一益は暫《しば》し間をおき、低く言った。


　木曽路を進軍する途上で、早々と古《こ》府中《ふちゅう》陥落、武田勝頼自害の報を受けた信長は、法華寺に入ると参陣諸将を一堂に集め、その労をねぎらった。一族の織田《おだ》信澄《のぶずみ》、側近《そっきん》の菅屋九右衛門《すがやきゅうえもん》、堀久太郎《ほりきゅうたろう》、福《ふく》富平左衛門《とみへいざえもん》ら、重臣からは明智光秀、丹羽長秀、蜂屋頼隆《はちやよりたか》、その他、池田勝三郎恒興《いけだしょうさぶろうつねおき》の息子勝九郎《しょうくろう》、細川藤孝《ほそかわふじたか》の息子の与一郎《よいちろう》（忠興《ただおき》）、蒲生賢秀《がもうかたひで》の息子忠三郎《ちゅうざぶろう》（氏郷《うじさと》）、新参国人《こくじん》領主である中川清秀《なかがわきよひで》、高山右近《たかやまうこん》、筒井順慶《つついじゅんけい》、阿閉淡路守《あつじあわじのかみ》、など錚々《そうそう》たる面々が集った。

信長の機嫌もすこぶる良く、参陣した諸将も和やかであった。

席上、明智十兵衛《じゅうべえ》光秀が、家臣団の想いを代表するかのように言った。

「まこと、今日のめでたき日に出会えましたこと、我らも苦労の甲斐もあったということ」

口元に笑みを浮かべ、追従《ついしょう》するように述べた途端に、信長の顔が変わっていた。時折《ときおり》見せる癇走《かんばし》った青白い顔。眉根《まゆね》を釣り上げ、鋭い眼光で光秀を見つめる。

「十兵衛、貴様《きさま》――」

一同、はっと顔をあげるなか、信長はすっくと立ち上がった。上座から降りると、亀のように縮こまり平伏する光秀の傍らまで詰め寄った。

「図に乗るな」

いうや、光秀の髷《まげ》をむんずと摑み、そのまま引き上げた。光秀は今回の遠征に後詰《ごづめ》として出陣したが、特に働きはない。信長は、この手の家臣の冗漫《じょうまん》が最も許せないのである。

長年の敵武田を滅ぼした戦勝に浸り、和んでいた者たちに、この光景は驚愕《きょうがく》を与えた。人の噂、それも悪い話ほど、勢いよく広がる。この話を一益が聞く頃には、「明智光秀はその頭を寺の欄干《らんかん》に打ちつけられた」「命ぜられた小姓《こしょう》の森蘭丸《もりらんまる》が鉄扇《てっせん》で光秀の額を弾いた」などと様々な尾鰭《おひれ》がついていた。

「あれか」

信長は、そんなことか、と言わんばかりに、鼻を鳴らした。

「働かぬ者ほど、くだらぬ話で暇をつぶす」

「それがしのごとき、卑賤《ひせん》の出なら上様のお叱りもなんのことはありませぬ。だが明智殿は土岐《とき》源氏の末流、しかも足利将軍のお抱えだった者」

「だからこそ、知らぬとは言わせん」

信長はハキと言った。

「いつまでも、あ奴、頭が固い」

いくさ働きとは、戦陣で苦労した者こそ讃えられるのである。後発してきて戦陣に出ていない者が、もっともらしく感慨を述べる資格はない。いかにも信長らしい考え方であった。そして、明智光秀ほど重用してきた者が、相変わらず信長の思考を解していないのが、信長には歯がゆい。

「上様、本人は戒めと受けるやもしれませぬが、周りの者はどう思いましょうや」

若年の頃からの信長の天衣無縫は、今も変わらない。当然だ。それこそが織田信長だからだ。だが、信長はもううつけと呼ばれた田舎大名《いなかだいみょう》ではない。天下人である。接する者からすれば、その一挙一動は大きい。そして、この時代、人づての言葉だけが、情報の源なのである。こんな話が広まりつづけると、明智の家臣、他の織田家臣はどう思うのか。

信長は、二年前の天正八年（一五八〇年）、宿老の林通勝《はやしみちかつ》、佐久間信盛らを唐突に追放した。

佐久間信盛に至っては、その職務怠慢を詰《なじ》る十九カ条に及ぶ折檻状《せっかんじょう》をつきつけられたあげく、嫡男信栄《のぶひで》共々、高野山《こうやさん》に追われたのである。長年に渡り織田家の重位にあった信盛への冷徹な仕打ちは、織田家臣団に大きな波紋を投げた。いつ、何を理由に、どんな仕置を受けるか、内心慄いている者もいる。

「もういうな、一益」

信長は面倒になったのか、そっぽを向いた。一益は口を閉ざし、眼を閉じた。

そうであろう。今さら何を言おうと信長は己を変えぬであろう。

正二位右大臣《しょうにいうだいじん》、都を含む五百万石《ごひゃくまんごく》の主となろうと、信長は変わらない。いつまでも尾張の大うつけのままなのだ。いや、うつけではない。一個の自由奔放な天才、人間織田信長として、強烈に生き続けていくのだ。

（それでいい。いや、それがいいのか）

信長自身、それに伴って家臣が立身しようと関係ない。官位とて、受身で得ているに過ぎない。だれもこの男を枠にはめることはできない。そして、それこそが一益が信長に望んだ姿だった。

（もはや大きな敵もないか――）

ここまで巨大になった者を倒せる者はおらず、倒さんとするは、大河の奔流に逆らうようなこと、すなわち、身の破滅であった。一益は眼を開いた。

「承知しました。上野国、ありがたく拝領いたします。ただ、上様、くれぐれも畿内での備えも怠らず」

「当たり前だ」

信長は不敵に笑った。なぜか、その笑顔は、鮮烈に一益の瞼《まぶた》に焼き付いた。

「いいか、一益。もう一度言うぞ」

信長は、また一益の顔を覗《のぞ》き込んだ。涼やかな目尻。来年には五十になるというのに、信長の秀麗な容貌は変わらない。あの津島踊《つしまおど》りの夜のままだった。

「お前は、俺だ。俺の代わりに東国を任せるのだ」

関東管領

五月、備中高松《びっちゅうたかまつ》。季節は梅雨の真っ只中である。五月雨《さみだれ》が激しく降り続き、昼間でも宵の口のように薄暗い。

小柄だが明らかに大将というきらびやかな甲冑《かっちゅう》を着た男が、丘の上に組まれた櫓に登っていく。その小姓らしき白面《はくめん》の若侍がそれに続く。櫓の階上へ出ると、視界は一気に開けた。

あっ、と若侍、石田佐吉《いしださきち》は声をあげた。雨で霞む視界の向こうに城が見える。その備中高松城は、なんと水に浮かんでいた。

水攻め。書物の好きな佐吉は、そんな城攻めが兵法《ひょうほう》にあることは知っている。しかしこの規模はとてつもなく大きい。かつて、そこには田畑があり、人が住み、空堀《からぼり》と櫓を構えた城があった。今や、見下ろす盆地そのものが満々と水を湛え、まさに湖である。城は二の丸、三の丸はすべて水没し、本丸の城壁も半分は水に浸っていた。

(なんて壮大な城攻め、なんだ)

石田佐吉は、感嘆の溜息《ためいき》とともに、その景色を生涯忘れぬよう、つぶらな瞳を見開いていた。

この備中高松城を囲んではや二月。大掛かりな土木作業を強行して、やっとこの水攻めが成った。そこに、上方に使いにでていた石田佐吉は戻ってきた。

大将羽柴秀吉は、この才気抜群の小姓が度肝《どぎも》を抜かれている様が楽しいのか、満足そうに顔を綻《ほころ》ばせ、上方の様子を尋ねた。

佐吉は、信長の甲斐征伐からの凱旋《がいせん》のことを、この若者らしい明晰《めいせき》な物言いで奏で始めた。

秀吉は機嫌良さそうに頷く。佐吉の報告はいつもながら秀吉の耳に心地よいのであろう。ほう、とか、それはなかなか、とか、その皺の多い猿顔を大いに伸縮させ、聴き入っていた。

一方の佐吉は佐吉で、この主人を心から敬愛している。秀吉の縦横無尽な戦略、そしてこの水攻めのような気宇の大きさ。どれも、佐吉にとって生きる模範といえる主であった。

この二人の関係は、主従というより、師匠と愛弟子《まなでし》に似ている。

どちらもお互いの才気を充分に知りつくしていた。

「なに？」

そんな二人の流れるような掛け合いが、秀吉の一声で止まった。

「もう一度いえ」

佐吉は秀吉の心のうねりを敏感に感じ取った。そこまで聡《さと》い男である。

少し声音を下げた。

「武田旧領のうち、上野国、信濃《しなの》のうち小県《ちいさがた》、佐久《さく》の二郡は滝川一益殿に。滝川殿は上州箕輪《じょうしゅうみのわ》の城に入り、関東管領として東国の仕置き役をなさるとのこと」

「おおそうか」

秀吉は何事もなかったかのように笑い、さらに、

「それは滝川殿も大役じゃ」

と、続けた。そこからさらに報告を続けたが、佐吉は感じていた。

(気に食わないのだ)

それまでの秀吉の鷹揚《おうよう》さがない。どこか、返答もうわの空であった。

佐吉はくぎりのいいところで報告を終えると、秀吉の前からひきさがった。


「関東管領」

一人になると、秀吉は低くつぶやいた。

（また、あいつめが――）

秀吉も中国方面の指揮官である。毛利を滅ぼせば、巨大な褒美を得るであろう。

だが、違う。この関東管領という響きは、百万石の国主《こくしゅ》にも勝る重みを持っていた。

関東管領。かつて足利幕府は東国を治めるべく一族を関東公方《かんとうくぼう》として派遣、その代官《だいかん》として管領職を設けた。源《みなもとの》頼朝《よりとも》の興《おこ》した幕府の旧都鎌倉《かまくら》や、足利氏発祥の地があり、荒ぶる坂東武者《ばんどうむしゃ》の割拠地である関東。天下を統《す》べる者にとって、その重要性はいうまでもない。また、関東管領は奥羽《おうう》を含め東日本すべてに睨みを利かす重職である。かつては上杉謙信でさえその職を渇望し、得るために己の姓を変えた。

足利幕府なき今、名のみの官職とはいえ、その威勢は天下に轟《とどろ》くではないか。

（あの寡黙で、およそ愛想もない、あの男が）

信長だけではない。織田家臣の重鎮、丹羽長秀や柴田勝家なども、あの男には好意を寄せている。

秀吉は、その二人の機嫌をとるために、「羽柴」などという、珍妙な姓を名乗っていた。それほど秀吉が織田家でのし上がるために腐心をしているのに、あの男は。

羽柴秀吉が睨みつけたその先で、備中高松城が雨に滲《にじ》んでいる。


上方へ帰還する信長を見送ると、一益は手勢を率い、甲斐を進発。上州へと向かった。

滝川一党が上州の拠点箕輪城にはいると、武田滅亡後、織田に服属した上州、信州の小領主たちが続々と祝賀と表敬のために馳《は》せ参じてきた。

「どいつも曲者だな」

慶次郎は、その面々を見渡して吐き捨てた。

無理もない。あたらしい盟主である織田とはどんな家か。地方の小勢力の耳に入るのは、戦慄《せんりつ》するほどの侵略力と、過激なばかりの粛清の数々であろう。どのように立ちまわれば、生き延びることができるのか、まずは己の感情を伏せて窺うのは当然であった。

大勢力の狭間で、昨日は北条、今日は上杉、明日は武田と叛服《はんぷく》を繰り返して生き延びてきた者どもである。世渡りの術も並みではない。

「特に、あ奴」

慶次郎が視線を投げた先に、一人の小男が平伏していた。

信濃佐久郡一帯の領主真田安房守昌幸《さなだあわのかみまさゆき》。昌幸は父幸隆《ゆきたか》の代から信玄に仕えた、生まれながらの武田の臣だった。武田滅亡時は、勝頼に己の持城岩櫃城《いわびつじよう》に入り徹底抗戦することを説いたという。そのくせ、共に滅びることはしないしたたかさを持っていた。

他の者も武田家で重鎮であった昌幸には一目置いているようで、自然、上州勢の筆頭格のように振る舞う。

「仕置きについて、何なりと申し付けくだされ」

鉢《はち》の開いた大きな頭を慇懃《いんぎん》にさげる。顔をあげればまだ三十半ばのはずなのに、五十路《いそじ》のごとく老熟した容貌《ようぼう》である。昌幸は武田勝頼の古府中放棄の際、放たれた武田忍びの多くを引き取ったという。よもや衰亡した武田へ未練《みれん》はないだろうが、新主君の織田家、滝川一益の力量を計ろうという気に満ちている。昌幸以下の諸将の視線からも、それと感じられた。謁見の広間には、上辺の笑顔と差し障りない追従の言葉が、空々しく飛び交う。

一益始め滝川一党からすれば、一瞬たりとも気を抜くことはできなかった。

(腰を据えてかからねばならぬ)

外様者《とざまもの》として織田家に仕えた一益ゆえ、上州侍衆の心底はわかりすぎるほどにわかる。よほど時をかけて撫《ぶ》していかねば、心まで靡《なび》かぬだろう。

腹を決めた一益は、山間の箕輪城では上州支配に適さぬと断じ、利根川《とねがわ》沿いの厩橋《うまやばし》の城を修築し、これを本拠とした。厩橋は上州平野の中心。交通至便であり、四方に睨みを利かすのに最適な地である。この地にしっかりと根をおろし、関東の経営に乗りだす。

しかし、一益に猶予はなかった。

厩橋入城のわずか一カ月のち、天地が逆転するがごとき大事が起きる。

第五章　回帰

本能寺

碓氷峠《うすいとうげ》をくだり上州の平野に降りると、大気は一気に蒸してくる。

黒い影が一つ、樹林の間を飛ぶように駆けている。人とは思えぬ脚力である。

甲賀《こうか》孫兵衛《まごべえ》。老境といわれるほどの年になったが、まだ足腰に微塵《みじん》の衰えもない。

ただ、この暑さはいけない。汗が噴き出してくる。

(年かな)

汗の匂《にお》いは虫や獣に気配を気どらせてしまう。優れた忍《しの》びは、汗をかかぬよう肌をしめ、とめることすらできた。もちろん、孫兵衛もできていた。

孫兵衛は、背中をじっとりと濡《ぬ》らす汗と戦いながら、夜叉《やしゃ》のごとく駆け続ける。

異変が起きた時、孫兵衛はたまたま京の外れにいた。

報《しら》せを聞いた孫兵衛が都に駆けこむと、既に辻々《つじつじ》を軍兵《ぐんぴょう》が固めており、二条《にじょう》の御所《ごしょ》を大軍勢が囲んでいた。御所には織田中将《おだちゅうじょう》信忠《のぶただ》が五百の手勢とともに籠《こも》っているという。

(あの太郎左衛門《たろうざえもん》が、不覚をとるとは)

甲賀五十三家《こうかごじゅうさんけ》伴家《ともけ》の伴太郎左衛門は、三河上《みかわかみ》の郷城《ごうじょう》攻めで功を立ててより織田家《おだけ》へ派遣され、特に信長《のぶなが》の身辺に侍《はべ》っていた。太郎左衛門は、本能寺《ほんのうじ》にて厩《うまや》から斬り出《きだ》したところを明智《あけち》光秀《みつひで》の配下、斎《さい》藤利三《とうとしみつ》の手の者に討《う》たれたとのことだった。

(阿呆《あほう》めが、忍びの身で斬り死にするなど。侍にかぶれたか)

勇ましく、潔いことは、忍びとしては誉《ほ》められない。どんな窮地でも、ほんの少しの間隙《かんげき》を見つけて活路をつくることこそが、忍びの技ではないか。

孫兵衛は、都をざっと探索した。時折《ときおり》、騎馬や軍兵の群れが駆け抜け、騒然とした空気が流れる。気の早い民《たみ》は家財を持ち出して逃げようとしていたが、明智の手勢にことごとく押しとどめられていた。光秀は、街の混乱を恐れ、鎮静化につとめているようだった。

(無駄だ)

間違いなく、世は乱れる。この乱が、多くの人間の生きざまを変えるであろう。

(どうするか)

孫兵衛は東の空を睨《にら》み、一瞬、顔をしかめると駆けだした。

一昼夜、駆け通した。休憩は速足で歩きながらとった。

天正《てんしょう》十年（一五八二年）六月。陰暦の六月ともなれば季節は夏である。

上州《じょうしゅう》の夏は蒸し暑い。上州平野の真ん中にある厩橋《うまやばし》は、逃げ隠れできない熱射に見舞われる。日差しは容赦なく照り付け、梅雨明けの大地から水をたっぷりと含んだ熱気をあぶり出す。夜となってもその暑さと、むせ返るほどの湿気は止《や》まない。上州に馴《な》れない孫兵衛を、今夜はこの夏一番とも思える、息が詰まるほどの暑さが苛《さいな》んでいた。

目の前に、利根《とね》の川がひらけた。孫兵衛は忍《しの》び装束《しょうぞく》を脱ぎ、頭上に括《くく》りつけ、褌《ふんどし》一丁で利根の大河にざんぶと飛び込んだ。泳ぎ渡ると、もう厩橋の城壁《じょうへき》が目の前である。するすると装束を着て、城壁にとり着いた。本丸《ほんまる》まで城壁のうえを歩く。

（この辺りか）

既に丑《うしみ》三つ時。するりと庭先に飛び降りて、顔をあげた途端、孫兵衛はぎょっとした。探していた男はすぐに見つかった。一人寝所の縁側に座り、庭をながめている。まるで、孫兵衛が来るのを知っていたような素振《そぶ》りだった。

「一益《かずます》様、お久しゅう」

ながらく絶縁していた孫兵衛がはるばる上州まで来た。そんな意外な出来事に直面しても、一益にはいささかも動じるところがない。

（待っていたのか）

孫兵衛の来訪だけではない。この夜、滝川《たきがわ》一益は、己《おのれ》に押し寄せる津波のような運命を感じとっていたのか。まるでその巨大なうねりと対峙《たいじ》するような佇《たたず》まいで、背を伸ばし、胸を張り、面《おもて》をあげ、端座していた。不意に静寂を破り、魔物のように夜鳥が鳴いた。星明かりにうかんだ一益の顔は、沈《ちん》鬱《うつ》をこめかみに浮かべている。

「信長が死んだぞ」

孫兵衛は前置きなくいった。聞き逃したのかと思うほど、一益の表情に変化はない。

「聞こえたか。明智日向守《ひゅうがのかみ》が謀《む》叛《ほん》。信長は本能寺もろとも灰となったぞ」

その言葉は夜の闇《やみ》に反響し、漂った。

信長が死んだ。

天正十年六月二日、織田信長は京本能寺にて、燃え盛る炎の中、自害して果てた。

厩橋城の本丸《ほんまる》御殿の主殿《しゅでん》に一益の腹心一同が呼び集められたときには、すでに夜明けも近くなっていた。嫡子一忠《かずただ》、滝川益氏《ますうじ》、前田《まえだ》慶次《けいじ》郎《ろう》、津《つ》田《だ》治《じ》右《え》衛門《もん》、笹岡平《ささおかへい》右《え》衛門《もん》ら。滝川儀《ぎ》太《だ》夫益重《ゆうますしげ》は上杉に備えるため沼田《ぬまた》の城にあり、この場にはいない。慌ただしく駆けつけた面々は皆、顔が強張《こわば》っていた。

こんな刻限の呼出しが、平穏な用件であるはずがない。

そして、信長横死《おうし》の報せに、一様に目を剝《む》いた。乱世《らんせ》が訪れる。誰《だれ》しもが、そう予感した。織田によって逼迫《ひっぱく》させられていた諸勢力は息を吹き返し、再び戦国の世が来る。明智光秀がそれを御《ぎょ》していけるとは思えない。むしろ群雄の餌食《えじき》として、光秀はその中心に投げ出された。だが、光秀の心配をしているときではない。滅びるのは、各地の織田部将が先である。もはやこの上州も安全とはいえない。北は交戦中の上杉《うえすぎ》、南は面従腹背《めんじゅうふくはい》の北条《ほうじょう》、そして上州侍は崩壊する織田に見切りをつける。滝川一党にとっての頼みは伊勢《いせ》からの手勢八千だが、これとて信長の死を知れば、逃げ散るかもしれない。

「このこと、まだ誰も知らぬのでしょうか」

つぶやいた津田治右衛門の視線は、定まらない。

「孫兵衛様の報せじゃ。誰も知らぬわ」

益氏が応じた。

「ならば、このような大事はひたすらに秘して隠し通さねば」

治右衛門は切迫した声でまくしたてた。

「しかるべし。ことは秘しておき、この地の諸将の妻子を押さえたうえで、殿《との》は諸将の兵を束ねて上《じょう》洛《らく》するべし。それがし、人質《ひとじち》を預かり、この厩橋を死守しましょう」

笹岡平右衛門が、嚙《か》みつくように応じた。

「いや、もう遅い。真田昌幸《さなだまさゆき》の松尾城《まつおじょう》のほうが上方《かみがた》に近い。夜明けまでに忍びが駆け込むぞ。北条とて風魔《ふうま》という凄腕《すごうで》の忍びを抱えている。都の報せはすぐ届くであろう」

慶次郎が抑揚なく言い、

「もう上州に我らの居場所はないな」

薄く笑った。自虐するような乾いた笑いだった。

「おい、慶次郎！」

益氏が色をなすのを一益が制した。

「そうだ。その通りだ、慶次郎。悪事千里を走るという。もはやこのこと、隠しようもない」

それだけ言った一益は、微動もしない。

いや、身動きすらできない、というのが正しいのか。

密使来る

上方からの急使にて、本能寺の一件がもたらされたのは、変の五日後の六月七日。

一益は早馬《はやうま》を発し、上信《じょうしん》の城主たちを厩橋城へと召集した。

ほぼ同時に思わぬところから、使いが来た。

小田原《おだわら》の北条である。使者は、上方での変事、誠に遺憾《いかん》、必要とあらば助けるゆえ申し出よ、と極めて尊大な物言いで、主《あるじ》、北条氏直《うじなお》の書状を読み上げた。

早い――鼻息荒い北条の使者の横顔を見つめて、滝川家臣たちは一様にそう思っていた。

この使いは、明らかに厩橋の様子を探りに来ている。武田《たけだ》、上杉と縁を切り、信長からも邪険にされはじめた北条は、自衛のため情報収集に力を入れていた。おそらく北条の密使は、すでに上州の各城へも散っているであろう。

「さっそく死に体に蠅《はえ》がたかりだしたな」

慶次郎が、苦笑交じりの顔で言った。

まさに死に体。そう思えば、この厩橋に続々と参じてくる上州侍たちも、皆、蠅のように見えてくる。そんな奴らに、北条の密使は渡りに船であろう。上州侍はすでに次の勢力に迎合せんとしているに違いない。

「殿、いかがしますか」

さすがの益氏の顔も、疲労と焦燥で険しい。

「殿、明日には上州の寄騎衆《よりきしゅう》がみな集まりますぞ。いかに」

ふだんは大雑把な津田治右衛門も厳しい顔である。

ハハッ。慶次郎が乾いた笑いを天井に向けて発して、立ち上がった。

「殿も、そんな顰《しか》め面ばかりで詰め寄られてもなあ」

慶次郎がそのまま広間《ひろま》から去ると、あとは一同、重苦しい沈黙のなかに沈む。

一益はその中で一人端然と座っている。眉間《みけん》に少しだけ皺《しわ》を寄せ、目を細めていた。顔色はいつもと変わりない。その眼《め》が見つめているものが何なのか、誰もわからない。

その晩、厩橋城の天守《てんしゅ》最上階に一益の姿があった。

眼下に利根川が月明かりを青白く映して、流れている。

「ここの月は甲賀に似ている」

孫兵衛が傍らでつぶやいた。孫兵衛は本能寺の変を告げに来て以来、そのまま厩橋にとどまっている。別になにをするわけでもない。ただ一益の近くに侍っている。陽《ひ》のあるうちは、従者《じゅうしゃ》のようななりで、夜は忍び装束に身を固める。

「父上も奇特だな。憎んでいたんだろう？」

慶次郎はそんな孫兵衛を見かけては、含み笑いを投げかけていた。

「まだ、憎んでいるさ」

孫兵衛は応じるが、といって己の行動を説明できない。

（なぜこの男のことが）

気になるのか——一益の横顔を見つめては、絶えず自問している。

はるか昔に縁を切っている。家を捨て、里を捨て、そして最愛の妹を捨てた男。決して許すまいと、心に決めたはずであった。だが、信長の死を知った時、真っ先に思い浮かんだのはこの滝川一益の顔だった。そして、なぜか、この上州を目指していた。

その一益は信長横死の報以来、全くといっていいほど口をきかない。

（何を考えているのか）

孫兵衛にはわからない。だが、時はない。明日この厩橋城で評定《ひょうじょう》が開かれる。その場で、滝川家の方針を決めねばならない。妙策を出さねば、このまま統制もとれず、滝川軍団は崩壊する。あの武田ですら、末期は脆《もろ》かった。まして、一益は上州にきて間もなく、上州侍の間にしっかり根をおろしていない。早晩、北条、上杉も動き出すであろう。

(手詰まりなのだ)

懊悩《おうのう》する素振りは見せないが、その心中はいかがであろう。群臣は狼狽《ろうばい》し、いきり立つばかりで一益の力となれる者はいない。誰もが一益に頼り、その下知を求めている。

答えはない。どこにも見当たらない。

(これが一介の忍びなら、あるいは葉武者《はむしゃ》なら)

と、孫兵衛は思う。逃げるなり、突き進むなり、思うままに身一つで進退できよう。

一益は違う。織田家臣団《かしんだん》の重鎮《じゅうちん》であり、信長任命の関東管領《かんとうかんれい》であり、八千の家臣団の主であり、数十にも及ぶ上州武士団の盟主であった。いくら手詰まりでも、すべての者の思いを束ねて、進むべき最上の道を見出《みいだ》さねばならない。

(苦しいはずだ)

こんな時、誰かが近くにいてやらねばなるまい。それはもはや家臣ではなく、もっと気の置けない者のはずだった。

その存在になろう——孫兵衛は腹を決め、一益の身辺に影のようについている。

そんな孫兵衛にも、一益は胸中を明かさない。

人払いをして、一刻《いっとき》ほどたつ。

じじっと、燭台《しょくだい》の灯《あか》りが音をたてて揺れた。一益の眉《まゆ》が、ぴくりと、かすかに動いた。空気の動きを感じ取り、孫兵衛が身構えた。

窓から、薄黒い顔がのぞいた。天守の上まで登ってくるほどの腕を持っているものは、そうはいない。

「久しいな、半蔵《はんぞう》」

服部《はっとり》半蔵保長《やすなが》は、するりと窓からその身を忍ばせてきた。

ククッ。半蔵が笑うと彫りの深い顔が、くしゃりとつぶれた。

「殿が信長に招かれて、堺《さかい》におりました。もっとも、わしなんぞは陰からのお伴じゃが」

問いもしないのに、半蔵はすらすらと語った。

徳川家康《とくがわいえやす》は、安土城《あづちじょう》にて武田征伐慰労の接待を受けた後、堺を見物した。その途中、光秀の叛乱《はんらん》が起こった。

「えらい騒ぎよ。また都が焼けるであろうと、みな逃げだし始めておる。せっかく信長が作り上げた都も一夜でいくさ場じゃ」

半蔵は、また低く笑った。

「一人の男の死がここまで天下を揺るがすとはな。滝川殿、お主《ぬし》も運が尽きたな」

一益は右眉だけを微《かす》かにしかめた。

「戯言《ざれごと》をのべるために来たのではあるまい」

「我が殿は伊賀越《いがご》えにて逃れたわい。浜松《はままつ》に帰る目途《めど》がついて、わしは先を走った」

この伊賀越えは家康最大の危難といわれたが、これは後世《こうせい》描かれた作り話にすぎない。伊賀の地侍《じざむらい》への根回しをして鈴鹿越《すずかご》えで伊勢へ。そして、海から三河へと渡る。伊賀忍びの実力者、服部半蔵父子が動けば、難しいことではない。

「用向きをいえ」

一益の低い声音に、半蔵の笑いは、苦笑に変わった。

「相変わらず、弱みを見せぬ男じゃな。我が殿の使いじゃよ」

「なぜ、正使としてこず、忍んできた」

「そういう用向き、だからよ」

半蔵の声音にやや力がこもった。

「滝川殿、甲斐《かい》にはいりなされ。古府中《こふちゅう》をめざされよ」

信長の死で窮地に立たされたのは、一益だけではない。上州と同じく、旧武田領の甲斐、信濃《しなの》はたちまち危険地帯となった。北信濃の海津城主森武蔵守《かいづじょうしゅもりむさしのかみ》、南信濃の飯田城主毛利《いいだじょうしゅもうり》秀頼《ひでより》など、信長が配した新領主たちは、一揆《いっき》を恐れ、あるいは、その蜂起《ほうき》にあい、早々に領土を放棄して尾張《おわり》方面へと落ちた。

甲斐は武田なき後、織田家臣の河尻秀隆《かわじりひでたか》が治めている。秀隆はまだ甲斐にいるが、周囲がそのような状況である。一益と同じく身動きがとれなくなった。まして、甲斐は武田の本拠地だった土地である。一揆、武田旧臣の蠢動《しゅんどう》など、不穏な空気が満ち満ちている。

「早晩、甲斐には一揆が起きる。これは、河尻ごときでは抑えられぬ。お主、今なら自分の兵は活かせるじゃろう。わが殿の言葉はこうじゃ」

北条とは和議《わぎ》を結び、いさぎよく上野《こうずけ》を差し出し、信長の仇《かたき》を討つため上洛《じょうらく》すると申し出よ。北条は受けるであろう。無血で上州が手に入る。一益の大義に応ずることにもなり、体面上もすこぶる良い。あわよくば援軍でも寄こすぞ、と、半蔵は諄々《じゅんじゅん》と説いた。

「そのまま、兵を率いて古府中へ入れ、一揆勢など、ものの数でもないじゃろ」

一益は無言。朝冷えの湖水のように澄んだ顔の中で、眼光だけが刃《やいば》のごとく鋭い。

「お主が甲斐にはいるなら、殿も後ろ盾ができる。このままでは甲斐も信濃も荒れ放題となる。お主と殿でこの乱を抑えるのだ」

「そして、徳川殿は甲斐を獲るのだな」

一益の低い声が響くと、饒舌《じょうぜつ》だった半蔵の口元がにわかに強張る。

「上州が北条のものとなれば、甲斐信濃は北条、上杉に挟まれることになる。わしが入れば北条は攻め入らぬ。上州を差し出して和睦《わぼく》するのだからな。あとは上杉。上杉はお家騒動《いえそうどう》以来、越後《えちご》の回復に手一杯。わしを川中島《かわなかじま》あたりに差し向けて、徳川殿は甲斐、諏訪、松本平《まつもとだいら》と切り取るつもりか」

半蔵は少し間をおいた後、フゥッ、と嘆息した。

「だからといって、お主、他にどうする」

「甲斐の一揆とて、徳川殿が裏で糸を引くのであろう」

「まさか、一人でこの上州が保てるというのか。徳川に降るというなら、家康様もお主を援けることができるのじゃ」

半蔵の声には呆《あき》れが入り混じっている。

（そうだ、他に道はない）

孫兵衛は心中で頷《うなず》いた。もはや一益が、独力で打てる手はない。この申し出で、八方ふさがりの一益は居場所と後ろ盾を得、北条、徳川は利を得て矛を収める。悪くない話だった。織田領の甲斐、信濃を奪うには、家康としてもそれなりの名分《めいぶん》がいる。一益にその価値があるからこそ、陰から半蔵を差し向けたのであろう。

「滝川殿、我が殿はお主を見込んでおる。むざと死なせたくないと惜しんでおるのだぞ」

半蔵の声もいつになく力が入っている。だが、一益の顔色はかわらない。

「もはや、お主に行き場はない。ないのだぞ、滝川殿」

一益は、まだ無言。半蔵はしばしの沈黙のあと、首をゆっくり横に振った。

「無駄死にじゃ」

半蔵の最後の言葉だった。

無駄死に。その言葉がふわりと宙に舞ったかと思うと、半蔵の姿はすでに消えていた。

（いったい、どうするつもりだ）

孫兵衛は、静かに佇む一益の横顔を、見守っている。

厩橋評定

翌朝、厩橋城の本丸《ほんまる》主殿の大広間に傘下《さんか》の城主たちが勢揃《せいぞろ》いした。

信州《しんしゅう》松尾と上州岩櫃《いわびつ》に跨《また》がって城を持つ真田安房守《あわのかみ》昌幸を筆頭に、上州国峰城主《くにみねじょうしゅ》小幡信真《おばたのぶざね》、鷹巣城主《たかすじょうしゅ》鷹巣信尚《たかすのぶひさ》、金山城主《かなやまじょうしゅ》由良国繁《ゆらくにしげ》、舘林城主《たてばやしじょうしゅ》長尾顕長《ながおあきなが》、小俣城主《おまたじょうしゅ》渋川義勝《しぶかわよしかつ》、倉賀野城主《くらがのじょうしゅ》倉賀野秀景《くらがのひでかげ》、白倉城主《しらくらじょうしゅ》白倉左衛門佐《しらくらさえもんのすけ》、藤岡城主《ふじおかじょうしゅ》内藤秋宣《ないとうあきのぶ》、安中城主《あんなかじょうしゅ》安中越前守《あんなかえちぜんのかみ》、高山城主《たかやまじょうしゅ》高山重光《たかやましげみつ》、五閑城主《ごかんじょうしゅ》五閑刑部《ごかんぎょうぶ》、小泉城主《こいずみじょうしゅ》富岡六郎四郎《とみおかろくろうしろう》、石倉城主《いしくらじょうしゅ》長根縫殿介《ながねぬいのすけ》、大戸城主《おおとじょうしゅ》大戸直光《おおとなおみつ》、木部城主《きべじょうしゅ》木部貞利《きべさだとし》、和田城主《わだじょうしゅ》和田信業《わだのぶなり》、那波城主《なわじょうしゅ》那波宗元《なわむねもと》、そして武州《ぶしゅう》から忍城主《おしじょうしゅ》成田下総守《なりたしもうさのかみ》、深谷城主《ふかやじょうしゅ》上杉憲盛《うえすぎのりもり》、松山城主《まつやまじょうしゅ》上田正朝《うえだまさとも》など、参集者は、東信濃、上野のみならず北武蔵の要衝《ようしょう》からも来ていた。

（錚々《そうそう》たる顔ぶれだ）

孫兵衛はこの日は従者の体で控え、参集の上州侍の案内をしたり、湯茶をふるまったりしていた。

参集者はむっつりと黙りこみ、広間の空気は一触すると破裂せんばかりに張りつめている。なにか語れば、心のうちが露見してしまうと恐れているのか。それを封じ込めるように神妙な顔つきで、みな座っていた。

上段に座った一益は、真正面を見据えていた。一段下に座る益氏が評定の口火を切った。

「去る六月二日、京本能寺にて織田右大臣公《うだいじんこう》は、明智日向守の謀叛にて落命された」

一同、視線をわずかにあげ、驚いた顔はする。だが、皆すでに知っている。百戦錬磨の小領主達は、先《ま》ず己の腹のうちなど見せない。やがてその目を伏せ、信長の死を悼む顔をしつつ、周りを、なにより一益の顔色をうかがっている。しばしの沈黙が、長く、とてつもなく長く、感じられる。

咳《しわぶき》一つ聞こえない。みな、次にどんな言葉がくるのかを、固唾《かたず》をのんで待っている。

「聞くがよい」

一同、肩をビクリと震わせた。一益の声は底響きする力を持っていた。

「諸侯より預かった妻子を返す。わしは京に上り、上様の仇を討つ」

一瞬、奇妙な静寂が広間を支配した。意外な一益の言葉に、呆然《ぼうぜん》とする者や眼をしとしとと瞬く者、皆、息をすることも忘れていた。

人質を返す。

もはや織田政権が崩壊したこの上州で、己の楯《たて》となる諸侯の人質を返してしまう。

(それでは、敵の真っ只中《ただなか》に裸で立つようなものではないか)

(ここはつい三月前、武田の領地だったのだぞ)

諸将は、その心中を図りかね、静かに混乱していた。

その中で、一人、ふうっと息を吐き、膝《ひざ》を進めた男がいる。一同、息を詰めて見つめた。

「潔い、まさに武人《ぶじん》の鑑《かがみ》ともいうべきお振舞いかな。我らはもはや、滝川様を主と仰ぎし者。心は滝川様とともにあり。人質とてお手元に留め置きくだされ」

掠《かす》れ声が、室内に響いた。

真田昌幸。孫兵衛の眼は、身を乗り出した小男の背中を凝視した。

最も胡散臭《うさんくさ》い男が口火をきった。その言葉、とても信じられるものではない。

「そうじゃ」

倉賀野秀景が続いた。

「右大臣公が亡《な》かろうとも、我らは滝川様に忠節をつくす。京を目指すなり、この上州を守るなり、滝川様の先手となり働きましょうぞ」

そうなると、あとは雪崩《なだれ》のように、我も我もと続く。

一益の信義に外様の諸将が熱い心で応じた。一見、感動的な情景であった。

(こやつら、心にもないことを)

全く信じられない。孫兵衛の心は冷めていた。真田の松尾城にはどこより早く上方の乱の報せが駆けこんだはずだし、北条とは武田崩壊以来密使を行き来させているという噂《うわさ》が絶えない。他の者も戦国の世を通じて面従腹背を繰り返してきた奴輩《やつばら》であった。

「おのおのがた、かたじけない」

一益は頭をさげた。

（一益様もまさか、信じていまい）

駆け引きであろう。孫兵衛は、真正面になおった一益の顔をみつめた。

相変わらず、その顔は氷のように澄んでいる。

「しからば、まずは南へ進み、北条と一戦いたす」

熱く沸いていた座が、にわかに静まった。

「北条は、はや、この一益を討ちとり、上州の地を奪わんとしている。座して待たず、こちらより討って出る。北条を屠《ほふ》って上方へ向かう」

一同、啞然《あぜん》としている。

「と、殿」

思わず、うわ言のように口を開いたのは、益氏である。

外様《とざま》の上州侍ばかりでない。益氏も平右衛門も治右衛門も滝川家臣すべても、眼を丸くしていた。いくら上州侍が当面寝返らずとも、周りは敵ばかり。味方もいつ裏切るかもわからない。この状況下で遠征するという。しかも敵の北条は強大である。

（北条と一戦？）

諸将の眼は再び泳ぐ。上州の小大名たちは皆、陰で北条の誘いを受けているのである。

（厩橋に籠《こも》らず？）（討って出る？）

本日、ここに集った者たちの感情も、右へ、左へ、うねり続けている。

常道なら上州の地の守りを固めるところである。諸将も、勝手知ったる上州でなら、いかようにでも動ける。やがて来る北条の大軍を待ち受け、頃《ころ》の良いところで、内応投降すればよい。これで一益に対して筋は通したことになる。一益が降伏しようと、滅びようと、人質は殺されないであろう。隙《すき》をみて奪い返してもよい。

上州侍は、織田家臣の滝川一益と心中する気など微塵《みじん》もない。大事なのは己の城と所領の安堵《あんど》のみ。いままで強豪たちのせめぎ合いの下でも、そうして身を保ってきたのである。だが、そんな目論《もくろ》みも出戦とあれば一変する。

ククッ――不意に、くぐもった笑い声が広間に響いた。

「あっはっはっは。面白い。やりましょう。明朝にでも出陣しましょう」

心から楽しげな笑いと共に、慶次郎は腹を抱え、高らかに叫んでいた。

この男も、この腹の探り合いに、うんざりしていたのである。

どうせ、この関東のどこにも、滝川一益の居場所はない。

（ならば、華々しく一戦するべし）

あとはなるようになるであろう。

出陣

明朝、出陣。だが、いく先は北条のいる南ではなく、北であった。

出戦を決めたとたん、懸念されていた乱はおきた。

武田旧臣藤田《ふじた》信吉《のぶよし》は五千もの兵を起こして、滝川儀太夫が拠《よ》る沼田城を奪わんとした。

急報をうけ、滝川勢は沼田救援へと向う。暁闇《ぎょうあん》の中、八千の精鋭は粛々と厩橋城を出た。

先鋒《せんぽう》は前田慶次郎と笹岡平右衛門。中軍を津田治右衛門、その弟の八郎五郎《はちろうごろう》、富田喜太郎《とみたきたろう》、牧野伝蔵《まきのでんぞう》、谷崎忠右衛門《たにざきちゅうえもん》、粟田金右衛門《あわたきんえもん》、日置文右衛門《ひおきぶんえもん》、岩田市右衛門《いわたいちえもん》、太田五右衛門《おおたごえもん》らが固める。一益は旗本《はたもと》を従えて本軍を率い、後備えとして滝川益氏が続いた。

「進むも滝川、退くも滝川」と呼ばれた、織田最強の滝川兵団の雄々しい行軍であった。

孫兵衛は具足《ぐそく》に身を固め、一益の馬の口取りをしている。もはや片時も、一益の傍《そば》を離れまいと、この男も意を決していた。

ふと、孫兵衛は、軍勢の進む前方を見渡した。平野は深い緑に覆われ、行く手は山嶺に囲まれている。榛名《はるな》、赤城《あかぎ》の山々が雄大な山並みを見せていた。この険しい山に守られた豊穣な大地。寒暖の差は激しいが作物の実りは豊かである。ここを根拠としてじっくりと国造りをすれば、さぞや強い国がつくれたであろう。だが、天は一益に時を与えなかった。

振り返ると、厩橋城の三層の天守が、朝焼けを背景に黒々と浮かび上がる。そして、城の後方、南の方角は明々と開けていた。広大な関八州《かんはっしゅう》の平野から朝日が昇りつつあった。

やがて、その南から野をうずめつつ巨大な敵が迫りくる。

（再び帰れるのか）

帰れまい。そんな気がする。孫兵衛は軽く首を振って、不吉な想いを振り払った。


沼田城主儀太夫の奮迅の働きと援軍の来着により、藤田信吉は越後へと敗走した。

藤田信吉は、北条から武田、織田と渡り歩いた札付きの日和見者である。

乱は大火事になる前に収拾されたように見えたが、この謀叛は上州勢が滝川一途でないことを暗示する出来事であった。日和見といえば上州侍は皆そうなのだ。上州勢と滝川一党の心にある暗い疑念は、細波《さざなみ》のように拡がっていた。

「藤田なんぞ、ものの数ではない」

儀太夫は水曲輪《みずくるわ》まで攻め落とされ、本丸でなんとか城を死守した。

余裕はなかったはずだが、顔を見せるとまず高笑いし、すぐ真顔になって、

「北条と合戦ですな。わしも連れて行ってくだされよ」

目を爛《らん》と輝かせていった。越後上杉に備えて沼田城の守備をする、という役目は、この男には耐えがたいようだった。

「城代なんぞ、誰かにやらせてくだされ」

儀太夫は儀太夫で迫りくる運命を感じているようだった。

滝川勢は臨戦態勢のまま反転し、和田《わだ》（高崎）まで兵をすすめた。

上州の各将の軍勢が続々と駆けつけ、総勢は一万八千ほどに膨れ上がっている。

「思いのほか、集まりましたな」

儀太夫は、楽しげな顔である。元来、合戦が好きな男だ。

「ですが、どれほど働きますやら」

益氏はつぶやくが、この男の顔にももう迷いはなく、いつもの笑みで続ける。

「上州の者どもも、あれよと言う間にいくさ場に駆りだされ、さぞ迷惑しておりましょう」

「ま、これぐらい兵がおれば、いかに北条が大軍だろうと、面白きいくさができましょう」

慶次郎は、いつにも増して意気揚々と赤光りする大槍《おおやり》をしごいた。

滝川勢南下の報を得て、北条方も動いていた。

北条領の北を守る要、武蔵鉢形城主北条氏邦《むさしはちがたじようしゆほうじようじくに》は、滝川・上州連合軍の武州乱入を防ぐべく三千の兵力で出陣した。時を同じくして、当主北条氏直を総大将とした本軍は小田原を出陣。相模、武蔵の兵を糾合しつつ北上を開始した。その兵力は道々膨れ上がり、五万を超える勢いであった。

次々入る斥候《せつこう》の知らせは、いずれも敵の強大さを報じてくる。

「この素早き動き、やはり北条はこの上州を狙《ねら》っておりましたな」

孫兵衛は馬を曳《ひ》きながら、一益を見上げた。

一益は頷くだけで、相変わらず表情を動かさず前をみつめている。

その眼がいったい何を見つめているのか、依然としてわからない。わからないが、決戦の日は確実に近づいている。


上野と武蔵の国境を流れる神流川《かんながわ》。

一益率いる滝川・上州勢連合軍は軍を進め、この川の手前にて軍議を設けた。

川向うに、北条方最北端の城、金窪城《かなくぼじょう》がある。北条本軍の到着の前に金窪城を落とし、武州側の拠点を得る、という戦略を儀太夫が話し出したとき、物見《ものみ》が駆け込んできた。

「北条氏邦の援軍が神流川対岸に布陣した模様」

神流川渡河《とか》と金窪城攻めを牽制し、連合軍を武州に入れまいとする魂胆であろう。

「我ら上州兵が北条に備えましょう。滝川殿の手勢は金窪城へ」

誰ともなく申し出た言葉に、上州勢は皆、応と頷いた。

戦略としては悪くない。金窪城は小城、滝川勢八千が揉《も》み潰《つぶ》すに苦労はない。

北条氏邦の援軍は三千。小田原からの本隊が着かぬ今、積極的に攻めよせることはないであろう。

一万の上州勢で牽制すれば充分であった。が、その裏側は、後々のため北条方の城を攻め落としたくないという、逃げの策ともとれた。

儀太夫、益氏は顔を見合わせたが、一益は、

「それでよし」

と、一言で断をくだした。連合軍は明日の渡河作戦に備え、布陣を変えた。

翌六月十八日、夜明けとともに霧が出た。深く濃い霧が視界を奪う中、連合軍は神流川を押し渡る。儀太夫、慶次郎ら滝川勢は金窪城攻めへ向かうべく左手へ迂回《うかい》。上州勢は北条氏邦勢を牽制するべく、前面に押し出す。滝川勢が金窪城へと襲いかかると同時に、激しい銃撃音が神流川の河原に響き渡った。

「北条勢が上州勢に撃ちかかっております」

物見が咳き込むように述べた。北条氏邦は本軍の到着を待たずに合戦の火ぶたを切った。

神流川ほとりの高台に本陣を置いた一益は、銃声がこだまする東南を見つめていた。

霧がたち込め、一町（約百十メートル）先も見えない。

（上州勢は働くのか）

一益の横顔をみつめる孫兵衛の胸中は、濃霧で閉ざされたように晴れない。

戦況への不安がとめどなく湧《わ》き出《で》ている。

「北条氏邦の手勢が、炎のごとく荒れ狂っております」

「上州衆、果敢に応じ、押し戻しております」

物見の報告は駆けよるたび、混戦の様子を捲《まく》し立《た》てる。

やがて陽が昇り、夏の日差しが大地を照らし始めると、戦場の全容がわかった。

滝川勢が攻める金窪城は、すでに紅蓮《ぐれん》の炎が上がり、黒煙が天に向け昇っている。

勝鬨《かちどき》が上がり、銃声《じゆうせい》も収まりつつあった。予定通りの勝ち戦である。

(まずいのはこっちだ)

孫兵衛は振り返ると、唇を噛んだ。神流川河原で、北条氏邦勢三千と上州勢一万は押しつ押されつ、激しくもみ合っている。

(戦っていない)

傍目《はため》には激戦のように見えるが、その実、双方とも敵が押せば退《ひ》き、退けば押しの繰り返しである。深追いもせず様子を見ている。

兵数では、上州勢が優位なのだが、これでは五分五分となるのも当たり前だった。

「あの小勢《こぜい》の北条をまだ崩せぬのですか」

後備えで残っている益氏は本陣に登ってくるや呆れ混じりに言い、踵《きびす》を返した。

「拙者《せつしや》がいきましょう」

「その必要はない、見よ」

一益の声音は変わらない。北条勢はすでに撤退を始めていた。予定通りのことであろう。救うはずの金窪城は落ちた。北条氏直の大軍はそこまで来ている。無理をする意味がない。対して上州勢は、追討ちもせず、神流川の河原で陣を整え始めていた。

「奴ら、なぜ追わぬ」

益氏が声を荒らげた。兵力も戦況も優勢な上州勢としては、せめてこの北条氏邦勢の殲滅《せんめつ》を図るべきである。それぐらいはできるはずだった。伝令が走りこんできた。

「朝方からの合戦《かっせん》にて、兵の疲労おびただしく、休息したし」

益氏始め本陣の士卒全ての顔が、怒りでひきつった。

「なにを呆《ほう》けたことを」

怒声があがる。拳《こぶし》をガチリと胸の前で打ち合わせる者、槍の石突《いしづき》を地に突き刺す者もいた。上州侍のその言、とても合戦に臨む者とは思えない。

断ち切る

神流川を渡って夜営した連合軍の本陣に、その晩、一人の不審者が紛れ込んだ。

薄汚れた旅商人のなりをしたその男は、「上方より、池田勝入斎《いけだしょうにゅうさい》入道《にゅうどう》の使いの者」と言い張って、一益への目通りを願った。

「なにやら内密の大事とのことですが、知らぬ顔です」

取次いだ儀太夫は胡散臭そうに言ったが、一益は即座に、

「会おう」

と、言い切った。

上座《かみざ》で床几《しょうぎ》に座る一益の横に、従者姿の孫兵衛だけが控えている。一益は人払いを命じたが、孫兵衛だけは頑《かたく》なに傍から離れない。

十歩ほど離れたところに男は土下座し、面《おもて》を伏せたまま語りだした。

「去る六月十三日、都の南、山崎《やまざき》にて、羽柴秀吉《はしばひでよし》率いる織田勢三万七千と明智勢一万五千が決戦に及び、織田勢が大勝利。その晩、明智光秀は小栗栖《おぐるす》にて落ち武者《むしゃ》狩りにあい、落命しました」

孫兵衛は心中、舌打ちした。

(早い)

こんなにも早く明智討伐が終わるとは。

もはや、戦いの名分はなくなった。

この報せはすぐに上州勢にも、北条にも、届くであろう。

滝川の兵たちとて、この報をいかに聞くのか。目標を失った兵の士気を保つのは難しい。

だが、この状況でも滝川勢は戦うしかない。北条の大軍は迫りつつある。狙いは一益の首。滝川勢が、これを打ち破らねばならないことに変わりはない。

横目で見やっても一益の表情は変わらない。だが、その胸中はいかがなものか。この変転につぐ変転をどう受け止めているのか。それを考えるだけで、鉛でも飲み込んだように孫兵衛の胸は重くなる。活路がない。光明は見えず、重圧だけがのしかかってくる。

「それで」

一益がようやく放った一言で、孫兵衛は我に返った。男は地に平伏《へいふく》したままでいる。

（む）

孫兵衛は、初めてこの小汚いなりをした男の、異様な気配に気づいた。

そのまま、両者は沈黙していた。男は蛙《かえる》のように蹲《うずくま》っている。篝火《かがりび》の焚《た》き木《ぎ》が燃え盛る音だけが、パチパチと空間を支配した。幔幕《まんまく》が時折風にあおられ、バサリとはためく。そのときだけ灯りがゆらりと揺れ、幕内の景色が明滅する。四半刻《しはんとき》もたったころ、一益は口を開いた。

「やっとあらわれたか、段蔵《だんぞう》」

男は面をあげ立ち上がると、するすると衣服を脱ぎ捨てた。

現れたのは忍び装束の白髪痩身《そうしん》の男であった。

（加藤《かとう》段蔵、これが飛び加藤か）

平伏していたときは中年輩の男と思っていたが、今、目の前に立ったのは、皺深《しわぶか》い老人だった。相当な老齢のはずだが、その全身から妖気《ようき》のごとき力が漂うのを感じた。

その段蔵は一益を見つめていた視線を、傍らの孫兵衛にちらりと流した。

老忍びの落《お》ち窪《くぼ》んだ眼は、暗く澱《よど》んでいる。その窪みの奥底が、どろっと黒光りを放ったように見えた。と、そのとき、孫兵衛は段蔵の幻術《げんじゅつ》に落ちていた。

視界は一気に漆黒《しっこく》の闇に閉ざされた。その中に一益の姿だけが、ゆらゆらと白く浮かんだ。手足の自由は利かない。まるで岩でも背負わされたように、体が重い。

（わしとしたことが）

これまで幻術になどかかったことはない。だが、今、こんなにたやすくかかってしまった。段蔵の腕もさることながら、孫兵衛は己の老いと不覚を恥じた。

（よほど、疲れている）

本能寺の変から、この上州まで馳《は》せ参《さん》じ、一益の傍らに付いていた。明日の見えないこの手詰まり状態。四方を敵に囲まれ、いつ寝首《ねくび》をかかれるかもわからない。傍にいる孫兵衛でも心労は極限まで達した。

「おまえの末路を見届けにきたわい」

漆黒の闇の中から、耳障《みみざわ》りなしゃがれ声が響いた。この闇は幻覚である。加藤段蔵は近くにいる。

一益は床几に腰かけたまま、微動もしていない。

（いや、動けぬのだろう）

孫兵衛でさえこの有様である。幻術に縛られ身動きできずにいるのだ。

「段蔵、貴様《きさま》を待っていた」

「なんじゃと」

「わしが細々と生き延びんと足掻《あが》いていたら、おまえは我が前には現れんだろうが」

クククッと、低い忍び笑いが響いた。

「さすがにわしのような日蔭者《ひかげもの》とは違うな一益、そんなところを見込んだものよ。だがな、一益、お前、もう信長の仇討ちどころではないだろうが。いったい何のために戦う」

「一つ聞きたい」

一益の声は抑揚がない。

「貴様、仕掛けたのか」

「なんのことだ」

「しれたこと」

「おっと、わしはなにもしとらんぞ。明智光秀ほどの武人の心、この段蔵のごとき者が操れようか。だがな、あの男、かなり気を病んでおったわ」

一益の眼がかすかに光ったように見えた。

疲弊した光秀の心に段蔵が幻術を掛け、気鬱に拍車をかけた、ともとれる。

「一益、あの時、言うたぞ。侍なぞやめろとな。武田も織田も滅ぶ。武家の栄華など一夜の夢よ」

言葉の波が心地よく寄せては引く。孫兵衛はときに遠のきそうになる意識を、必死に保った。一度、不覚幻術に陥ると、容易に抜けることはできない。完全に術の虜《とりこ》であった。

「武田は信玄の言葉どおり、十年で滅びた。もはや時勢に抗《あらが》う力はなかった。信玄はそれを知っていた。もはや未練《みれん》もなかったのだ」

「まあ、どちらでもよい、一益、おまえもとうとう行き詰まりの袋小路じゃ。信長なんぞにずるずると仕えて、侍に縛られた報いを受けけい」

段蔵の声は四方から響く。まるで何人もの段蔵に囲まれているようだった。

「羽柴秀吉が天下を獲るぞ」

明智を討った男、秀吉が天下を継承するのか。

「あの猿男、貴様のことを目の仇にしておるわ。己こそ、信長の寵愛第一と自負していたからな」

「知っている」

「ふ、ふ。強がっても秀吉の天下にお前は名を連ねられぬぞ」

段蔵の声には嘲弄の笑みが混じる。

「裏の世界に潜んでおればもっと自由に生きられたものを。くだらぬ役を負わされて落ちた無間地獄《むげんじごく》。苦しいだろうが、一益」

「だまれ」

一益が鋭く声をあげた。

「世捨て人を気どるなら、現世にかかわるでない」

一歩踏みだした一益は、雷電のように剣を抜きはらった。

同時に、孫兵衛の視界から闇が落ちた。幻術が解けた。

篝火は細い灯りをともし続けている。その中に、剣を携えた一益が端然と立っていた。刀身からは、ぬらぬらと赤黒い血が滴り、足元に夥《おびただ》しい血が飛び散っている。

「お、お前、術にかからなんだか」

姿なく響く段蔵の声が、初めて浮ついていた。

「信玄とともに果てるべきを、この世に未練を残した。そのさま、醜い」

「聞きわけのない男よ、現世など儚《はかな》いぞ。信玄も信長もな。いいわい、いくさのなかでさむらいとしてはてよ、かずます……」

段蔵の声は次第に遠のいた。おそらく致命傷であろう。人知れず息絶えるに違いない。

孫兵衛は、一部始終を茫然《ぼうぜん》と見ていた。体が小刻みに震えるのは、まだ幻術の余韻が残っているのか、それとも、己の別の感情のせいか、定かではない。

(この状況で、あの凄《すさ》まじき幻術にもかからず)

それどころか、術を逆手にとり、段蔵の姿を捕捉《ほそく》して斬った。

一益こそ、心身ともに疲弊しきっているはずではなかったのか。

(一益様の心は)

もう乱れることはないのか。

心が見えない、いや、そうではない、その心は今や空気のように澄んでいるのか。

孫兵衛は一益の横顔をみつめ、畏怖《いふ》にも似た想《おも》いに駆られる。一益は表情を変えない。白いものが混じる鬢《びん》が微かに震えていた。

決戦　神流川

翌六月十九日未明。神流川周辺には前日と同じく、濃霧が垂れこめている。

北条氏直の大軍が本庄《ほんじょう》まで陣を進めた、との報がもたらされると、上州勢は神流川の対岸へ退くべしと進言してきていた。このままでは大軍を相手に川を背にして戦わねばならない。防衛線を川向うまで下げよう、というのだ。

「せっかく金窪をおとしたというに、退くというのか」

消極策である。儀太夫が激しく詰《なじ》った。

「だが、上州勢の加勢がなくては戦えぬ。このまま対峙しては裏崩れとなりかねぬ」

益氏は融和をはかろうとした。

「ここまで出張っておいて退くなど、兵の士気にかかわる」

儀太夫の激しい言葉に、場が静まる。

といってどうすればいいのか、とっさに答えも出ない。

「わしと治右衛門が手勢を率いて先駆けしましょう。北条は大軍、嵩《かさ》にかかって攻めよせましょう。

そこを殿と上州勢にてご加勢ください」

笹岡平右衛門が献じた言葉に、皆、眉《まゆ》を曇らせた。

悲壮な策であった。全兵力でも一万八千と五万。圧倒的に不利なのである。囮《おとり》の先手が突出して敵をおびき出した後に、一丸となって戦えるのか。上州勢一万の戦意は高いといえない。むしろ、及び腰なのである。下手をすれば、この先手は全滅するかもしれない。

「わしが先鋒にでよう」

一益の声に、家臣一同、目を剝き、振り返った。

総勢一万八千の連合軍である。総大将は、後方の本陣に腰を据えるのが常道であった。

「五千の本軍は上州勢と共にここに残す」

滝川勢八千のうち五千を残すと、先鋒は三千。それを一益自ら率いるという。一同の目に、怒りにも似た炎が宿った。

「殿、ならぬ、ならぬ」

儀太夫は怒声をあげた。

「わしが北条の先鋒を叩《たた》いたら、上州勢とともに、あとに続け。それにな」

一益の態度は明朗である。

「わしが出てこそ、上州の者どもの重い腰もあがるであろう」

その言葉は、すべての者の胸に響いた。

「ならばせめて、兵を倍は連れて行ってくれ」

儀太夫は食い下がる。

「五千の後詰《ごづめ》がなければ、あ奴らは真っ先に逃げ出すぞ」

一益は、上州勢の布陣する方角へ顎《あご》をしゃくった。

皆、押し黙った。一益のその澄んだ表情に、抵抗しがたい決意が見られた。

「殿、拙者がお伴しましょう」

笹岡平右衛門が口火を切った。一益を一人にさせるか、という口振りである。

「いくら殿とて、武功の一人占めはずるい」

津田治右衛門もニヤリと笑って、両の手を胸の前で握り合わせた。

「俺も行こう。俺は後詰なんてできない不精者でな」

慶次郎の口振りは相変わらず軽いが、目には闘志の光が宿る。

「おい、わしもいくぞ」

儀太夫は嚙みつくように言った。

一益はもう止めることもない。頷き、一人唇を嚙みしめている益氏を振り返った。

「残ってくれるな、益氏」

「酷なことを」

益氏は、頑なに首を横に振った。

「わしの名代《みょうだい》が務められるのは、お前しかおらぬ。お前が睨《にら》みを利かせるのだ」

一益は益氏に歩み寄り、右手で肩を摑《つか》んだ。

「頼むよ、新助《しんすけ》」

一益の声が低く響くと、益氏は伏し目がちだった視線をあげた。

何かを感じ取ったのか、滝川新助益氏は、思い詰めた顔で一度だけ頷いた。


朝霧が徐々に薄れ、夏の日差しが大地を照らし始めた。

今日も格別に暑くなりそうだった。

法螺貝《ほらがい》がぼぉぼぉうと戦場に鳴り渡り、押し太鼓の重低音が兵の心を鼓舞していく。

多少の起伏はあるが、神流川近辺は、広濶《こうかつ》な平地である。北条勢の先鋒が左右に展開するのが、くっきりと見て取れた。兵がうごめく音が細波のごとく響いてくる。

笹岡平右衛門、津田治右衛門は、先鋒部隊の先駆けとなるべく、駿馬《しゅんめ》に飛び乗った。

「平右衛門、治右衛門」

その武骨な背中に、一益の低く通る声が張りついた。

「久々に派手にいく」

平右衛門と治右衛門が見開いた目を見合わせ、

「ハッ」「おうよ」

野太い声で応じた。そのやり取りだけで、三千の滝川兵は奮い立った。

ウオォウ、と一同、雄叫《おたけ》びをあげる。平右衛門は、全身に鳥肌が立つほど心が震えていた。感動なのか武者震いなのか、もはや陶然としている。

「行きましょう。それがしが露払いを」

弓鉄砲の放ちあいもそこそこに、平右衛門、治右衛門は、競うように駆けだした。三千の滝川兵が密集して続く。劣勢の兵力を跳ね返すのは、一丸となった急襲しかない。接近戦に持ち込み、撃破につぐ撃破で敵を粉砕する。北条の大軍は先鋒だけでも倍の兵力である。が、そんなことを気にしてはいられない。平右衛門は自慢の槍を右に左に繰り出しつつ、先陣を切る。まるで、楔《くさび》を打ち込むように、北条兵の人垣《ひとがき》が割け、崩れる。

「ゆけや、ゆけゆけ。北条は弱いぞ」

横に駿馬に鞭当《むちあ》て、叫び続ける津田治右衛門がいた。この男も心から楽しそうであった。

前方に逃げ散る兵を支えようと、叱咤《しった》する敵将が見えた。

「おう、健気な」

平右衛門が馬を寄せ、名乗りをあげようとした瞬間、銃声一発、将は馬上から転げ落ちた。わあっと喊声《かんせい》をあげて、味方の兵が駆け込み、首をかき落とす。

振り返ると、馬上、鉄砲《てっぽう》を構えた一益がいる。

「殿、おみごと」

思わず叫んだ平右衛門に、治右衛門のがなり声が応じる。

「あまり、我らの獲物をとらんでくだされ」

一益は銃身から顔を外し頷くと、鉄砲を近習《きんじゅ》に放《ほう》り投げた。

旗本たちが啞然《あぜん》とする中、槍持ちの小姓《こしょう》から奪い取るように槍をもぎ取ると、馬腹を蹴《け》った。

「との」

平右衛門、治右衛門ともに、童《わらべ》のように眼を見開いて、叫んだ。

滝川一益ほどの武将が槍働《やりばたら》きをする。関東管領、一万八千の大連合軍を束ねる総大将である。

旗本の士すべてが必死の形相《ぎょうそう》で駆け出した。皆、一益を討たすな、という思いと、一緒に駆けたい、という思いが混ざり合い、恍惚《こうこつ》としている。

一益の前衛で、槍を振りまわす慶次郎の働きはまた凄まじい。この日の慶次郎は、面頬《めんぼお》から草摺《くさずり》までを朱色で統一した、炎のごとき赤備《あかぞな》えであった。そして、槍はお気に入りの朱槍である。その丸太のごとき太身の朱槍が一閃《いっせん》するたび、北条兵の首が、三つ、四つ、宙に跳ねる。阿修羅《あしゅら》のごとき姿で、血飛沫《ちしぶき》を吹き飛ばしながら、突き進んでいく。

この日、一益をはじめとした滝川勢三千の士卒すべてが、完全無垢《かんぜんむく》な戦士であった。

「治右衛門、このいくさ、われらは槍働きのみに精を出せるぞ」

平右衛門は、もはや己が将であることを忘れている。

「おうよ、ところで平右衛門」

「なんだ」

「わしらは、殿に拾ってもらった輩《やから》よな」

「む」

と、平右衛門は槍を振るう手をとめ、横目で治右衛門の顔を見た。

瞬間、二人とも、呵々《かか》と弾《はじ》けるように笑った。満面を崩したまま、激しく頷く。

「されば、本日、この世に悔いは残らん」

平右衛門は手綱《たづな》を引き、力の限り馬腹を蹴る。負けじと、治右衛門も諸手《もろて》で槍を頭上にあげ、雄叫びをあげた。

侍大将《さむらいだいしょう》の二人がこの調子である。一益率いる三千は、異常な勢いで倍以上の敵勢を蹂躙《じゅうりん》しつづける。

孫兵衛は従者のなりで一益の後ろを駆けていた。

(この戦意はなんじゃ。滝川兵のいくさとは、かように苛烈《かれつ》か)

尋常ならざる様子だった。兵全員が、この世の果てにいるかのような、そんな壮烈な気概を背負っている。

「孫兵衛殿」

ぐい、と肩を鷲摑《わしづか》みにされ、振り向く。

「その昔、信長は小勢にて美濃へ攻め込み、自ら鉄砲を放ち戦った」

滝川儀太夫は、血走った眼でまくしたてた。

「そして、その身を殿軍《しんがり》として晒《さら》して、敵を撃ちつづけた」

その口から言葉はとめどなく溢《あふ》れ出る。まるで何かに憑《つ》かれているようである。

「孫兵衛殿、いざというとき、殿を、なにとぞ、殿を頼む」

儀太夫は、孫兵衛の顔を覗《のぞ》き込んだ。

（いったい、なんじゃ、こいつら、どうなっている）

おかしいではないか。希望のないいくさに臨んでいる。これがそんな兵たちの姿なのか。

孫兵衛は首を激しく振った。


激闘二刻（約四時間）。大道寺《だいどうじ》政繁《まさしげ》、松田《まつだ》憲秀《のりひで》らの北条先鋒部隊は粉砕され、散り散りとなって退いていく。緒戦は滝川勢の圧勝で終わった。

「見よ、北条の後詰がくる」

津田治右衛門の声はすっかり戦場嗄《が》れしている。彼方に濛々《もうもう》たる砂塵《さじん》があがっていた。北条の本軍は地の果てを黒々と染めながら馳《は》せ参《さん》じつつあった。大軍勢が大地を踏みしめる音が地鳴りとなって響く。こんどは細波どころか津波の襲来であった。

「いよいよ本腰だな」

先鋒の役割は終わった。今こそ、後詰の総勢を繰り出し、決戦するべきであった。

兵力は劣ろうとも、この緒戦の勢いなら五分の戦いができよう。

平右衛門は後方を振り返る。

そこに、信じられぬ光景を見た。

いや、薄々予感していたかもしれないが、真と思いたくない現実がそこにはあった。

(動いていない)

平右衛門は思わず、ギリギリと歯ぎしりをした。

一万の上州勢の旗は、そのまま烈火のごとき太陽が照りつける神流川の河原で萎《しお》れていた。

「奴ら、なぜ動かぬ」

同じく気づいた治右衛門の怒声が響きわたる。

見開いたその眼球から、鮮血が滲《にじ》みそうなほどである。

「治右衛門」

一呼吸置いた平右衛門は、もう怒りを捨てていた。

もとより、このような日がくることを感じていたのではないか。ならば——

喜悦ともいえる光を眼に浮かべ、

「死に時ぞ」

と、裂けんばかりに口を開け言った。

回帰

滝川一益はその時、床几に腰をおろし、静かに前方をみつめていた。

暑い日だった。草地からめらめらと熱気が天へと昇って行くのが見えるかのような、灼熱《しゃくねつ》の夏日であった。

「一益様、あれは動かぬぞ」

孫兵衛はうしろの上州勢を見て顎をしゃくった。

「殿、益氏の後詰を動かし、全軍を押しださせねば」

儀太夫が早口にまくしたてると、一益はわずかに眉をよせた。

益氏が黙っていたはずはないであろう。少数の先鋒隊が接戦を繰り返し大軍に当たるなら、おのずと戦線は前のめりとなる。後方部隊はそれを埋めるべく、隊を押し出すのが当たり前だ。益氏は上州勢をさんざん督戦《とくせん》し、前進を促しているに違いない。

その時、左右の林からどっと鬨があがり、木々が一気に兵と化した。

北条の伏兵である。最前線の笹岡平右衛門と津田治右衛門は、新手の敵に応じるべく果敢に馬首をめぐらしていた。

「さがりましょう。ここはもう三千の兵では支えられぬ」

儀太夫の声は悲鳴にも似たものとなった。

この男のこんな声はめずらしい。それほど、状況が切迫していた。

左右から群がり出る敵の数は増えるばかり。先ほど逃げ散った敵勢も前方から逆襲するべく集結しつつあった。三方から敵兵の吶喊《とっかん》の声が響く。明らかに滝川勢は包囲されようとしていた。

「わしも一働きしてくる。そのあいだにひいてくだされ」

儀太夫は絶叫すると、焦れるように馬を引きだし、飛び乗った。激しく鞭をあて駆け出す。旗本の武者たちがそれに続いた。こちらは三千、溢れ出る北条勢はもう万を超えるであろう。兵も新手で疲労がない。さらに後詰も続々と参じつつある。

儀太夫が旗本の兵を引連れて前線へ向かうと、本陣にはいくらの兵もいない。

「一益様、ひかぬのか」

孫兵衛は一益の横顔を見つめる。

だが、一益は身動《みじろ》ぎもせず、その身を戦場においていた。

不意に天から矢がバラバラッと舞い落ち、近習が何人かのけぞって倒れた。

左手から喊声がわきあがった。周囲の武者が矢のきたほうへ人垣を作る。敵の一隊が、総大将滝川一益の首目指して、迂回突撃せんとしていた。

敵兵の血走った視線が、一益に集まるのを感じる。

「一益様！」

孫兵衛も短槍《たんそう》を手にした。先頭に立つ隊将とおぼしき騎馬武者《きばむしゃ》がなにやらわめいている。その赤い口が大きく開かれていることすら、克明に見て取れる。

孫兵衛が立ちあがろうとしたそのとき、炎のかたまりが視界に飛び込んできた。

真っ赤な炎は、北条勢に向けて突き進み、その隊将とすれ違いざま、火柱のような朱槍をつきあげた。

甲冑《かっちゅう》ごと貫かれた北条の将が、天に舞い、地べたに叩きつけられた。

瞬時の事に驚愕する配下の北条兵に向け、炎の赤武者が、朱槍を風車のように旋回させる。まるで、籾殻《もみがら》を吹き飛ばしたがごとく、敵兵は一気に散った。

瞬く間のできごとである。赤具足の上に敵兵の返り血まで浴びて、全身朱色の前田慶次郎は、猛《たけ》りあがく乗馬を抑えると、顔をこちらに向けた。その顔にいつもの軽妙さはない。

一益の前に馬を進めると、まるで天にでも語りかけるかのように夏空を見あげた。

「信長が死んで、一揆にでも追われて逃げ惑う羽目になるかと思ったが、こんないくさに巡り合えるとは。滝川一益はやっぱり、いい」

誰に向けてでもない。今まさに中天にある太陽に向けて、

「楽しかったよ」

言うや、朱槍を肩に担ぎあげた。手綱をぐいと引くと、馬首を敵陣へと向ける。

そのまま馬腹を蹴り、砂塵をあげ刀槍《とうそう》の密林へと突き入っていく。

「慶次郎があんな顔をするとは」

孫兵衛は静かにつぶやいた。もう周りには、旗持ちなど数名の近習が残るのみである。その中で、一益は変わらずただ前方を見つめていた。

端然としている。その周りだけ、戦場の喧噪《けんそう》が遠のくかのようだ。

けたたましい馬蹄《ばてい》の響きを立てて、騎馬武者が駆け込んでくる。

「津田治右衛門殿、お討ち死に」

兜《かぶと》を失い、額を割られ、顔面を朱に染めた武者は叫ぶと同時に、馬から落ちた。

「笹岡平右衛門殿は、殿軍として踏みとどまるとのこと。殿は早々におひきくださるように――」

武者はそのまま地に顔を伏せた。

「なぜ、みなが一益様を慕うのか不思議に思うておりましたが、なんとのうわかりました」

孫兵衛は一益の横顔をみつめた。

「一益様はすべてを受け入れる。濁りなき水のごとく、澄んだ空気のごとく」

一益は、無の境地にいる。どんな境遇でも、黙々と己の才を世に放っている。そこに私欲の欠片《かけら》もない。

「わしも、今生《こんじょう》許せぬ方、と思うていたが」

孫兵衛は口元に笑みを浮かべていた。

「なぜ、それほどに、己を捨てなさる」

そんな姿に、男の本能が共鳴する。支えんと、己の全身全霊を捧げる。だから、一益の周りには、似たような男たちが集まっている。それが織田最強の滝川軍団だった。

一益は暫《しば》しの沈黙のあと、

「死んだのだ。一度ならず二度な。もとより、失うものはない」

低くつぶやく。孫兵衛は眼を伏せると右手で己の頬《ほお》を軽くなでた。

（そうか）

だからこそ、この絶体絶命の窮地に立たされようと、一益の心に乱れはなかった。

「だが、一益様、もう仕舞いじゃ」

孫兵衛は声音を落としたまま続ける。

「今日のいくさ、見事な信長への手向けじゃ。だが、もう充分。二度も死したなら未練もなかろう。すべて仕舞いにして、去ればいい」

一益の目がゆっくりと孫兵衛へと動き、

「しまい――」

つぶやくと、孫兵衛は深く頷く。

（すべて、しまい、か）

滝川一益は心で反芻《はんすう》していた。全《すべ》てが終わる。長い長い浮世《うきよ》の夢が終わる。

思えば、あの日。甲賀の里を捨て、小夜《さよ》と別れたあの日、甲賀滝川家の久助《ひさすけ》は死んだ。

一介の男となった一益は、里の呪縛から放たれ、各地を巡り歩いた。

全国を荒廃させたこの戦乱。人は生きるため、そして己を守るために暮らしていた。生への執着、己の欲、それは根源をただせば、侍でも民《たみ》でも同じである。民とて、飢えれば人を殺し、食を奪う。豊かになれば、金、女、と欲をむき出しに騒ぎたてる。侍はさらに酷い。禄《ろく》、土地、家と、邪心の塊であった。

（俺は人の世の底を見た）

この浮世の地獄から抜け出すことは、人である以上、困難なことであった。虚無。これが甲賀を捨てて得た自由の行きついた先だった。もはや、生ける亡霊と化してさ迷い、俗世《ぞくせ》の欲望を忌み暮らした。そんなとき、織田信長と出会った。信長という男と共鳴することによって、滝川一益として現世に蘇《よみがえ》った。そして、乱世を一掃するべく駆けた。まさに、無心。その胸には出世だの金銭だの私欲は欠片もない。ただ、いつのまにか侍として背負う物が増えていた。

そして、信長の死。どこかに予感があったのかもしれない。あれだけ苛烈に、疾走するがごとく生きてきた信長である。老い衰え、温い布団の上で死ぬことはないであろう、と。だから、その突然の死を聞いたときも、不思議と受けいれていた。

信長は旧悪弊をことごとく打ち砕いた。だからこそ、延々と続いた乱世に終止符を打てた。だがその性急さは反動を生んだ。光秀でも、飛び加藤でもなく、信長は時勢に殺された。

民は、そして、時代は、変革者のあまりの速度についていけず、大きく軋《きし》み、信長を締めだした。信長は戦国時代を終わらせるべく世に現れ、その終焉《しゅうえん》とともに、自らも地上から消え失せたのである。

信長はそうなる危険を知りつつも、現世と戦い続けた。そんなどこか危なげな、刹那的《せつなてき》な信長に一益は惚《ほ》れた。いつの頃か、あの大良口《おおらぐち》の退き陣か、小牧山《こまきやま》での遭遇《そうぐう》か、津島踊《つしまおど》りの夜か。一益は織田信長に魅せられ、男惚《おとこぼ》れに惚れ込んだ。惚れて、全身全霊を捧げた。その信長が死んだとき、侍、滝川一益は死んだ。

(終わる、全てが)

長かったような、瞬く間のような。

「楽しかった、か」

一益は先ほどの慶次郎の言葉を繰り返す。楽しい、などという感情はついぞない。だが、振り返ればどうか。天才と認めた男のもとで存分に技を揮《ふる》い、無敵の軍団を撃ち破った。そして天下をほぼ手中にした。浮世の夢を存分に見切ったといえるではないか。

(楽しかった、のかな)

信長は、民の時代がくる、と言った。思えば、その信長すら、時代をつくる一役を担ったにすぎない。人の一生など悠久の歴史から見ればほんの一瞬である。人は死に、次の者が新しい世を作る。信長の役目が終わったように、滝川一益の役目ももう終わる。

次の世、それは、信長の苛烈さに反するような世に違いない。

（秀吉か）

一益は、秀吉に接するたびに、凄まじき向上心と激しい嫉妬《しっと》の情念を感じた。それは、一益が見てきた、民そのものだった。

（それもいいだろう）

秀吉の天下。わかる。歴史の中で背負う役目が違い過ぎる。そこに滝川一益の居場所はない。

「仕舞い、だな」

まっしぐらに駆け抜けた現《うつつ》の世の出来事が、今、脳裏を過ぎ去ってゆく。


「そうじゃ。なに、まだ浮世の重荷を背負えとは言わぬ。もとより、忍びか侍か定かでもない一介の流れ者。これで正真正銘、丸裸に戻る。それで良いではないか」

孫兵衛は頷く。その面に翳《かげ》りはない。

「信長は死んだ。代わりに、この世の行方《ゆくえ》を見定めてもよいでしょう」

滝川一益は、今、ようやく原点に戻ろうとしている。武人として、関東管領として、滝川家当主として生きてきた重荷から解放される。

「わしも疲れた。老いた我が身に、ほとほと嫌気がさしたわ」

孫兵衛は前方に視線を戻すと、地を蹴って跳躍した。

激しい銃声が鳴り、人馬の響《どよ》みが湧《わ》き起《お》こる。

孫兵衛は振り返った。何か叫んだが、その言葉は戦場の喧騒《けんそう》にかき消された。
（けいじろうは）
そう言ったように見えたが、そこまでで、孫兵衛の顔はゆがんだ。
己の肩に突き立った矢尻をチラと見て、片頬をあげ、笑みをつくった。
その視界のなかで、一益は立ち上がっていた。
灼熱の陽の下、両の拳を握り締め、胸を張り、大地を踏みしめ、悠然と立っていた。
やがて、その口元が緩み、白い歯がこぼれた。実に久々にみた一益の笑顔だった。
（いい笑みだ）
少年の頃、よくこんな笑顔で口喧嘩《くちげんか》をした。孫兵衛はそんな一益が好きだった。
二人は今、長い時を飛び越えて、あの若き日へと戻っていた。
ほぼ同時に、頷いた。
孫兵衛は背を向け、雲霞のごとき敵勢の中へ駆けこんでいった。

世にいう、神流川の合戦は終わった。滝川勢の名ある討ち死には、笹岡平右衛門、津田治右衛門、その弟八郎五郎、同じく修理亮《しゆりのすけ》、岩田市右衛門、その弟の平蔵《へいぞう》、粟田金右衛門、太田五右衛門、等々。戦史によれば、この神流川合戦による滝川・上州連合軍の戦死者数は二千七百に及んだ。そのほとんどが滝川勢先鋒なら、どれだけ捨身で戦ったというのか。

惨敗の中に鬼神のごとき働きを見せた滝川兵の気概に触れ、北条は追撃することもなく、兵を止めた。

孫兵衛は戦場に消えた。

いや、もとより、孫兵衛の名など滝川兵の名簿にはない。

討ち死にしたとて、記録に残ることもない。

越前大野

二年後、越前国《えちぜんのくに》、大野郡《おおのぐん》。

冬の北陸《ほくりく》の昼は短い。西に陽が傾くと長い影が地面を這《は》う。

大柄な武人が一騎、田園を進んでいく。

皆朱《かいしゅ》の槍を肩にかけ、見事な駿馬をいつくしむかのように、ゆったりと馬を進める。

この大野の田舎《いなか》では明らかに目立つ、颯爽《さっそう》とした武者《むしゃ》振りである。

前田慶次郎利益《とします》は、すでに夕焼けに変わろうとする空を見上げて、馬上、想いにふけっていた。

あの日、滝川・上州連合軍は神流川から敗走し、倉賀野秀景の居城、倉賀野城へ入った。

その晩、城内にて酒宴が開かれた。大敗の夜に行われる異例の宴。異様な空気が広間に立ち込めていた。みな、酒杯を傾けてはいるものの、酔っている者はいない。当然だった。この日の惨敗や明日からのことを考えれば、暗澹《あんたん》たる気持ちとならざるをえない。

上州の諸将の顔も一様に固い。誰がどう見ても、合戦での上州勢の戦意不足は否めない。いくさ場での不戦撤退も寝返りと紙一重であった。下手をすれば、毒でも盛り、刺客でも置いているのでは――滝川家臣たちは眼を血走らせていた。滝川家臣、上州侍たち、誰もの心が疑心と不安、疲労で揺れている。

そんな、重苦しい宴の中、寡黙に盃を重ねていた滝川一益は、おもむろに口を開いた。

「おのおの方」

一同、ビクリと盃を持つ手をとめた。

だが、そこは百戦練磨の上州侍。みな毛ほども顔にださず、神妙な面を一益へ向けた。

「明朝、この城を出る」

誰かが返答する間も与えず、一益は続ける。

「上州勢の人質もすみやかに返そう。皆、今後は北条を頼るがよい」

「た、滝川様は」

相伴役を務めていた城主の倉賀野秀景が、やっと言葉を発した。

「かねて申したとおり、わしは上方へ向かう」

一益の面に変わりはない。満座の者が盃を片手に固まっている。

いまや無力と化した盟主。唯一の強みの人質も返して立ち退くという。

上州侍には理想的な申し出ではあった。一益はこの乱の当初から人質は返す、と言っていた。だが、ここまでくると、正真正銘、自殺行為であった。しかも、北条に降り命乞いするならまだしも、四方敵ばかりの中、敗残した己たちのみで上方にのぼるという。まるで、裸身で猛獣の群れに飛び込むようなものではないか。

「そ、それは」

無謀すぎる。そう思わず誰かが言いかけるのを、

「皆のここまでの同心に、心から礼をいう。ひとさし、舞おう」

一益は無造作に遮り、立ちあがった。近習が鼓《つづみ》を打つと、一益は、低く唸《うな》りだす。

「つわもののまじわり、頼みある中——」

「羅生門」の一節である。その謡《うたい》が広間に朗々と響き流れる。

一同、粛然と頭を垂れている。上州侍は、今までなんとか己の城を、領土を、家を保つため、勢力の間を泳いできた。それは生き残るために当然の手段であった。

だが、この男の生き様は違う。上州の諸将は、ゆっくりと落としていた視線をあげた。

(見送らねばならぬ、この男の姿を)

この潔い男の門出に、できる限りの振舞いで応じたい。

感じるところは一緒なのであろう。一益の横で、倉賀野秀景が高く扇子をかかげた。

「名残り、今はと、啼《な》く鳥の」

――いまはこれまで。名残惜しいのは我々――

倉賀野は囃《はや》した。もはや、叫びにも似た合いの手である。

哀切を帯びた謡が広間をゆっくりと流れ、いつしか、その場の全ての者が調子を合せた。


翌朝、滝川一益一党は倉賀野城を出て、上州を離脱、上方を目指し進発した。

真田昌幸が信濃の居城へと帰る道すがら、一益の護衛をした。もはや周りは全て敵。まして、昌幸は武田からの因縁《いんねん》を引きずる男である。本能寺の変報をうけて、真っ先に北条に密使を送ったという噂も立っている。その真田昌幸が「是非に」と申し出て、最後の最後まで一益を送った。

「ここまででよい」

碓氷峠を越え、信濃追分《おいわけ》まで進んだところで、滝川一益は人質を返し、真田勢の見送りを謝絶した。

神流川の敗戦、上州撤退と相次ぐ悲運に一益の兵はもはや数百に減っていた。虎の子の伊勢からの手勢は大半が死傷し、上州で従った兵は逃げ散った。この兵力で中山道《なかせんどう》を踏破し、伊勢《いせ》長島《ながしま》の居城まで帰れるのか。伊勢ははるか彼方に遠く、眼前には和田峠《わだとうげ》の難所が立ちはだかっていた。

さらに、一益は、真田勢の護衛だけでなく、家臣たちにも散開を命じた。

儀太夫と益氏を筆頭に、皆、一益との同道を申し出た。

そんな中、前田慶次郎利益は、去った。

（なぜかな）

己でもさだかではない。なぜか、滝川一益はもはや何をも必要としていない気がした。

それに、慶次郎も滝川一益を求めていない。そんなお互いの関係が終わった、という想い。そして、お互いのための別離だった。

慶次郎はしばらく真田勢と同道し、妻子のいる北陸能登《のと》の前田家を目指した。

「前田殿」

真田昌幸が慶次郎の横に馬を寄せてきた。その顔は、まるで想い人を求めるかのように、滲んでいた。瞳《ひとみ》を潤ませながら、つぶやくように語り始めた。

「拙者は、滝川様に従いつつも、武田忍びを用いて、北条、上杉と通じていた。そして、信長身罷《みまか》り報を得るや、即刻、北条へ身を寄せると申し入れた。即ち、真っ先に滝川様を見限った」

「真田殿、もうよい」

「いや、言わせてくだされ」

慶次郎がさえぎっても、昌幸は眉根を寄せて続ける。

「神流川の合戦でも上州勢の不戦を促し、滝川様を窮地に陥れ、北条を有利に導いた」

のちに「表裏比興《ひょうりひきょう》の者」と呼ばれた戦国一の謀将は、懺悔《ざんげ》でもするように喋《しゃべ》りつづけた。

慶次郎は静かに頷いた。それは真田という小領主のとるべき至極当然な道であった。武田、織田のもとで翻弄されてきた真田はこれからも北条につき、したたかに生きねばならない。

これまで、この策士の顔は、腹中の謀略がにじみ出るほどに小憎らしかった。だが、今はまるで禊《みそ》ぎでもしたかのように純朴であった。

「滝川様は――」

慶次郎は、初めてみるこの男の表情に圧《お》されていた。

真田昌幸。この男は後に娘を一益の孫滝川一積《かずあつ》に嫁がせ、滝川の血を繫ぐ。

「もはや、生に執着していないのか」

昌幸の問いは夏空へと響いた。慶次郎は応《こた》えられない。

なにも、応えようもなかった。


その後の滝川一益は転がり落ちる大石のようであった。

伊勢長島には帰りついたものの、信長の跡目争いの主導権は羽柴秀吉に握られており、織田政権の存続は困難であった。一益は柴田《しばた》勝家《かついえ》、織田信孝《のぶたか》らの反秀吉同盟に加わり長島城に籠ったが、敗れて捕捉された。

無様であった。滝川一益ともあろう武人が。

儀太夫、益氏ら股肱《ここう》の臣は、秀吉の陣営に留め置かれ、一益と引き離された。まるでお互いを人質とされたようなものだった。

さらに、羽柴秀吉の仕置は陰湿であった。柴田勝家、織田信孝は殺したものの、一益には捨扶持《すてぶち》を与え、生き晒しとする腹づもりのようである。

そして、今、越前大野へと配流《はいる》されている。

このような境遇でも滝川一益は、自害もせず、粛々とその身を浮世にさらしている。


慶次郎は寒風をものともせず馬を進め、やがて村外れまででた。

そこに朽ち果てた寺がある。男が一人いた。髪は白く染まり、顔面に刻み込まれた皺は深い。老人はその朽ちた廟舎《びょうしゃ》の縁側に座り、静かに庭を眺めている。

慶次郎は馬をおり、老人の前に立った。しばらく無言でいる。

「老けたな」

慶次郎がぽつりと言うと、老人は視線だけを動かした。

「前田家を出たのだな」

慶次郎は、老木の切り株のように年輪を刻みこんだ老人の横顔を見つめて、

「そこまで、すべてを捨てるのか」

といった。

「世を捨てたなら、これほど過酷に身をさらすこともあるまい。おそらく、後世の者たちは、滝川一益は、信長の庇護《ひご》がなければ無能、と揶揄《やゆ》するだろうよ」

「後の世の見聞を気にして、生きたわけではない」

老人は穏やかな顔で頷いた。

「もとより裸で生まれたのだ。浮世の夢は終わった。それでいい」

慶次郎は怪訝《けげん》そうに眉根を寄せ、口を開きかけ、そのまま止《や》めた。

老人は静かに澄んだ顔で、まっすぐ正面を見つめていた。

もっと、話すことがあったように思う。だが、いい。もう、いい。慶次郎は目を細め、

「そうかもな」

と、言った。

「お前はお前の道をゆけ」

老人の言葉に慶次郎は無言で頷くと、愛馬に跨《また》がり馬首を返した。

もう、振り返ることもない。


夕日は野山を橙色《だいだいいろ》に染めて落ち、四方は宵闇に沈んでいく。

老人は動くのを忘れてしまったかのように、その場に佇んでいる。

月が出てきていた。地上の闇が濃くなるにつれ、月は明るく大きく輝く。

「ここの月は甲賀に似ている、か」

老人がポツリと、つぶやいた。

「いやいや、似ていませんよ」

どこからともなく応じる声が響くと、老人は目にキラリと生気を帯び、立ち上がる。縁側から、月明かりも届かない広間へと進む。薄暗い荒れた座敷のほぼ中央で、ふわりと胡坐《あぐら》をかいた。

また、どこかから声がする。

「やはり来ましたな」

「自由に生きるであろう」

「そう、自由に、思うままに生きるでしょうな」

「いいのか、話もせず」

「もはや浮世とはかかわりない身です。お互い煩わしいでしょう」

「父子《おやこ》であろうが」

「はあ」

「父子ではない、か」

「知っていたのですか」

「小夜に、似ていたからな」

「いや、一益様に」

滝川一益。乱世に忽然《こつぜん》と現れ、流星のごとく時代を駆け抜けた。

そして、掻き消えるように、消えた。その最期は現世に定かに伝わらない。

老人の体は、周囲の闇に溶け込むように、馴染《なじ》んでいく。

「孫兵衛、語ってくれ」

「は」

「里のこと、小夜のことを」

やがて、全ては漆黒の闇の中におちた。

完

〈参考文献〉

信長公記（上・下）　太田牛一原著　榊山潤訳　ニュートンプレス
常山紀談　湯浅常山　岩波文庫
名将言行録　岡谷繁実　名著復興刊行会
改正三河後風土記　成島司直撰　金松堂
戦国武将逸話集　訳注常山紀談　湯浅常山原著　大津雄一、田口寛訳註　勉誠出版
新訂 寛政重修諸家譜 第十一　高柳光寿、岡山泰四、斎木一馬編集顧問　続群書類従完成会
小田原北条記（上・下）　江西逸志子原著　岸正尚訳　教育社
日本史小百科「武士」　下村效編　東京堂出版
織田信長家臣人名辞典　谷口克広　吉川弘文館
街道の日本史31　近江・若狭と湖の道　藤井讓治編　吉川弘文館
戦国時代用語辞典　外川淳編著　学習研究社
天才信長を探しに、旅に出た　安部龍太郎　日本経済新聞社
戦争の日本史13　信長の天下布武への道　谷口克広　吉川弘文館
信長公記を読む　堀新編　吉川弘文館
信長軍の司令官　谷口克広　中央公論新社

鉄砲伝来の日本史　宇田川武久　吉川弘文館
信長の戦争　藤本正行　講談社
戦国時代の終焉　齋藤慎一　中央公論新社
信長と消えた家臣たち　谷口克広　中央公論新社
忍者と忍術　戸部新十郎　毎日新聞社
戦国忍者列伝　清水昇　河出書房新社
滝川一益　徳永真一郎　ＰＨＰ文庫
おのれ筑前、我敗れたり　南條範夫　文春文庫
滋賀県の歴史　畑中誠治、井戸庄三、林博通、中井均、藤田恒春、池田宏　山川出版社
滋賀県の山　山本武人、青木繁、竹内康之　山と溪谷社
地図で知る戦国（上・下）　地図で知る戦国編集委員会・ぶよう堂編集部編　武揚堂
歴史街道　２０１０年３月号　特集「長篠合戦の真実」　ＰＨＰ研究所
歴史街道　２０１０年６月号　特集「桶狭間の謎」　ＰＨＰ研究所
歴史街道　２００６年11月号　特集「前田慶次郎」　ＰＨＰ研究所
歴史人　２０１１年８月号　特集「忍者の謎と秘史」　ＫＫベストセラーズ
絵で知る日本史１　長篠合戦図屏風　集英社

著者略歴

佐々木功（ささき・こう）
大分県大分市出身。東京郊外に育つ。早稲田大学第一文学部卒業後、一般企業勤務。生来の歴史小説好きが高じて、歴史小説を執筆するに至る。本作で第９回角川春樹小説賞を受賞。

Kadokawa Haruki Corporation

佐々木功

乱《らん》世《せ》をゆけ　織田《おだ》の徒花《あだばな》、滝川一益《たきがわかずます》

*

2017年10月8日第一刷発行

発行者 角川春樹
発行所 株式会社 角川春樹事務所
〒102-0074 東京都千代田区九段南2-1-30 イタリア文化会館
電話03-3263-5881（営業） 03-3263-5247（編集）
印刷・製本 中央精版印刷株式会社

ISBN978-4-7584-1311-4 C0093
http://www.kadokawaharuki.co.jp/